Judith Keller

Wilde Manöver

Roman

Luchterhand

Institut für Frühgeschichte / Sozialwissenschaften
07.05.2098

Betreff: Fund

Bei der intensiven Sichtung der neu eingetroffenen Dokumente sind wir möglicherweise einen Schritt weitergekommen. Wir empfehlen folgendes Dokument 8301.2025 dringend zur genaueren Erforschung. Es handelt sich um eine Akte aus dem Zeitraum unmittelbar vor und während der Anfänge, die die bisherigen Forschungsarbeiten revolutionieren könnte. Die Akte enthält Protokolle von Vernehmungen, die ein Kommissar namens Felix Lombardi mit einer Frau namens Vera Savakis im September 2025 durchgeführt hat. Außerdem ein Notizheft mit Tagebucheinträgen einer Frau namens Shiva Hirz. Diese stammen aus den Jahren 2025–2028. Wenn die Akte echt ist, und bisher spricht alles dafür, glauben wir, dass sie der lang gesuchte Schlüssel zum Verständnis der Anfänge sein könnte. Sie könnte uns helfen, die späteren Vorkommnisse und unsere heutige Realität in einen ganz neuen, bisher nicht berücksichtigten Ereigniszusammenhang einzubetten. Doch es ist noch vieles unklar. Die Rätsel sind nicht weniger geworden. Begann alles in Zürich? Oder wie seht ihr das?

Wir freuen uns auf die Tagung am Montag!

Mit lieben Grüßen und bleibt gesund,
Samira Ohala und Joaquin Piña

Raum A-1–17b, Kantonspolizei Hauptsitz,
Güterstrasse 33, 8004 Zürich
Kommissar: Felix Lombardi
Beschuldigte Person: Vera Savakis
5. September 2025

1. Vernehmung

Sie werden beschuldigt, am 30. Juli um 21:30 Uhr zusammen mit einer uns unbekannten Frau auf dem Parkdeck des Glattzentrums einen weißen Lieferwagen der Marke Mercedes entwendet zu haben.

Am 30. Juli sagen Sie? Lassen Sie mich überlegen. Es ist so viel passiert in der Zwischenzeit. Unmöglich ist es nicht.

So lange ist es ja nun auch wieder nicht her. Nur einen guten Monat. Versetzen Sie sich doch einmal in aller Ruhe an jenen Tag zurück. Manchmal braucht es etwas Geduld, bis man einzelne Erinnerungen wieder abrufen kann. Warum haben Sie den Lieferwagen entwendet?

Es war auf jeden Fall so, dass wir uns am Nachmittag mit unseren Rucksäcken auf dem Schwamendingerplatz gleich bei diesem Brunnen trafen, Peli und ich. Also es ist ja eher so eine Art Wasserspiel. Auf jeden Fall gibt es ein paar zugeschnittene Steine dort, oder ich glaube, es ist sogar nur ein einzelner, auf jeden Fall schießt da etwas Wasser in die Luft und verschwindet dann im Boden. Oder es fließt direkt am Stein in den Boden, das kann auch sein. Wir hatten uns dort verabredet, nicht zum ersten Mal.

Um welche Uhrzeit?

Ich glaube, so gegen vier Uhr nachmittags. Lange schauten wir den Schachspielern zu. Sie schoben große Schachfiguren aus Plastik vor sich her. Es nahm kein Ende mit diesem Spiel, und das bestätigte uns auf eine merkwürdige Weise. Ein paar Leute löffelten im Café nebenan einen Coup Dänemark. Eine alte Frau untersuchte mit der Lupe einen Einkaufszettel. Ein alter Mann kam mit Möwenschritten über den Platz. Auf einer Bank saß ein anderer Mann mit einem riesigen Mexikanerhut und blickte unbewegt vor sich hin. Er sah aus, als hätte er noch viel vor. Da erst bemerkten wir, dass auch wir etwas vorhatten. Denn es gab ja kein Zurück. Das war so ein Gefühl, das wir hatten.

Warum hatten Sie dieses Gefühl?

Es war sehr heiß. Damit hatte es sicher auch zu tun. Die Hitze wallte über den Platz und wir waren durstig. Der Schweiß rann uns über das Gesicht, bei mir sammelte er sich auf der Stirn, bei Peli auf der Oberlippe, vielleicht auch umgekehrt, offen gestanden weiß ich es nicht mehr. Erinnerungen verblassen so schnell und das, was man gerade noch für unvergesslich hielt, ist im nächsten Augenblick weg. Meine Stirn auf jeden Fall glühte. Wir standen ja auch in der Sonne, die am Nachmittag noch stark auf uns herunterbrannte. Wir spürten es ganz deutlich, dass wir etwas vorhatten. Wir wussten nur noch nicht, was. Heute sieht es aus, als hätten wir alles von langer Hand geplant, aber so ist es nicht. Vielleicht hatte es auch mit unseren Wohnungen zu tun. Wir hatten ja beide die Briefe nicht geöffnet, die Anrufe nicht angenommen. Die Gläubiger konnten jeden Moment auftauchen. Da dachten wir: Schnell weg.

Sie haben die Miete nicht mehr bezahlt. Warum?

Es gab eigentlich keinen bestimmten Grund dafür. Es war eher ein Gefühl. Wir dachten wahrscheinlich, dass wir unsere Mieten schon so lange bezahlt hatten, dass wir auch einmal damit aufhören könnten. Alles nimmt ja irgendwann ein Ende, sagt man. Aber davon einmal abgesehen war eine Miete natürlich auch viel Geld, von dem wir eigentlich fast keines mehr hatten, seit wir zu arbeiten aufgehört hatten und die Auflagen des Sozialamtes nicht erfüllten.

Warum haben Sie denn zu arbeiten aufgehört?

Warum Peli aufgehört hat, weiß ich nicht genau. Einmal erwähnte sie, dass man ihr vorwarf, mit den Ladungen immer unnötig lange hin- und herzupendeln, bevor sie sie ablud. Sie sagte selbst, dass sie süchtig gewesen sei nach diesem Pendeln. Sie konnte einfach nicht anders. Damit hätte sie mehrfach Sachschäden produziert. Aber sie hatte anscheinend gute Freunde da, daran kann es nicht gelegen haben. Bei mir war es so, dass ich oft Dinge verschenkt habe. Zeitungen und Zigaretten, Lottoscheine, Magazine mit Rätseln und solche Sachen. Da sagte man irgendwann, es gebe keinen anderen Ausweg mehr.

Peli … was ist das eigentlich für ein Name?

Peli Rouge mit vollem Namen. Dann geht es wieder, finde ich. Oder? Wir sprachen eigentlich nie darüber, warum wir heißen, wie wir heißen. Das hätte ja auch nichts gebracht. Vor allem in ihrem Fall. Eher sagten wir, wann immer wir die Gelegenheit dazu hatten: Jetzt ist es so. Mit gewissen Entscheidungen, die andere getroffen haben, muss man zurechtkommen. Sonst geht man ja irgendwann kaputt.

Sie wurden zwischen dem 30. Juli und dem 3. August immer wieder mit einer weiblichen Person mit kurzen, dunklen Haaren gesehen. Handelt es sich dabei um … Peli Rouge?

Ja, wir waren in jenen Tagen oft zusammen.

Warum haben Sie die Briefe nicht geöffnet?

Ich war fast sicher, dass es sich dabei nur um Mahnungen, Drohungen und Vorladungen handelte. Solche Briefe schüchtern mich immer ein. Lieber nicht öffnen, dachte ich, denn ich lasse mich viel zu schnell auf sonderbare Forderungen ein. Darum bin ich ja auch hier.

Sie hatten am Schluss auch keine andere Wahl mehr. Was geschah, nachdem Sie Ihre Gefährtin am Nachmittag jenes 30. Juli um vier Uhr getroffen haben?

Wir standen recht lange auf dem Schwamendingerplatz herum und ließen die Sonne auf uns niederbrennen. Als es genug war, sagten wir: Genug ist genug, es wird sich zeigen. Wir banden die Schuhe enger. Der Nachmittag ging in den Abend über. Es war still im Innenhof von Schwamendingens Schulhaus, es roch nach Flieder. Vogelstimmen pfiffen in einen Beat, der aus ein paar Boxen auf einem Pingpongtisch kam. Die Kirchenglocken läuteten. Wir kamen an einem Mann vorbei, der das Christentum verkündete. Es wird immer besser, stellte Peli fest. Dann geschah etwas Wichtiges: Vor uns, über den Häusern Schwamendingens, ragte ein roter Kran in den Himmel. Das allein wäre ja noch nichts Besonderes gewesen, es geschah oft. Aber in jenem Moment, als wir diesen Kran erblickten, drehte er sich in Zeitlupentempo nach links. Wir folgten ihm mit unseren Augen, schauten uns an, nickten und gingen in die Richtung, die er anzeigte. Bei der Station Luchswiesen bückte sich eine Frau nach Zigarettenstummeln. Lassen Sie sie liegen!, riefen wir, aber sie hörte nicht auf uns. Dann kam ein Tram und sie stieg hinein. Mit einem klappenden Geräusch schlossen sich die Türen hinter ihr. Danach haben wir sie nie wieder gesehen. Wir entwickelten uns in eine andere Richtung.

Plötzlich sahen wir die Mitglieder unseres Orchesters durch das Quartier eilen. Sie trugen frisch geölte, zusammengeklappte Notenständer, die silbrig blitzten, und eckige Instrumentenkoffer. Die Flötistin eilte mit einer Thermosflasche vorbei, der Bratschist trug eine Schachtel mit Noten, und der Dirigent ging immer ein paar Schritte, blickte dann auf sein iPhone, wechselte die Richtung und deutete in eine andere. Alle trugen Rucksäcke, schauten sich suchend um. Wie wir sie so sahen, wurde uns klar, dass wir nicht zurückkonnten. Verstehen Sie? Es gab kein Zurück. Das Einzige, was es noch gab, waren die Kräne. Rote oder gelbe Kräne, deren Hälse über die Hochhäuser emporragten. Und dann den einen gelben Kran, der sich genau in dem Moment, als wir ihn ansahen, Richtung Osten wendete.

Warum dachten Sie, dass Sie nicht mehr zurückkonnten?

Man merkt, dass Sie vieles nicht wissen. Aber wie sollten Sie auch. Gerne hätten wir mit Ihnen getauscht. Aber damals kannten wir Sie ja noch gar nicht. Wir gingen also weiter. Das sanfte Abendblau hatte sich verdunkelt und war in ein leuchtendes Rot übergegangen, es war immer noch sehr warm. Vor einer Werkstatt standen drei Motorräder in einem Kreis. Es sah aus, als berieten sie sich. Gut so, sagte Peli. Der Wind bewegte sich flach den Boden entlang. Die Blätter der nahen Hecke drehten auf. Wir gingen weiter, einfach geradeaus. Da kamen wir irgendwann zu dieser breiten, viel befahrenen Brücke, die aufwärts führt zum Glattzentrum. Vom Himmel kam ein schraubendes Geräusch. Die leuchtenden Buchstaben GLATT thronten auf der anderen Seite der Brücke, hinter ihnen das beleuchtete Einkaufszentrum und der Glatt-Tower. Der Himmel war jetzt dunkelblau. Wir gingen langsam auf dem schmalen Fußgängerweg bergauf. Über uns flogen Flugzeuge durch den Himmel, neben uns fuhren Autos über die Brücke, unter uns hindurch fuhren andere Autos unaufhörlich in die Dunkelheit. Neben der Fahrbahn begann ein struppiger Streifen Wald. Die Dunkelheit, die langsam über alles kam, schien sich von dorther auszubreiten. Bäume in Scharen, ganze Familienbanden standen dort herum, niemand wusste, woher sie gekommen waren und worauf sie warteten. Ein paar Nachttiere erwachten. Zwei Vögel kreisten hoch über der Brücke, über uns. Ein Fußgänger mit hochgezogenen Schultern kam uns entgegen. Er war einer von denen, die man mit dem Zeigefinger leicht hätte vom Bild wischen können. Auch wir hatten das Gefühl, dass man uns leicht hätte wegwischen können. Die Brücke selbst aber war stabil, die Betonsäulen gewiss, die

Straßenschilder hingen gut, der Asphalt war warm und das weiße Licht der Brückenbeleuchtung angegangen.

Wir erreichten das Parkplatzplateau vor dem Glattzentrum. Der Parkplatz war fast leer. Da war nur eine große, kräftige Frau in Shorts, die im offenen Kofferraum eines Lieferwagens saß und mit einem Ball spielte. Das Geräusch hallte bis zu den späten Gästen im Burger King. Noch ein zweites Auto stand auf dem Parkplatz. Auch dessen Kofferraum war geöffnet, ein sonnenverbrannter Mann saß neben einer blond gelockten Frau und schrie über den ganzen Parkplatz: Ist es gut, wenn wir jetzt Sex haben? Aus dem Autolautsprecher rauschte undeutlich eine männliche Stimme, der sonnenverbrannte Mann schien sie nicht zu verstehen und rief die gleiche Frage immer wieder weit hinaus über den Parkplatz. Die Frau neben ihm blieb stumm. Wir gingen die Ränder des Parkplatzes ab, betrachteten den Glatt-Tower, schauten auf den dunklen Waldstreifen, auf die rauschende Autobahn auf der einen, auf das Richti-Areal und die Allianz-Gebäude auf der anderen Seite. Daneben stand das Gebäude der UPC-Cablecom. Es hat große, quadratische Fensterscheiben mit breiten anthrazitfarbenen Fensterbändern, falls es Sie interessiert. Uns interessierte es nicht. Aber wir ließen das alles trotzdem auf uns wirken. S-Bahnen hielten am Bahnhof Glatt und fuhren weiter. Wir studierten die Aussicht, die Formen der Lichter und die Bewegungen der Bäume. Die Kräne verhielten sich unklar.

Wie spät war es?

Ungefähr sechs Uhr abends. Es begann, wenn ich mich recht erinnere, zu regnen, dicke Tropfen fielen auf den Parkplatz. Die Gäste auf der Terrasse des Burger Kings flohen nach innen, doch da hörte es schon wieder auf. Wir wollten eigentlich wieder weg vom Glattzentrum, wussten aber nicht, wie man von dem Parkplatzplateau auf die Straße hinunterkommen konnte, ohne den gleichen Weg über die Brücke zurück zu nehmen. Fast schon fühlten wir uns für immer auf diesem Parkplatzplateau gestrandet, als ich an einer Seite eine Wendeltreppe entdeckte. Wir stiegen die Stufen hinunter, der Beton strahlte eine angenehme Kühle aus. Eine Parkebene nach der anderen öffnete sich vor uns. Es gab fast keine Autos im Parkhaus, und so konnten wir fast nicht anders, als sie zu zählen. Auf der ersten Ebene waren es drei, auf der zweiten keines, auf der dritten drei und auf der vierten eines.

Die Autos sind gezählt, sagte Peli dann. Und jetzt?

Jetzt haben wir auch das getan, erwiderte ich.

Peli: Hat es sich gelohnt?

Es wird sich noch zeigen, antwortete ich.

An dieser Stelle muss ich vielleicht sagen, dass es ungewöhnlich war für Peli, dass sie danach fragte, ob sich etwas lohne. Eine Veränderung schien in ihr vorgegangen zu sein, seit wir vom Schwamendingerplatz losgegangen waren. Plötzlich schien sie zu verlangen, dass das, was wir taten, sich lohnte oder sich zumindest später irgendwann gelohnt haben würde. Auch ich bemerkte mit Schrecken, dass dieses Verlangen in mir wach geworden war. Vielleicht eine beginnende Sucht?

Auf der untersten Etage war am meisten Platz. Wir liefen ein wenig auf den Parkfeldern herum, strichen an den Betonwänden entlang, trieben das automatische Licht vor uns her und setzten uns dann auf die sturmgrüne Autohaube des einzigen Autos, das in der untersten Etage stand.

Wir schwiegen oder sinnierten vor uns hin. Irgendwann bemerkte ich, dass dieses Auto uns eigentlich nicht unbedingt brauchte.

Und nicht nur das Auto, meinte Peli düster. Ihr Blick war stumpf, schattig. Ich wusste, was sie meinte.

Mit einem Ruck standen wir auf. Zunächst fanden wir keinen Weg, der unten aus dem Parkhaus hinausgeführt hätte, also stiegen wir die Wendeltreppe wieder hinauf, die aussah, als hätte sie kein Mensch je vor uns benutzt. Schließlich erreichten wir wieder den offenen Himmel. In der Zwischenzeit hatte sich nicht viel verändert. Der weiße Lieferwagen stand noch da, im Kofferraum spielte die Frau mit dem Ball. Aus dem anderen Wagen hörte man den Mann nun stöhnen.

Es roch nach feuchtem Asphalt, die Luft hatte sich etwas abgekühlt.

Und jetzt?, fragte ich.

Es heißt, im Glattzentrum gäbe es eine letzte Tür, sagte Peli.

Und dennoch schien sich etwas in uns dagegen aufzulehnen. Noch, möchte ich sagen. Denn wir standen ja erst am Anfang von allem und hatten noch nichts vorzuweisen.

Wie spät war es, als sie wieder auf dem Parkdeck ankamen?

Es war schon spät, ich glaube, kurz vor zehn.

Sie haben also vier Stunden im Parkhaus verbracht?

Ja, wir haben uns dort lange ausgeruht. Sogar ein wenig geschlafen. An Träume kann ich mich aber nicht erinnern. Insgesamt waren es schöne Stunden dort unten, weil es so angenehm kühl war.

Vier Stunden, das ist eine lange Zeit. Was haben Sie denn noch gemacht, außer zu schlafen?

Also wir hatten ja die Autos gezählt, das Licht gejagt, und dann verging auch noch viel Zeit mit Suchen, bis wir den Ausgang fanden.

Ist Ihnen etwas Besonderes aufgefallen, während Sie warteten? Andere Menschen? Einfahrende und ausfahrende Autos?

Nein. Wir schliefen die meiste Zeit und ich habe Ihnen ja gerade erst von der Qualität meine Schlafes berichtet: tief und traumlos.

Von welcher Marke war das Auto, auf dem Sie saßen?

Es war ein Renault Twingo, sturmgrün. Nachdem wir uns lange genug ausgeruht hatten und wieder oben auf dem Parkdeck angekommen waren, war es fast dunkel. Nur aus dem Eingang des Glattzentrums kam noch Licht. Wir mussten an sein Inneres denken, die stillen Rolltreppen, die Rutschbahn und die Zierblumen im Café. Der Schmuck lag gut im Samt, im Tierladen wurden die Mäuse wach. Das Hamsterrad begann sich zu drehen, die Fische ruhten nah am Grund. Es heißt, im Glattzentrum gäbe es eine letzte Tür. Dies wiederholte Peli beschwörend, denn auch ihr war unser Zögern aufgefallen. Gerade wollten wir hinein, als ein Mann in einem blauen Overall das metallene Rolltor hinunterzog, dann innehielt und uns anschaute.

Wollt ihr hinein?, fragte er.

Peli: Wir wollen Sie von nichts abhalten.

Ach so, sagte er, schloss ab, lachte und ging weg.

Wie Sie sehen, sind wir damals nicht mehr ins Glattzentrum hineingekommen. Erst später sollte es mir auf verschiedene Arten gelingen. Damals aber war uns der Weg noch verschlossen.

Also gut, sagten wir vorerst, und Peli kickte gegen eine Bierdose, weil dort gerade eine lag. Wie gesagt, es war ein schwüler Sommer. Wir fühlten uns aufgeladen von der Hitze, strahlten silbrig nach außen, innen waren wir hell und rau. Immer wieder brach ein Gelächter aus uns heraus, ohne dass wir genau gewusst hätten, warum. Wir hatten Lust, in alles unsere Zähne zu versenken.

Warum dann die Frau mit dem Ball plötzlich den Kofferraum des Lieferwagens verlassen hat, warum sie den Ball weit wegwarf, über das Parkplatzplateau hinaus zu den Bäumen hinab, und ihm dann nachkletterte, das wussten wir nicht genau. Aber gibt es nicht auch anderes, das wir nicht genau wussten? Wir schauten uns an und stiegen in den Lieferwagen. Sofort hatten wir einen Schlüssel. Zu welchem Zweck wir den Wagen aber, wie Sie es ausdrücken, *entwendet* haben, wussten wir noch nicht. Aber wenn ich etwas gelernt habe in der letzten Zeit, so ist es Folgendes: Wenn etwas Sinn ergibt, dann im Nachhinein. Darauf kann man sich verlassen.

Was soll das bedeuten: *Es heißt, im Glattzentrum gibt es eine letzte Tür*?

Das wissen Sie nicht? Man kann nur staunen. Sie kommen wirklich aus einer ganz anderen Welt. Aber gut. Es kann je nach Kontext sehr Verschiedenes bedeuten. Zum Beispiel: *Jetzt geht es los.* Oder: *Nimm es hin.* Aber auch: *Dort steht dir dein persönlicher Weg offen zur Transformation.* Es kommt eben immer auf den Zusammenhang an. In jenem Augenblick bedeutete es so etwas wie: *Mach das, was vor dir liegt und komm später zurück.*

Und was heißt das?

Eins nach dem anderen.

Warum wollten Sie das Glattzentrum zu einer Zeit betreten, als es schon zu war?

Um alles einmal in Ruhe anzuschauen.

Aber was denn genau?

Einfach alles, die Rolltreppen, die Rutschbahn, die Geschäfte, wenn sie schon zu sind. Warum nicht? Ich finde das interessant.

Und dieser sonnenverbrannte Mann und diese blond gelockte Frau, die auf dem Parkdeck waren? In welcher Beziehung stehen Sie zu Ihnen?

In keiner. Ich glaube, dass es Pornoschauspieler waren, die auf Regieanweisungen warteten, die per Lautsprecher durchgegeben wurden. Aber das kam mir auch erst später in den Sinn. Es fiel mir auf, dass nie etwas von der Frau zu hören war. Ist das normal? Fast hätte ich die Polizei gerufen.

Und warum haben Sie das nicht getan?

Weil mir eben in den Sinn kam, dass da nur ein Porno gedreht wurde. Außerdem wird die Polizei oft für nichts herbeigerufen und muss dann so tun, als ob es nötig gewesen wäre. Daraus ergeben sich dann solche Vernehmungen wie diese hier.

Und was ist mit der anderen Frau, die mit den Shorts, die im Lieferwagen saß und mit dem Ball spielte? Warum hat sie den Lieferwagen verlassen, ohne ihn abzuschließen?

Das habe ich mich auch gefragt. Was auffällig war: Genau in dem Augenblick, als sie den Ball wegwarf, drehte sich ein Kran. Also nein, ich meine, es war andersherum: Der Kran drehte sich, und sie warf plötzlich den Ball weg über das Parkplatzplateau hinaus zu den Bäumen und rannte dann zu der Brüstung, an der sie hinabkletterte.

Wo standen Sie zu dem Zeitpunkt?

Wir waren kurz vorher ja abgewiesen worden, als wir ins Glattzentrum gehen wollten. Wir standen vor dem Rolltor.

Sind Sie von dem Rolltor direkt zum Lieferwagen oder sind Sie noch zur Brüstung gegangen?

Direkt zum Wagen.

Es war kurz vor zehn?

Ja.

Wie konnten Sie sehen, dass die Frau dem Ball *nachgeklettert* ist? Erstens war es schon dunkel. Zweitens handelt es sich um eine glatte Betonwand.

Tatsächlich? Auf jeden Fall hat sie den Ball weggeworfen und verschwand in Richtung Brüstung. Was sie dort genau gemacht hat, klettern oder einfach verschwinden, das habe ich nicht sehen können.

Sie hat den Ball also einfach so weggeworfen.

Ja, also wie gesagt, als sich der Kran drehte.

Was für ein Kran?

Ein Baukran natürlich. Es gab zu dem Zeitpunkt viele, sicher mehr als ein Dutzend. Es war einer der östlicheren, gelb, glaube ich.

Schauen Sie sich diese Aufnahmen an. Erkennen Sie die Frau?

Ja, so sah sie aus. Und wer ist der andere?

Der Mann sitzt in Untersuchungshaft. Er ist unter dem Namen Dominik Müller registriert. Kennen Sie ihn?

Nein, gar nicht.

Er ist der Besitzer des Lieferwagens.

Ach so, und warum nicht die Frau? Sie saß ja drin.

Sie heißt Antonia Maria Barragán. Hier sieht man sie am Rand des Kofferraumes, sie spielt mit einem Ball. Aber dahinten, da ist Dominik Müller. Sie schaut auf die Uhr und steht auf, aber sie wirft den Ball nicht über die Brüstung, sondern spielt weiterhin damit, während sie auf den Mann zugeht. Sie übergibt ihm etwas. Und genau jetzt, da, das sind Sie und wahrscheinlich Peli, Sie rennen von links in den Lieferwagen.

Können wir das bitte noch einmal anschauen? Dann zeige ich Ihnen den Kran. Konzentrieren Sie sich jetzt bitte nur auf den Kran. Sehen Sie, genau in dem Moment, als er von links nach rechts schwenkt, kommen wir ins Bild, wir bewegen uns von links nach rechts zum Lieferwagen und steigen ein.

In welcher Verbindung stehen Sie zu Barragán und Müller?

In keiner, wie gesagt. Warum fragen Sie?

Es geschieht ja nicht allzu oft, dass ein Lieferwagen unabgeschlossen und mit Schlüssel versehen auf einem Parkplatz herumsteht.

Es kann aber vorkommen.

Dominik Müller wurde am 3. August an der Grenze nach Italien am Steuer des Lieferwagens angehalten, den Sie gestohlen haben. Im Stoßstangenbereich befanden sich zwanzig Kilo Kokain. Sie stehen unter Verdacht, damit etwas zu tun zu haben.

Wird Kokain nicht eher von Italien nach Zürich geschmuggelt?

Normalerweise schon. Aber in diesem Fall war es nicht so.

Hören Sie, damit haben wir überhaupt nichts zu tun. Wir hatten ja wirklich ganz andere Sorgen.

Ebenfalls am 3. August wurden in der untersten Etage des Parkhauses des Glattzentrums fünfunddreißig Kilo Marihuana auf dem Boden gefunden.

Auf dem Boden, einfach so?

Sie und Peli haben sich am 30. Juli lange bei diesem Renault Twingo aufgehalten. In jenem Wagen war das Marihuana zuvor gelagert.

Ja und? Was wollen Sie damit sagen? Versetzen Sie sich doch einmal in unsere Lage. Stellen Sie sich vor, es wäre draußen sehr heiß. Sie würden durch ein Parkhaus gehen und die Autos zählen. Sie würden oben beginnen und sich nach unten vorarbeiten. Auf der ersten Ebene würden sie drei Autos zählen, auf der zweiten null, auf der dritten Ebene würden Sie drei zählen und auf der untersten Ebene genau *eines*. Angenommen, Sie wären müde, weil Sie vom Schwamendingerplatz bis zum Glattzentrum gelaufen wären. Auf welches Auto würden Sie sich dann setzen?

Ich hätte mich auf das mittlere Auto in der dritten Ebene gesetzt.

Und warum?

Aus Gründen der Symmetrie.

Und in dem mittleren Auto befand sich nichts Außergewöhnliches?

Nicht, dass ich wüsste.

Dann lassen Sie doch einmal Nachforschungen betreiben. Sie können doch nicht immer nur bei den anderen suchen.

Lenken Sie nicht ab.

Wir haben uns aus zwei Gründen beim Renault Twingo aufgehalten. Erstens, weil wir uns so nicht zwischen verschiedenen Autos entscheiden mussten, und zweitens, weil er in der untersten Etage stand, wo wir natürlich am müdesten waren.

Und Ihnen ist nichts Besonderes am Renault Twingo aufgefallen?

Doch, die Farbe eben: Sturmgrün.

Vier Tage später, am 3. August, haben die Überwachungskameras Folgendes aufgenommen. Die Aufnahmen brechen um 17:34 Uhr ab.

Warum brechen sie denn plötzlich ab?

Wegen eines Stromausfalles im gesamten Glattzentrum. Die Frau, die Sie hier sehen – ist das Peli?

Ja.

Was macht sie?

Das sehen Sie doch selbst! Aber warum ist denn der Strom ausgefallen?

Sagen Sie mir mit eigenen Worten, was Sie auf dieser Aufnahme sehen.

Also gut, wenn Sie es nicht selbst sehen, mache ich es gern! Da ist diese Frau, also ich meine, es ist Peli, die da etwas aus ihrer Hosentasche holt, es könnte ein Schlüssel sein, man sieht es aber nicht genau, auf jeden Fall sieht es so aus, als öffnete sie mit dem, was sie aus der Tasche geholt hat, den sturmgrünen Renault Twingo. Sie macht die hintere rechte Tür auf, beugt sich hinein. Und jetzt wirft sie etwas aus dem Auto. Sehen Sie das? Es ist ein Paket. Dann noch eines. Dann noch eines. Dann noch eines. Dann noch eines … Das hört ja nicht mehr auf! 35 Kilo sagten sie? Puh, jetzt noch eins und noch eins, kein schlechtes Tempo, ah, ist das jetzt das letzte? Da fliegt noch eins raus! Und jetzt, jetzt schiebt sie die Pakete auf dem Boden hin und her. Sie formt daraus ein Muster. Dann steigt sie ins Auto, kommt noch mal raus und rückt mit dem rechten Fuß drei Pakete zurecht, legt dann den Kopf schief und scheint auf alles einen prüfenden Blick zu werfen – oder? Dann nickt sie und steigt ein – und jetzt – oh, jetzt wird alles schwarz. Die Aufnahme bricht hier wohl ab. Und was genau interessiert Sie jetzt daran?

Sie sagten: *Peli formt aus den Paketen ein Muster*. Ich sehe keines.

Muster, Zeichen … das ist doch wichtig! Sie können das eben nicht erkennen. Es ist ja auch nicht für Sie gedacht. Ich werde darauf zurückkommen.

Woher hatte sie den Schlüssel zu diesem Auto?

Sie haben ja sicher auch einen Schlüssel zu einem Auto.

Dann gehört das Auto also ihr?

Wenn es ihr gehörte, warum sollte sie dann das Marihuana rauswerfen? Denken Sie doch einmal nach!

Schauen Sie sich jetzt diese Aufnahme an. Kennen Sie diesen Mann?

Der, der aus dem Renault Twingo steigt? Man sieht ihn nicht besonders gut. Ich kann es nicht genau sagen, nein, er kommt mir nicht bekannt vor.

Es handelt sich um den Besitzer des Wagens, Clemens Pohl.

Aha, gut. Dann haben Sie ja jetzt einen Besitzer. Was wollen Sie denn noch?

Gehen wir zurück zum Lieferwagen. Der Lieferwagen wurde am Abend des 30. Juli mehrmals fotografiert. Sehen Sie: zunächst um 22:30 Uhr auf dem Parkplatz des Gartencenters Guggenbühl in Windisch. Gut eine Stunde später an der Wiesenstrasse 3 in Oberwindisch. Was haben Sie an diesen beiden Orten gemacht?

Wie schön diese Aufnahmen sind. Danke! Ich wusste gar nicht, dass wir fotografiert wurden. Aber ehrlich gesagt überrascht es mich auch nicht. Es werden ja immer so viele Fotos gemacht, da ist von allem etwas dabei. Fast hätte ich vergessen, wie gut er aussah, dieser Lieferwagen der Markes Mercedes. Um ein Haar hätte ich gesagt *unser Lieferwagen*, aber es war ja gar nicht unser. Nur eine kurze Strecke unseres Weges sollte er uns begleiten. Viel zu früh haben wir ihn später wieder aus den Augen verloren. Aber es ist wichtig, Dinge wieder loslassen zu können, sonst versteift man sich zu sehr auf etwas und es nimmt ein böses Ende.

Es sieht nun tatsächlich so aus, als ob der Lieferwagen für eine Weile, wo sagten Sie, in Unterwindisch?, geparkt war.

Nun gut! Damals fuhren wir also auf dem Parkplatz des Glattzentrums los. Peli schaute aus dem offenen Fenster. Sie suchte nach Kränen, aber sie waren von der Nacht verschluckt. Wir fuhren an Baustellen vorbei, Baggern und Absperrungen. Dann kamen wir zu einer Tankstelle. Dort gab es eine große Auswahl an Weißweinen, gesalzenen Nüsschen und Zimtkaugummis. Wir sagten uns: Es kommt immer auf das richtige Maß an. Und wenn man nur selbst ruhig genug ist, beruhigt das auch die anderen. Und so war es dann auch. Wenig später nahmen wir wieder Fahrt auf, tranken von dem Weißwein, aßen von den Salznüsschen und von den Zimtkaugummis. Ich ließ mich ein paar hundert Meter von einem SUV provozieren, Peli trommelte mit ihren Fingern einen Rhythmus gegen das Verdeck, und dann bogen wir plötzlich ab. Wir fuhren aus der Stadt hinaus, an Autosalons vorbei, an langen Firmengebäuden, an weiteren Baustellen, durch die Dörfer der Umgebung. Die Nacht war lau, die Lichter weich. Alles schien auf uns gewartet zu haben.

Peli schaute gierig auf die Häuser. Die haben keine Ahnung, sagte sie. Wie so oft musste ich ihr recht geben. Auch die Zierpflanzen hatten keine Ahnung und die Gartenstühle. Ganz besonders aber die Gipsstatuen nicht, von denen es sehr viele gab in jenem Sommer, vielleicht mehr als je zuvor. Wie konnte es sein, dass ich sie vorher nie bemerkt hatte? Arglos standen sie in den Gärten und vor den Haustüren.

Ich verlangsamte den Wagen und hielt an. Peli öffnete die schwere Autotür und ging einen schmalen Weg in einen Garten hinein. Die warme Nacht drang durch das offene Fenster, meine Hände schwitzten. Ich sah Peli hinterher. Sie stand vor einem Gartenstuhl aus grauem Metall mit einem gelben Sitzpolster. Sie schien sich zu sammeln. Die Gräser nickten oder beteten, es war zu dunkel, um es genau zu sehen. Ein Ruck ging durch ihren Körper, sie hob den Gartenstuhl hoch über ihren Kopf und ein Kichern brach aus ihr heraus, während sie kurz so stehen blieb. Dann brachte sie den Stuhl zum Lieferwagen, klappte die hintere Türe auf, schob ihn hinein und knallte die Türe wieder zu, recht laut, wie ich fand, aber es rührte sich nichts. Wenige Kilometer entfernt fanden wir einen Schwan aus Stein an einem Weiher. Peli Rouge bückte sich zu ihm nieder und nahm ihn sanft auf, als ob er aufwachen könnte. Sie erinnerte mich in jenem Moment an diese Bilder von Jesus, auf denen er das verlorene Schaf im Arm hat. Das Schaf hatte gar nicht bemerkt, dass es verloren war, aber als es in seinen Händen lag, fühlte es sich an einem besseren Ort.

Nicht weit entfernt – eine Meile südwärts – saß unter üppigem Schilf ein gähnender Gipslöwe. Auch er kam mit. Niemand hatte etwas dagegen. Und so nahm alles seinen natürlichen Lauf. Anscheinend hat ja auch niemand Anzeige erstattet. Wir haben allen etwas abgenommen. Es war natürlich nicht so, dass uns alles, was wir mitnahmen, *gefiel.* Im Gegenteil sogar. Aber ging es hier um unseren persönlichen Geschmack? Die Sachen waren nun halt einmal da und mit dem, was ist, muss man zu leben lernen. Darum wollten wir auch von jeder Art unbedingt mehr als zwei. Noah ist durch, sagte Peli, als sie den dritten Löwen anschleppte.

Sie müssen wissen, dass Peli stark ist. Ich konnte sehen, wie sie mit ihren Muskeln spielte, bevor sie anpackte. Bald entwickelte sich ein Ritual zwischen uns. Wenn sie mit einer Sache angelaufen kam, drückte ich bereits aufs Gaspedal, sie rannte los, warf es im Laufen hinein, schlug rennend den hinteren Türflügel zu und schwang sich scheinbar im letzten Moment wieder neben mich auf den Beifahrersitz, sodass es wie ein Überfall aussah. Aufheulend gab ich Gas. Wir hofften, dass man uns nachsehen würde, aber es rührte sich nichts. Waren wir enttäuscht?

Ich würde eher sagen, wir kämpften mit Erwartungen. Peli meinte, dass große Veränderungen immer unbemerkt geschähen, währenddessen drehe sich alles um Nebensächliches. Darum werde es sich auch erst dann um uns drehen, wenn wir unwichtig geworden seien. Und wenn ich jetzt darüber nachdenke, muss ich sagen, dass sie recht behalten hat. Es stimmt, dass wir damals gerne von der Polizei verfolgt worden wären. Wir sehnten uns nach Geschwindigkeit und Sirenen. Aber wenn man etwas besonders stark will, dann geschieht es eben gerade nicht. Und jetzt, wo es so weit ist, dass sich die Polizei für mich interessiert, ist es mir nicht mehr so wichtig.

Warum haben Sie auf dem Parkplatz vor dem Gartencenter Guggenbühl in Windisch angehalten?

Das eine führte zum anderen in jener Nacht, alles schien naheliegend. Das sind schöne Erinnerungen voll ungetrübten Glücks. Der warme Nachtwind schnurrte uns durchs Haar. Peli trommelte wie gesagt wild gegen das Verdeck. Ich erinnere mich, dass wir damals am liebsten die ganzen Häuser mitgenommen hätten. Wir verspürten eine unglaubliche Lust, sie einfach zu pflücken. Dort, wo sie vorher gestanden hätten, hätte sich der Boden erhoben, neue Aussichtspunkte wären entstanden. Von dort aus hätte man dann die neue, von uns gebaute Arche gesehen. Die Gipslöwen und Gipsschwäne und die Gartenstühle wären auf einem plötzlich entsprungenen Fluss dahingefahren.

Aber in welche Richtung? Manchmal verzettelten wir uns in Fragen, die nirgendwohin führten, wir bemerkten es nicht immer gleich. Dabei hatten wir ja gar keine Arche! Und als ob sich Häuser einfach so wegpflücken ließen. Noch dazu gibt es ja gar keine Gipsfiguren im Freien, sie sind aus Stein, Marmor, Eisenguss oder Bronze. Ständig wurde unser Realitätssinn geweckt und machte uns misstrauisch gegenüber uns selbst. Wir fuhren umso schneller weiter, brausten durch fremde, eckige Dörfer, an Kirchen vorbei und Läden, Banken, an gläsernen Autosalons und Tankstellen, und immer hielten wir Ausschau. Wie aber kam unser Lieferwagen nach Unterwindisch?

Oberwindisch. Also zunächst jetzt Windisch.

Oberwindisch! Langsam haben wir uns dieser Frage angenähert. Ich glaube, es ist bald so weit, hierzu eine zumindest vermutende Aussage treffen zu können. Wir fuhren wieder einmal auf der A1. Schrebergartenhäuschen rechts, irgendwo auch der dunkle Fluss, links neben uns leuchtete das riesige Ikea-Gebäude blau und gelb in der Nacht. Die Strommasten waren gut im Takt. Schilder mit den Namen der Dörfer säumten den Weg. Plötzlich sah ich einen riesigen Hahn aus Plastik, der vom Rand der Autobahn leicht erhöht über die Autos hinwegblickte und das Tierheim Baden-West ankündete. Ich folgte seinem Blick und muss so die Ausfahrt nach Windisch genommen haben. Bald mussten wir uns dann dem Gartencenter Guggenbühl genähert haben, ohne zu wissen, was das hieß. Auf jeden Fall stand dort vor dem Eingang eine riesige Schar Gartenfiguren. Natürlich versetzte uns dieser Anblick in eine besondere, ja, irgendwie *glitzernde* Stimmung, die sich bald in Tatendrang niederschlug.

Falls jemand aus dem Fenster geschaut hat in jenen Minuten – man muss zugeben, dass wir wirklich schufteten. Es stimmt: Kurz verloren wir das Maß. Was aber hätten wir sonst tun sollen? Es gab ja keinen Platz mehr in unserem Lieferwagen. Es blieb uns nichts anderes übrig, als die Skulpturen auf dem Parkplatz zu verteilen. Wir setzten sie in die leeren Parkfelder, auf die weißen Striche und vor die Hecke, die den Parkplatz an einer Seite abschloss. Am Ende hatten wir jedes einzelne Stück mit unseren eigenen Händen an seinen neuen Ort gebracht. Und nachdem ich zuerst auf Pelis Schulter geklettert war und sie danach auf meine, um alles aus der Höhe zu überblicken, fanden wir, es sei gelungen. Dann öffnete sich aus dem Nichts ein Fenster und eine Frau schrie irgendetwas, ich glaube, es war eine Beleidigung, hinaus in die Nacht. Unglaublich, dieser Lärm, wenn andere Leute schlafen wollen. Fast hätten wir sie angezeigt. Doch wir verzichteten darauf. Auch sie war ja schließlich nur ein Mensch.

Bald kamen wir in eine eher reiche Gegend. Die Häuser wurden größer, ebenso die Tore und Hecken. Und da, als wir so fuhren, sahen wir plötzlich ein seltsames bläuliches Licht durch etwas hindurchscheinen. Sofort hielt ich an. Wir standen vor einer dichten Hecke, etwas

Küstenartiges, Salziges schien aufzusteigen aus dem Garten dahinter, in der Nähe rauschte das Wehr eines Flusses. Wir wanderten die Hecke auf und ab und suchten nach einer Stelle, die uns Einlass gewährte. Leider fanden wir keine. Das heißt, es gab da ein riesiges Tor, vor dem zwei ernste Sphinxe saßen. Doch wir waren nicht in Stimmung. Oder ahnte ich schon damals, dass ich mir noch früh genug in einem hässlichen Polizeiraum hunderte von Fragen würde anhören müssen, Fragen, die Rätsel entfachten, in die Irre führten, in Verstrickungen, die die Wahrheit verwirrten und zerzausten, sie geradezu in die Flucht trieben? Nein, ich ahnte es nicht. Da war immer noch dieses Licht. Haben Sie schon einmal versucht, sich durch eine Hecke zu zwängen? Sobald man es geschafft hat, sagt man, dass man es zwar nie für möglich gehalten hätte, dass es dann aber doch ging. Es war im Grunde auch unmöglich. Wir landeten auf einem weichen Rasen und sahen jetzt, was vorhin so bläulich hell geleuchtet hatte. Eine riesige, von einem Scheinwerfer angestrahlte *Meerjungfrau aus Marmor* erhob sich vor uns in die Nacht. Ihre rechte Hand zeigte zum Himmel, ihre Augen waren anmutig oder traurig zu Boden gerichtet. Sie stand einige Meter vor einem ebenfalls beleuchteten Pool, der aus irgendeinem Grund mit Salzwasser gefüllt war. Dahinter stand ein herrschaftliches Haus. Peli stürzte sich sofort auf die marmorne Meerjungfrau und legte ihre Hände um den kühlen Stein. Ihre Stirn reichte nur bis zum Nabel. Sie schwieg eine Weile andächtig. Sanft sah ihr Gesicht jetzt aus. Aber es war ihm anzusehen, dass sich dahinter auf leisen Sohlen ein Entschluss anschlich. Er kam immer näher und näher. Und dann stand er da.

Wir nehmen sie mit, sagte Peli mit fester Stimme.

Wen?

Die Meerjungfrau natürlich.

Ich schwieg, um Peli Zeit zu lassen, es einzusehen.

Wir nehmen sie mit. Was *soll* sie denn noch hier?, fragte sie.

Ich spürte, dass das eine berechtigte Frage war. Trotzdem konnte ich sie nicht ganz verstehen, diese gewaltigen Gefühle von Peli, die sie dieser Meerjungfrau gegenüber in so kurzer Zeit entwickelt hatte. Mir gefiel sie nicht besonders. Kann sein, dass sie mir einen Respekt einflößte, der mich ärgerte.

Warum sollten wir sie mitnehmen? Nur, weil sie *größer* und *schöner* ist als alle anderen, die wir bis jetzt gesammelt haben? Nur, weil sie aus *echtem* Marmor ist?

Das war natürlich eine Unterstellung. Ich bereute es sofort.

Peli starrte mich ungläubig an.

Spinnst du? Alle anderen haben wir doch auch mitgenommen. Warum ausgerechnet *sie* nicht?

Da hatte sie natürlich auch wieder recht. Aber wie sollte das denn gehen?

Denk doch einmal an unseren Lieferwagen. Der ist *so* lang. Und jetzt halte deine Meerjungfrau dagegen. Die ist *so* lang. Kapierst du es endlich?

Ja und?, zischte Peli, deswegen müsse ich ja nicht gleich durchdrehen.

Sie krempelte die Ärmel hoch und packte das linke Marmorbein. Ich half ihr dann doch, es ging ja auch ums Prinzip. Peli sah interessant aus, beleuchtet vom Scheinwerferlicht, ihre Lippen wirkten blau, ihre Iris leuchtete unnatürlich weiß und ihre Wimpern warfen scharfe Schatten auf ihr schmales Gesicht. Wir stießen und zogen mit vereinten Kräften, die Nacht waberte in warmen Wellen auf uns zu und wir schwitzten fast so stark wie am Nachmittag, aber die Meerjungfrau tat keinen Wank, zeigte unbewegt nach oben und schaute nach unten. Wahrscheinlich verband sie Himmel und Erde. Aber für wen? Ich hatte dann bald einmal genug und setzte mich an den Rand des Pools. Mit der flachen Hand strich ich über die Wasseroberfläche. Ich hätte so Lust gehabt, darin zu schwimmen, aber ich ahnte, dass das verboten war. Es machte mich fertig. Ich schaute Peli zu, wie sie sich mit Anlauf gegen den Marmor schmiss. Wo hatte sie nur so viel Energie her. Sie verstauchte sich den Fuß, als sie noch einmal gegen die Meerjungfrau trat. Nichts bewegte sich. Dafür gingen plötzlich Lichter an im Haus.

Die Hecke hatte den Weg, den wir genommen hatten, schon wieder verschlossen, auf jeden Fall fanden wir die Stelle nicht mehr. Und nun gab es auch Hunde, die von irgendwoher bellten und sich gegenseitig damit ansteckten. Plötzlich glaubten wir, eine Gestalt gesehen zu haben am Fenster mit einer erhobenen Waffe. Wir stürzten uns in die

Hecke, jede für sich. Wie warteten auf einen Schuss. Dann gingen die Lichter wieder aus. Wir wussten nicht, wie viel Zeit vergangen war, als wir wieder herausgekrochen kamen. Die Hunde waren verstummt. Nur die Mücken, die um die Straßenlaternen schwebten, suchten unsere Nähe. Peli hinkte. Wir klopften uns die Blätter und Ästchen vom Körper und stiegen wieder in den Lieferwagen.

Und da muss also jemand in der Zwischenzeit ein Foto gemacht haben von unserem Lieferwagen. Was nicht alles geschieht, ohne dass man es bemerkt.

Der von Ihnen gestohlene Lieferwagen wurde wenige Tage später an der Grenze nach Italien angehalten und untersucht. Im Stoßstangenbereich des Kofferraumes wurden zwanzig Kilo Kokain gefunden. Am Steuer saß Dominik Müller. Also noch einmal: Warum haben Sie den Lieferwagen gestohlen?

Ja genau, warum eigentlich? Wir sollten es bald herausfinden. Zuerst aber fuhren wir weiter, weg von Windisch, einfach so frisch von der Leber weg durch die Gegend. Es war seltsam. Irgendetwas hatte sich verändert.

Mein Verdacht, gegen den ich mich eben noch gewehrt hatte, schien sich langsam zu bewahrheiten. Es war einfach nicht mehr dasselbe. Es betraf die Gartenstühle. Während ich weiterhin aufs Gaspedal drückte, stellte sich immer mehr heraus, dass wir beide für die Gartenstühle hinten im Lieferwagen gemischte Gefühle entwickelt hatten. Ich sage es ungern, aber seit wir die marmorne Meerjungfrau gesehen hatten, war der Reiz der Gartenstühle etwas verblasst. Zuerst wollten wir es uns nicht eingestehen. Wir versuchten, es voreinander zu verbergen. Aber es half nichts. Ich brachte den Wagen zum Stehen. Wortlos luden wir die Gartenstühle wieder aus. Immer zwei zusammen. Zunächst in einem kleinen Park, dann auf einer Baustelle, auf drei Parkplätzen, in regelmäßigen Abständen an der Hauptstraße und was sich uns sonst noch an Flächen anbot. Eine Katze legte sich sofort auf einen der Stühle, die anderen blieben vorerst leer. Manche stellten wir zu anderen Gartenstühlen in die Gärten anderer Häuser. Es tat uns gut. Aufzuwachen, wo man noch nie vorher war, das hat noch nie jemandem geschadet, riefen wir ihnen zu und verabschiedeten uns winkend. Wir legten uns gegenseitig die Arme über die Schultern und gingen in hüpfenden Schritten, obwohl Peli noch etwas hinkte. In diesen Stunden waren wir ganz beieinander. Nichts würde uns je trennen.

Du hast die Briefe doch auch nicht geöffnet?, fragte Peli plötzlich, als wir wieder im Wagen waren.

Nein, sagte ich.

Wir fuhren zu meiner Wohnung. Nachtfalter umschwirrten die Eingangsbeleuchtung und sendeten flackernde Schatten an die Wände. Fledermäuse flippten um die Siedlung. Wir gingen die zwei Treppen hoch und öffneten die Tür.

Lass es uns gleich hier erledigen, flüsterte Peli.

Sie packte mein altes Sofa. Ich nahm das andere Ende.

Zusammen trugen wir das Sofa nach unten, es war ziemlich schwer. Wir luden es vor einem Auto ab. Man muss immer darauf achten, möglichst viele Spuren zu hinterlassen, meinte Peli. Dann holten wir den Schrank und legten ihn in den Garten eines benachbarten Hauses. Meine Finger schmerzten. Kurz setzten wir uns auf den Schrank und verschnauften. Dann arbeiteten wir emsig weiter. Die Stehlampe stellten wir auf eines der dort geparkten Autos und das Bett auf die Straße, Teller und solche Sachen verteilten wir großzügig, wo auch immer sich ein Plätzchen dafür zeigte. Als wir fertig waren, betrachteten wir alles und jedes ganz nach seiner Ordnung. In diesem Sinn, sagte Peli feierlich.

Wir gingen in meine Wohnung, nahmen die ungeöffneten Briefe und formten daraus ein undurchschaubares Muster. Ich besuchte jeden Raum und schaute alles noch einmal lange an. Danach fuhren wir zu Pelis Wohnung und holten auch dort alles Tragbare heraus und teilten es mit der Umgebung.

Nur weiter so!, rief ein Nachbar aus dem Fenster, er habe soeben die Polizei gerufen.

Zu früh!, rief Peli.

Wieder startete ich den Motor. Zuerst wussten wir nicht, wohin wir jetzt fahren sollten. Es gab ja kein Zurück. Aber nur weil es kein Zurück gibt, heißt das noch lange nicht, dass man weiß, wohin. Hinzu kam, dass der Weißwein schon bald leer war. Auch die Nüsschen gingen zur Neige. Nur von den Zimtkaugummis gab es noch genug. Außerdem schmerzte Pelis Fuß immer noch und verfinsterte ihr die Laune. Und mir tat der Rücken weh von der ganzen Herumtragerei. Die Straßen verfolgten ihre Ziele, und für eine gewisse Zeit taten wir, als hätten wir dieselben und saßen ihnen auf. Es ging auch gar nicht anders. Unter diesen Umständen war es fast unmöglich, unser eigenes Ziel zu erkennen. Endlich machten wir auf einem Parkplatz eine Pause, um in uns zu gehen. In Gedanken versunken schritten wir den Parkplatz ab. Kurz verflocht ich mich in ein Gespräch mit einem jungen Mann, der mich um Feuer bat.

Alles klar?, fragte ich. Ja klar, sagte er. Und bei dir? Eh, sagte ich. Und du? Sehe ich etwa nicht so aus?, fragte er.

Dann wusste ich nicht, wie weiter. Wir verabschiedeten uns und schon währenddessen, weil ich dabei kurz in die Nacht starrte, fielen mir wieder die Kräne ein. Sie waren doch immer da gewesen. Ich rannte zu Peli. Auch ihr waren sie wieder eingefallen. Wir waren beide froh um diese Wendung. Wir studierten die Kräne, die sich dunkel vom Nachthimmel abhoben. Man erkannte sie an dem einzelnen roten Licht ganz am äußersten Punkt des Krans, das zunächst aussah, als hinge es einfach so in der Luft oder sei Teil eines Flugzeuges. Mit der Zeit aber gewöhnten sich die Augen daran und man erkannte sie auch so. Im Grunde war die Nacht recht hell, die Sterne kaum zu sehen. Wir können, wenn ich jetzt darüber nachdenke, von uns behaupten, dass wir uns damals entschlossen, zu vielem *ja* oder zumindest *von mir aus* zu sagen, und zwar vor allem darum, weil wir es nicht kannten. Dies führte zu großen Auswirkungen, größeren, als wir zu diesem Zeitpunkt ahnen konnten. Es hat viel beigetragen zu dem oder war vielleicht sogar die Voraussetzung für alles, was danach geschah.

Lassen wir das für den Moment einmal so stehen. Überlegen Sie sich gut, ob Sie nicht einfach die Wahrheit sagen wollen. Kommen Sie etwas runter. Es hat keinen Sinn, weiter zu lügen.

2. Vernehmung

Sie haben sich bei unserem letzten Gespräch dazu entschieden, die Frage nach dem gestohlenen Lieferwagen nicht zu beantworten und mir stattdessen eine Geschichte von Gartenskulpturen, Sphinxen und Meerjungfrauen zu erzählen.

Ich wollte unbedingt noch darauf zu sprechen kommen. Das eine geht nicht ohne das andere. Das werden Sie noch verstehen. Übrigens ging es nur um *eine* Meerjungfrau, nicht um mehrere.

Ich weise Sie darauf hin, dass Ihnen diese Art der Beantwortung meiner Fragen keinerlei Vorteile vor Gericht verschaffen wird, ganz im Gegenteil. Aber wie Sie wollen. Machen wir einen neuen Anlauf. Warum haben Sie am 30. Juli den Lieferwagen auf dem Parkdeck des Glattzentrums gestohlen?

Wo war ich stehen geblieben?

Sie hatten, warum auch immer, die Möbel aus ihrer Wohnung an dafür nicht vorgesehene Orte gestellt und sind dann zu einem Parkplatz gefahren, wo Sie es laut Ihrer Aussage offenbar für relevant hielten, zu allem »Ja« zu sagen. Was ist dort passiert?

Ja genau. Wir waren also auf diesem Parkplatz. Bestimmt erinnern Sie sich, dass uns die Kräne aufgefallen waren, die Kräne in der Nacht. Eine Mehrheit zeigte nach Norden. Eine Minderheit nach Süden.

Ich gebe zu, dass wir uns gerne von der Mehrheit absetzten. Ob das immer berechtigt war, das wird sich noch zeigen oder nein, es wird sich eben *nicht* zeigen. Wie auch immer, es wird dann einfach so sein, wie es gewesen sein wird, man kann schlecht sagen, wie es gewesen wäre, wenn wir nach Norden gefahren wären. Ja, man kann eben nie wissen, was *besser* gewesen wäre, und dennoch plagt uns Menschen doch gerade das. Aber wissen Sie was? In jener Nacht nicht. Da fühlte ich mich immer im richtigen Augenblick am richtigen Ort und glaubte zum ersten Mal, dass es möglich sei, Fahrt aufzunehmen, wo auch immer wir hinfuhren. Also die Kräne, die Richtung Süden zeigten, die gefielen uns in jenem Moment einfach besser. So etwas spielt ja auch immer mit hinein, eine Art Geschmack. Wir fuhren also Richtung Süden in die Stadt hinein. Auf der Quaibrücke hielten wir an. Wenige Meter unter uns strömte der schwarze Fluss stadtauswärts. Es war ein unausgeglichener Fluss, wir spürten sein Ziehen. Blätter, Äste, eine senkrecht stehende PET-Flasche schossen an uns vorbei. Zwei schroffe Enten schwammen gegen den Strom. Aus ihnen wird einmal etwas werden, flüsterte Peli und kicherte. Bestimmt waren auch Sie schon einmal in einer Sommernacht auf der Quaibrücke. Wie Sie sich vorstellen können, waren wir alles andere als allein. Schwärme von lärmigen Bankern, Versicherungsleuten und Aktionärinnen torkelten an uns vorbei und fragten nach einem guten Club. Wir zeigten in verschiedene Richtungen, und so zerstreuten sie sich schnell.

Ein festlicher Augenblick, der sich schon lange leise angekündigt hatte, war jetzt gekommen und fuhr uns golden ins Gemüt. Wir schritten langsam zum Laderaum des Lieferwagens und öffneten ihn. Die Skulpturen sahen etwas anders aus als in den Gärten. Bleicher und auf eine schwer auszumachende Weise erwachsener. Kurz: Sie waren bereit. Eine Weile noch betrachteten wir sie. Dann nahm Peli den gähnenden Gipslöwen, hinkte mit ihm zum Geländer und warf ihn mit aller Kraft in den Fluss. Sie war begeistert von dem Aufprall, das Wasser spritzte hoch auf, dann war der Löwe verschwunden. Auch ich griff zu und kam bald in Fahrt. Ein Schwan klatschte ins Wasser, ein Engel, ein Drache, ein Elefant, ein Löwe, eine Sphinx und dann noch vieles mehr in mehrfachen Ausführungen. Wir schufteten regelrecht, das Wasser spritzte, ein paar Zuschauerinnen applaudierten. Endlich folgen sie ihrer wahren Bestimmung, sagte Peli. Einst gefunden im Fluss werden sie künden von einer großen, vergangenen Zeit.

Doch Sie wollten wissen, zu welchem Zweck wir den Wagen entwendet hatten. Ich glaube, wir kommen bald zu einer Antwort. Vom See her schnatterten nämlich die süchtigen Schwäne, ein früher Morgenwind wehte. Wir spazierten in Hochstimmung Richtung Tramhaltestelle Bellevue. Den Lieferwagen ließen wir im Moment da, wo er war. Es dauerte nicht lange, bis uns dort ein Fahrrad auffiel, das an die Säule der Überdachung angelehnt war. Wissen Sie, wo? Da, wo dieses runde Café ist, Belcafé heißt es. Vor dem Fahrrad stand eine Tragetasche aus Plastik und eine längliche Büchse. Und auf der Bank vor dem Café saß eine Frau mit struppigem Haar und einer Wintermütze. Sie ließ das Fahrrad nicht aus den Augen. Einer unsichtbaren Person, die neben ihr saß, erzählte sie, dass sie auf ihren *Ersatzbruder Clemens* warte. Clemens habe ihr gesagt, er liefere ihr noch diese Nacht einen Wohnwagen an den Rand der Stadt. Er komme dann zu ihr und bringe den Schlüssel. Natürlich habe er schon oft gesagt, dass er komme, und sei dann doch nicht gekommen. Aber diesen Abend komme er ganz sicher.

Kam dann Clemens? Das war die Frage, die uns beschäftigte.

Weiter hinten flogen Möwen auf und landeten gleich wieder, flogen wieder auf in Stürmen, irgendetwas war los auf dem Opernplatz.

Ja, was wohl?

Zwei Gestalten stiegen aus einem Lieferwagen, der langsam auf den Opernplatz gefahren war. Es waren zwei Frauen, die sich der Frau auf der Bank mit beschwingten Schritten näherten, eine davon hinkte ein wenig und war recht klein. Die andere davon war eher dick und auch nicht gerade groß. Beide wirkten etwas vergriffen. Trotzdem sahen wir in diesem Moment auf eine unbescheidene Art sehr gut aus. Wir entwirrten das lange Metallschloss, mit dem das Velo an die Säule gebunden war. Es stellte sich heraus, dass es nicht abgeschlossen war. Ich hängte mir die Plastiktasche um und kickte die Büchse scheppernd vor mir her. Ruhig verstauten wir alles in dem nun leeren Lieferwagen. Dann kamen wir zurück zu der Bank vor dem Café, legten den Schlüssel in die Hand der Frau und verbeugten uns.

Nun wussten wir, warum wir den Lieferwagen entwendet hatten. Wir haben nichts gegen Männer, aber wir sind der Meinung, man müsse nicht dauernd auf sie warten. Andere sind schneller da. Zum Beispiel wir! Wir haben den Lieferwagen entwendet, damit die Frau mit der Wintermütze, sie hieß Ilse Grafen, wie sich später herausstellen würde, die Ränder der Stadt nach dem Wohnwagen abklappern konnte. Voilà. Ich gebe zu, dass mir ein Stich durchs Herz fuhr, dass wir den Wagen gleich wieder weggeben mussten. Aber wie gesagt, man muss gewisse Dinge loslassen können. Sonst hat man keinen Empfang.

Sie wollen den Lieferwagen also einer Frau namens Ilse Grafen übergeben haben, die auf ihren Bruder …

… Ersatzbruder …

… Ersatzbruder wartete.

Ja.

Kannten Sie Ilse Grafen vorher schon?

Nein, zu dem Zeitpunkt kannte ich sie noch nicht. Sie wäre mir sicher aufgefallen. Sie hatte eine herausfordernde Art.

Wie meinen Sie das?

Eine das Schicksal herausfordernde Art. Darum führte es uns wohl auch später noch einmal zu ihr hin, anders kann ich mir das nicht erklären. Ich weiß übrigens nichts weiter über sie, außer dass sie eben sagte, dass sie auf ihren Ersatzbruder Clemens warte und der sie zu einem Wohnwagen bringen werde.

Was wissen Sie über diesen Ersatzbruder?

Ilse meinte, er sei Mathematiklehrer und wohne in Österreich.

Es sieht eher so aus, als wollten Sie den Lieferwagen so schnell wie möglich wieder loswerden.

Das stimmt. Es tut einem nicht gut, sich an Komfortgüter zu gewöhnen. Besser gar nicht erst damit beginnen.

Vieles ist unklar. Der Wagen, der im Parkhaus des Glattzentrums parkiert war und in dem das Marihuana gefunden wurde, hat ein österreichisches Nummernschild und ist auf den Namen Clemens Pohl registriert. Handelt es sich dabei um diesen Ersatzbruder Clemens?

Das könnte natürlich sein, obwohl ich nie auf diese Idee gekommen wäre. Sie kommen wegen dem Vornamen darauf?

Ihre Begleiterin hatte einen Schlüssel zu dem Renault Twingo. Warum?

Hatte sie einen?

Stellen Sie sich nicht dumm. Sie besaß den Schlüssel zum Wagen, sonst hätte sie ihn ja nicht öffnen können. Sie haben ja die Aufnahme gesehen. Wer hat das Marihuana in den Renault Twingo geschafft? Und warum hat *Peli Rouge*, wenn sie überhaupt so heißt, es aus dem Wagen herausgenommen? Wer hat das Kokain im Lieferwagen versteckt? Und wie hängt vor allem das Kokain mit dem Marihuana im Renault Twingo zusammen?

Woher soll ich denn das wissen? Sie scheinen davon auszugehen, dass alles miteinander zusammenhängt. Aber das ist Ihre Idee, nicht meine. Ich kenne weder Müller noch Pohl, und ich weiß auch nicht, wie und ob die untereinander verbandelt sind.

Zunächst zurück zum Bellevue. Warum haben Sie und Ilse Grafen sich getroffen?

Durch Zufall oder Schicksal, ich kann das auch nicht immer ganz klar unterscheiden. Wir kannten sie vorher nicht. Aber als wir sie da warten sahen, verspürten wir Lust, ihr den Lieferwagen zu schenken. Können Sie das denn gar nicht verstehen?

Die Ermittlungen laufen. Wir werden darauf zurückkommen. Hier steht weiter, dass Sie am darauffolgenden Tag, dem 31. Juli, um 21 Uhr ein Fenster eines zum Tertianum Letzipark gehörenden Büroraums an der Hohlstrasse 459 mittels Wasserdruck zu Bruch gebracht haben. Erzählen Sie, wie es dazu kam.

Gern! Ich erinnere mich recht gut daran. Wir standen also beim Bellevue. Langsam sahen wir unseren Lieferwagen wegfahren. Ilse nickte uns zum Abschied mehr oder weniger dankbar zu, rückte ihre Mütze zurecht und brauste davon.

Wenn alles da aufgehört hätte, wäre das ein gutes Ende gewesen. Wie soll ich sagen: Eine *erfundene Geschichte* hätte an diesem Punkt wahrscheinlich aufgehört. Aus Nächstenliebe hätten wir einer auf ihren Ersatzbruder wartenden Frau einen Lieferwagen geschenkt, auf dass sie ihr Glück damit finde. Wir hätten uns verbeugt, und Schluss. Nie mehr hätte man etwas von uns gehört.

Leider aber hörte es dort nicht auf. Und wissen Sie, warum? Weil wir in der *Wirklichkeit* waren! Und die hört nie im richtigen Augenblick auf.

Morgenröte stieg über dem Gebäude der *Neuen Zürcher Zeitung* auf. Sie warf ihr rosafarbenes Licht auf das nahe Wasser, die Bäume und Häuser zogen daraus ihre Konturen, bevor sie kurz darauf verklang, der Himmel blassblau und weiß wurde. Ja – die Zeit ging eben weiter, die Stunden rollten so vor sich hin und früher oder später würden wir erfahren müssen, dass wir Ilse mit dem Lieferwagen nicht *nur* Freude bereitet hatten. Noch wussten wir zum Glück nichts davon. Und dennoch fühlte sich auf einmal alles ein wenig leer an. Das fahle Morgenlicht hing über dem Bellevue und entzog den wenigen Bäumen die Farbe. Da war der noch geschlossene Coop, der Globus, eine Sprachschule, die Bellevue-Apotheke und die Oper. Bald würden die ersten Lieferwagen die Waren für den kommenden Tag abladen. Putzfahrzeuge begannen sich zu regen. Wir betrachteten die Möwen. Ihr Gefieder blendete uns vor dem sonst grauen Licht. Sie hatten sich in der Fassade der Oper eingenistet und warfen ihr Gelächter auf uns herab. Wir schlurften über den Platz. Nur ein Mann mit Sakko und am Hinterkopf igelartig abstehenden Haaren saß auf einem der leeren Stühle. Auf seinen Beinen hockte ein langer Hund und leckte ihm über das Gesicht. Der Mann schien zu verstehen, dass dieser Hund ihn mochte. Er war damit einverstanden.

Als wir über den Fußgängerstreifen gehen wollten, wurden wir fast überfahren. Das hat uns gerade noch gefehlt, rief Peli und haute dem Wagen auf die Haube. Jetzt versuchen sie schon, uns umzubringen. Dann waren wir beim See angelangt. Die blau zugedeckten Schiffe sahen aus, als nickten sie. Ein paar junge Männer saßen auf den Treppenstufen, die zum Wasser herunterführen, und hörten Musik. Das andere Seeufer war noch nicht ganz bei sich, verschwommen lag es in einem dunstigen Licht. Es war noch sehr früh. Immer ist es für vieles zu früh, das hatten Peli und ich damals sehr deutlich gespürt. Die Menschen sind zu jung. Wir aber fühlten uns sehr alt. Und kurz darauf wieder unglaublich jung. Wir pendelten zwischen Tatendrang und Misstrauen gegenüber jeder Tat. Es war eindeutig zu früh für das Polizeiauto, das im Schneckentempo heranrollte und direkt vor uns zum Stehen kam. Eine Polizistin und ein Polizist stiegen aus dem Wagen und streckten sich gähnend in der Morgenluft. Die Polizistin dehnte ihr Handgelenk. Obwohl wir sicher waren, dass sie *wegen uns* kamen, gingen sie plötzlich auf die *jungen Männer* los, als ob die fähig gewesen wären, einen Lieferwagen zu stehlen.

Wir kamen zu der Bucht, in der die süchtigen Schwäne unruhig die Nacht verbracht hatten auf dem Kies oder auf den flachen Steinen nahe am See. Unzählbare Schwanschaften drängten sich dort nah aneinander, Federn und Kot waren verstreut, verrenkte Hälse lagen auf Federkörpern, schwarze Schwanenfüße suchten Halt. Ein gedämpftes Schnattern rollte durch die Menge. An einigen Stellen war es dichter, an anderen ganz ruhig. Dort, wo es ruhig war, bewegten sich die Schnäbel ohne Ton. Sie waren müde. Aber wer wird denn an Schlafen denken, wenn man doch tagen muss! Seufzend zogen wir unsere Turnschuhe aus und tunkten die Füße ins Wasser. Wir fühlten uns leicht und hohl. Kleine Wellen schwappten sanft gegen den Schwanenplatz.

Wir dachten darüber nach, was bisher geschehen war. Die Gipsfiguren waren im Fluss, andere neben dem Gartencenter, die Gartenstühle, wo sie waren, der Lieferwagen weg, Ilse suchte den Wohnwagen, die Meerjungfrau verharrte auf ihrem Sockel neben dem Pool. Wir hatten uns verbeugt, waren aber nicht verschwunden und auch überfahren worden waren wir nicht.

Ich kann mir nicht vorstellen, was jetzt noch kommen soll, sagte ich, aber Peli meinte, man könne sich immer zu wenig vorstellen. Warte nur, beschwichtigte sie mich: Im Nachhinein ergibt alles Sinn.

Ich fragte sie, warum ausgerechnet im Nachhinein.

Weil wir ihn stiften!, lautete die Antwort.

Sie tastete ihren Rucksack ab und zog ihr Handy hervor. Von mir abgewendet schrieb sie eine lange oder mehrere kurze Nachrichten mit zusammengezogenen Augenbrauen und einem leichten Lächeln um die Lippen. Immer wieder fuhr sie sich dabei durch ihr kurzes schwarzes Haar, als ob sie gut aussehen wollte, während sie tippte. Bis heute weiß ich nicht, an wen sie schrieb. Wissen Sie, es ist so: Wenn ich jemandem geschrieben hätte, hätte ich es ihr gesagt.

Aber sie war eben nicht ich, das bemerkte ich immer wieder. Und nie hörte ich auf, darüber zu staunen. Ich selbst hatte kein Handy dabei. Wie abgemacht, hatte ich alles darauf gelöscht und es in meiner Wohnung zurückgelassen. Ich sprach sie darauf an, aber Peli meinte, obwohl ich es eigentlich ganz normal gesagt hatte, ich solle nicht gleich durchdrehen, ich hätte doch eh keine Ahnung von der heutigen Technologie, und darum sei es besser, dass *ich* kein Handy mitgenommen hätte. Dann wieder dieses fein gesponnene Lächeln, während sie weiterschrieb. Nun gut. Vielleicht brauchte sie einfach ihre Privatsphäre.

Wieder begann ich, die Schwäne zu mustern, deren Federn aus dem sonst schmutzigen Morgenlicht herausleuchteten. Nie vorher hatte ich es so deutlich empfunden, wie süchtig sie waren. Und das war nur einer ihrer Plätze. Der ganze See war ja gesäumt von ihnen. Irgendwo schien es sie immer zu zwicken, ein plötzliches Zucken ging durch ihr Gefieder, sie gruben mit den Schnäbeln nach und fischten etwas aus sich heraus, das niemand sah. Sie hatten Konflikte, innerliche Knöpfe, es sah aus, als hätten sie einen Mangel. Einen Vitaminmangel wahrscheinlich, aber auch noch einen anderen. Plötzlich brachen die einen auf in den See, majestätisch und angegriffen. Andere schienen in einen mühsamen Traum verstrickt. Ihre Augen waren verklebt und geblendet. Sie schienen beleidigt. Auf jeden Fall nicht verliebt. Das konnte man ganz deutlich sehen. Wenn jemand am Seeufer den Arm hob, als hätte er Brotkrümel in seiner Hand, schwammen sie sofort auf ihn zu und lauerten, ohne zu wissen, ob sie überhaupt hungrig waren. Sobald ein Brotstück ins Wasser fiel, stürzten sie sich darauf, fächerten sich auf und hauten mit dem Schnabel um sich. Vielleicht hatten sie Angst, undankbar zu wirken. Tagsüber waren sie mit sich selbst beschäftigt, mit den Schuhen der Mittagesser und deren Kameras, in die sie mit kaltem Blick hineinblickten. Mit den Rändern einer Pizza, die sie bändigten, indem sie sie gegen das Wasser peitschten. Mit den Bedingungen der Bucht, der offenen Fläche, der Hauptstraße und den sie hoch oben überquerenden Flugzeugen.

Obwohl ich gerade noch gut gelaunt gewesen war, fühlte ich mich nun erschöpft. Die Müdigkeit drängte sich von innen gegen meine Augen, ein Tag-danach-Gefühl machte sich breit. Mir war ein bisschen übel. Plötzlich fühlte ich mich zu dick. In der linken unteren Zahnreihe meldete sich ein Zahn. Ein Pickel begann zu wachsen. Ich war durstig. Peli schien in den Morgen hineinzuhorchen. Man schrieb den 31. Juli. Die neue Woche hat angefangen, sagte sie, und als ob das ein Stichwort gewesen wäre, stülpten wir die Socken über unsere nassen Füße, banden die Schuhe und gingen weiter, etwas ziellos, schätze ich. Irgendwann kamen wir zu einer Baustelle, die durch Absperrholz verdeckt war, und stellten uns vor eines der Gucklöcher. Arbeiter in orangenen Gewändern kletterten in einem riesigen Loch herum, stiegen Gerüste hoch und gingen durch die noch offenen Räume. Wir sahen Metallstangen und kühlen Beton. Haufen von Kies, aufgetürmte Ziegel, aufgerollte Kabel. Gestapelte Bretter, lose Bretter, lange Bretter, kurze Bretter, Betonmischfahrzeuge und diese metallenen Dinger, diese großen offenen Behälter, die es auf jeder Baustelle gibt, in die man Schutt und so hineinwirft, wie heißen die?

Mulden?

Ja genau, Mulden! Danke. Bagger brachten Erde und schaufelten Erde weg. Plötzlich drang ein Ruf durch die metallenen Geräusche der Baustelle, ich konnte nicht unterscheiden, ob jemand einen Befehl erteilte oder um Hilfe rief. Dann bewegten sich lange Metallketten wie Unterwasserpflanzen langsam durch die Luft. Während ich damit beschäftigt war, die Baustelle anzuschauen, schien Peli Blickkontakt mit den Arbeitern aufgenommen zu haben. Einige winkten ihr zu oder kamen sogar an die Lücke und schlugen ihre Faust gegen jene von Peli. Einer schenkte ihr ein Stück von einem grünen Kabel. Peli stellte mir keinen von ihnen vor. Ich hätte das an ihrer Stelle gemacht. Ich nehme an, Sie sind da ähnlich wie ich. Ich mag es nicht, wenn einen Leute nicht vorstellen. Aber gut, alle machen das eben anders, da gibt es nun einmal keine allgemeine Regel dazu. Peli verstaute das Kabel in ihrem Rucksack und kam nicht mehr darauf zurück.

Der Hunger trieb uns wieder zum Bellevue. Auf dem Weg kamen wir zu einer Kreuzung, in deren Mitte ein Topf mit einer Pflanze stand. Eine rote Kerze war daneben, ein paar getrocknete Blumen lagen auf dem Boden. Kurz dachten wir, diese Blumen da, die wären für uns gedacht. Wir versuchten uns vorzustellen, wir seien tot. Aber es ging nicht. Und daran erkannten wir, dass wir noch lebten. Rein gar nichts konnten wir uns vorstellen. Wir setzten uns auf die Bank vor das runde Café. Wir studierten die Leute. Das ist nicht gesund. Wenn man das zu lange tut, dann ist man irgendwann hinüber. Man bekommt Kopfschmerzen, wird stumpf, aggressiv, aber man kann auch nicht aufhören damit. Ein Mann und eine Frau putzten sich gleichzeitig die Nase. Eine Frau mit Skistöcken erklomm aufdringlich ein wartendes Tram. Die ist auch durch, erkannte Peli, und ich musste ihr sofort recht geben. Aber interessierte es jemanden? Alle waren ja durch! Völlig fertig! Abwesend! Aber wo waren sie dann? Und wo waren wir? Wir waren auch bald durch. Wir mussten alles tun, um das zu verhindern. Viele Leute gingen noch an uns vorbei mit ihren gepflegten, schattenlosen Gesichtern. Wir konnten uns immer weniger unter ihnen vorstellen. Und sie schienen sich ihrerseits uns überhaupt nicht vorstellen zu können … Aber es gab uns ja alle. Wir vergaßen es nur oft. Peli und ich schauten uns an. Und da spürten wir es wieder, wie es von weitem langsam heranrollte oder hochstieg, dieses helle Kribbeln, das aus der Tiefe kam in all seinen lodernden Farben … Was war das genau? Wir dachten darüber nach und tauften es unsere flatternde, prachtvolle Ungeduld. Wir wollten einfach nicht so sein, so durch. Feierlich gaben wir uns die Hand. Wahrscheinlich war es ein Pakt. Die Wolkendecke am Himmel, deren Rand gelb leuchtete, gab einen blauen Streifen frei. Auf der Tramschiene gab es eine funkelnde Stelle. Dröhnend suchten die Putzfahrzeuge den Boden ab und fuhren mit ihren Borsten an den Straßenrändern entlang.

Plötzlich kam der Mann mit den Igelhaaren und dem Hund, den wir ganz früh am Morgen auf dem Opernplatz gesehen hatten, über die Tramschiene auf uns zugelaufen. Er sagte, er heiße Fritz Hirz. Seine Augen waren wach, leichter Alkoholgeruch ging von ihm aus. Irgendetwas Schweres liege heute auf ihm, er wisse nicht genau, was. Es gebe ein Darstellungsproblem für alte Leute wie ihn. Wie es wäre, wenn er uns einen Kaffee bringen würde und etwas zu essen? Er verschwand im Café und brachte uns zwei Kaffee und zwei Sandwiches, eines mit Salami und eines mit Käse.

Vielleicht wäre er einer für die Arche, überlegte ich. Aber es müssten ja zwei sein, sagte Peli. Dann eben nicht. Darauf schliefen wir ein, Schulter an Schulter. Hinten stiegen die Möwen unaufhörlich in die Luft. Wir müssen Stunden geschlafen haben. Als wir aufwachten, war es später Nachmittag oder früher Abend, wir öffneten unsere verklebten Augen. Fritz Hirz war verschwunden, doch ein dicker Schlüsselbund lag neben uns auf der Bank.

Also gut, murmelte Peli. Und jetzt?

Viele, sehr viele Schlüssel hingen an dem Bund. Ein Autoschlüssel war darunter und dann mehrere andere, auch ganz kleine, mittelgroße und einer, der sehr alt und rostig war. Dieser Schlüsselbund war von da an unser Halt, ich würde sogar so weit gehen und sagen *unser täglich Brot*. Wir vertrauten fest darauf, dass die Schlösser, die sich mit diesen Schlüsseln öffnen ließen, früher oder später auf uns zukommen würden. Peli steckte den Schlüsselbund ein. Erst viel später haben wir herausgefunden, wofür zumindest einige der Schlüssel gut waren. Damals aber interessierte es uns noch nicht brennend. Es war einfach gut, sie zu haben. Verstehen Sie?

Kommen Sie endlich zum Punkt, Frau Savakis. Meine Frage lautete, wie es zum Bruch des Fensters kam.

Das habe ich nicht vergessen, keine Sorge. Aber ich dachte, wir seien uns darüber einig gewesen, dass Sie danach fragten, *wie* es dazu kam? Und da ich nun schon einmal hier bin, möchte ich diese Frage auch gerne nachhaltig beantworten. Wo war ich? Ja, wir saßen also immer noch da, beim Bellevue, und mussten nun plötzlich feststellen, dass wir von dem Sandwich nicht satt geworden waren. Es zog uns zur Oper, wo die Möwen so aussahen, als könne man einfach eine von ihnen herausgreifen und sich in den Mund schieben. Peli war etwas aufgekratzt, denn ihr waren plötzlich die Gläubiger wieder in den Sinn gekommen. Immer wieder schaute sie sich um, es hätte ja jeder einer sein können. Plötzlich, vielleicht, um ihn anzulocken, falls da einer wäre, machte sie eine schnelle Bewegung mit dem Arm und hatte eine Möwe am Fuß gepackt. Die Möwe kreischte und schlug mit den Flügeln. Ein paar Passanten schauten sie entsetzt an und zückten sofort ihre Geräte. Ganz hinten von der Oper her meinten wir nun tatsächlich einen Gläubiger auf uns zukommen zu sehen. Bedrohlich kam er näher, zahlungskräftig, wie er war. Paragraphen gingen neben ihm, es war eine ganze Schar. Sie, die uns das Leben so schwer machten, die uns belagerten in den langen Nächten, uns aufhielten, in Zweifel stürzten, an alles erinnerten, was nicht ging. Scharf warfen sie ihre Schatten auf die Steinplatten. Mit der flatternden Möwe strebten wir auf die Mitte des Platzes zu. Dort ließ Peli die Möwe los. Schreiend flog sie Richtung Norden. Wenn sie meint, sagten wir und rannten los. Das ist nichts, was ich normalerweise tue, ziemlich schnell war ich außer Atem. Als der Himmel rötlich hinter den Häusern leuchtete, hörten wir endlich auf zu rennen und gingen mit wehen Lungen die Tramschienen entlang. Die Dächer der Häuser am Vulkanplatz waren mit Stäben zum Abbruch markiert. Doch jetzt sahen sie aus wie Antennen, die sich dem Himmel entgegenstreckten.

Sie nehmen Fühlung auf, sagte Peli, die Antennen musternd.

Fühlung mit was?, fragte ich.

Mit der Zukunft, du Opfer! Auch sie war noch ein bisschen außer Atem.

In diesen Sekunden schien es mir, als wehten die kommenden Tage flirrend durch mich hindurch. Ich war aufgeregt und erschöpft und gleichzeitig war da eine irre Freude, ganz nah an einer ebensolchen Angst, die ich auch in Pelis Augen toben sah, sobald ich meine wieder öffnete. Jemand hatte auf der Bank nebenan eine McDonald's-Tüte liegen lassen. Pommes waren darin und zwei Burger und ein McFlurry, auch Mozzarella-Sticks, Chicken-Nuggets und sogar ein kleiner grüner Salat mit französischer Sauce. Es gab im Moment nichts anderes zu tun, als alles davon nachdenklich aufzufressen. Doch nicht lange sollte uns dieser Moment der Einkehr vergönnt sein. Winzige Mücken kamen in einer Wolke auf uns zu und senkten sich in unser Haar. Warum? Wir standen auf, klopften uns die Essensreste von der Kleidung und schüttelten uns. Die rote Abendsonne war längst hinter einem gläsernen Gebäude untergegangen, es war dunkel geworden.

Von einem Plakat schaute Jesus über uns hinweg.

Er schaute leicht nach Nordwesten.

Wir gingen Richtung Südosten.

Während wir so vor uns hin trabten, meinte Peli, dass eben alles damit zusammenhänge, dass die Zukunft *nicht landen* könne. Sie wisse nicht, wo anlegen. Immer werde sie von der Gegenwart *vor sich hergetrieben*. Wie könne sich denn so etwas verändern?

Denken Sie einmal darüber nach.

Fast so langsam, wie ich mich der Beantwortung Ihrer Frage immer mehr nähere, wurden Peli und ich damals von einem starken Flutlicht angezogen, das uns von der anderen Straßenseite entgegenleuchtete. Es kam von mehreren riesigen Scheinwerfern, die es hinabwarfen auf ein paar Männer mit gegelten Haaren und engen Jeans. Sie standen in der Autowaschanlage Stützliwösch.

Ausführlich begutachteten wir die Männer, die Wasserpistolen in ihren schönen Händen hielten, mit denen sie mit Hochdruck den Lack ihrer Autos abspritzten.

Peli ging auf einen Mann zu.

Ist etwas?, fragte er, wie wenn er fände, es wäre nichts.

Sie fragte, ob sie seine Wasserpistole einmal haben dürfe.

Meinst du etwa, dass die nicht befestigt sind?

Nachdenklich strich sie ihm über die Wange. Genervt schlug er ihre Hand weg. Nicht alle können gut mit Komplimenten umgehen. Ich kann zum Beispiel auch nicht so gut mit Komplimenten umgehen. Und dann geschah es. Peli drehte sich zur Seite und hatte ihn hinter dem Fenster entdeckt, hinter dem Fenster des Bürogebäudes. Es war *Julius Bär*, der Begründer der Julius Bär Bank. Also genau genommen war es nur ein etwa zwei Meter großer Stoffbär, der aus irgendeinem Grund dort stand, aber in diesem Moment machte das keinen Unterschied. Für sie stand dort *der* Julius Bär. Peli fragte den Wasserpistolenmann noch einmal, diesmal in einem kälteren Ton, ob sie seine Wasserpistole benutzen dürfe. Da er keine Antwort gab, nahm Peli sie ihm aus der Hand und zielte mit vollem Wasserdruck auf das Fenster. Es ging ziemlich schnell in die Brüche, also es barst, und der Bär kippte nach hinten. Peli war zufrieden, denn sie hatte *den Bann* gebrochen. So war es zum Bruch der Scheiben gekommen und wohl auch zu dem Wasserschaden. Und obwohl sie das, was geschehen war, im Grunde nichts anging, bedrohten uns darauf die Männer mit ihren Wasserpistolen. Sie zielten auf uns. Einige wollten uns sogar festhalten, so blieb uns nur die Flucht.

Vera Savakis, hören Sie mir gut zu. Sie können sich hier gerne um Kopf und Kragen reden, so lange und so viel Sie wollen. Ich habe Zeit. Aber täuschen Sie sich nicht. Helfen wird es Ihnen nicht. Die Mühlen der Justiz mahlen vielleicht langsam, aber sie mahlen.

3. Vernehmung

In der Nacht vom 31. Juli auf den 1. August ist laut meinen Unterlagen sehr viel geschehen. Gehen wir es der Reihe nach durch. In Genf wurde um ein Uhr morgens ein Wagen angehalten. Es handelte sich um einen Škoda Octavia, den sein Besitzer Walter Schmid Stunden zuvor als gestohlen gemeldet hatte. Am Steuer saß eine Frau namens Veronique Elmer. Walter Schmid hat nicht nur Anzeige wegen Autodiebstahls eingereicht, sondern auch wegen Entführung, Körperverletzung und einfachem Diebstahl. Vera Savakis, es geht hier nicht um Kindereien. Es besteht kein Zweifel daran, dass Ihre Gefährtin, die Sie hier Peli Rouge nennen, in Kürze gefasst wird. Mit anderen Worten: Die Wahrheit wird mit oder ohne Ihr Geständnis ans Licht kommen. Es ist ein freundlicher Rat: Bleiben Sie ab jetzt bei der Wahrheit. Warum haben Sie den Škoda Octavia gestohlen?

Das ist eine längere Geschichte.

Erzählen Sie, bitte. Und diesmal ohne Ausflüchte. Ich sage es nicht noch einmal!

Wo waren wir?

Bei der Autowaschanlage.

Stimmt, bei der Autowaschanlage. Nachdem also Peli dem Mann die Wasserpistole wieder zurückgegeben hatte, verneigte sie sich leicht und bewegte sich in einem fließenden Schritt rückwärts aus dem Licht der Scheinwerfer dahin, wo ich bereits auf sie wartete. Diesen gleitenden Rückwärtsgang beherrschte sie wie keine andere. Wir gingen dann ein wenig lauernd auf einem Parkplatz herum, der in einiger Distanz zu der Autowaschanlage lag, und zielten mit dem automatischen Schlüssel auf jedes Auto. Nichts passierte. Stellen Sie sich das einmal vor: Da hatten wir nun einen ganzen Schlüsselbund bekommen und konnten doch mit keinem Schlüssel etwas öffnen. Schlüssel halte ich sowieso für eine Illusion. Auch Schlüsselerlebnisse oder gezogene Schlüsse. Selbst Rückschlüsse. Codes sind es, die einem heutzutage weiterhelfen. Zahlen und Zeichen, Nullen und Einsen in endlosen Reihenfolgen. Aber dies nur nebenbei, denn dann passierte doch noch etwas. Wir lernten nämlich Veronique kennen.

Veronique hinkte ein bisschen. Peli übrigens, nur um möglichen Verwechslungen vorzubeugen, hinkte bereits nicht mehr, unmerklich war ihr Fuß wieder gesund geworden und sie konnte die Gelenke kreisen und springen lassen, wie es ihr gefiel. Veronique war, was man eine Zufallsbekanntschaft nennt. Wir waren offen dafür, denn wenn wir nicht genau wussten, wie es weitergehen sollte, langweilten wir uns schnell. Veronique wollte uns eine Geschichte erzählen, und wir hatten nichts dagegen, sie zu hören. Sie erzählte, sie habe einmal einem geholfen mit einer Wohnung, weil er keine hatte. Und über diesen hätte sie einen anderen kennengelernt. Nicht besonders gut, denn eigentlich fand sie ihn nicht sympathisch. Irgendwann, auf einer Party, sagte er zu ihr: Und, was denkst du? Sie fragte, was er denn meine. Und er: Was, du weißt nicht, was ich meine? Sie sagte, nein, sie wüsste es nicht. Alle in diesem Raum, sagte er, wüssten, dass er seit zwei Jahren in sie verliebt sei, dass er sogar seine Frau verlassen habe, weil er sie so liebe. Sie war überrascht und sagte, das hätte sie wirklich nicht gewusst. Das Problem war, dass er ihr nicht gefiel und dass sie ihn eben auch nicht sympathisch fand. Sie ging nach Hause. Zu Hause aber konnte sie nicht schlafen und musste immer darüber nachdenken, dass er die ganze Zeit in sie verliebt gewesen war, ohne dass sie es bemerkt hatte. Und da sagte sie plötzlich zu sich selbst in einem Anflug von Rührung: Was bin ich so undankbar! Ich werde es mit ihm versuchen. So kamen sie zusammen. Sie zog mit ihm in eine Siedlung am Klöntalersee. Sie verbrachten auf eine bestimmte Weise eine gute Zeit, aber einmal habe sie ihm gestanden, dass sie ihn niemals ganz würde lieben können. Da antwortete er, wenn es zwischen ihnen nicht gehen würde, würde einer von ihnen beiden sterben. Sie war überrascht und fragte lachend, wer von beiden denn sterben würde. Er sagte, wahrscheinlich er selbst, aber vielleicht auch sie. Dann kam Weihnachten. Veroniques Tochter sollte am übernächsten Tag von irgendwoher zurückkommen, und sie selbst wollte eigentlich dann schon zu Hause sein und den Heiligabend in ihrer eigenen, früheren Wohnung verbringen. Du wirst mich doch nicht wie ein einsames Schwein alleine Weihnachten feiern lassen?, fragte er, und es sprach eine so große Verzweiflung aus seinem Gesicht, dass sie einwilligte, mit ihm den 24. Dezember in der Siedlung zu verbringen. Sie kauften Sachen ein für den Abend und fuhren mit dem Motorrad zurück über eine Landstraße, auf der nur sie unterwegs waren. Es war schon dunkel. Es gab keinen Schnee, der Mond stand am Himmel, keine Wolke verdeckte die Sterne. Da riss er eine Vollbremse, und sie flog über das Motorrad hinweg einen Abhang hinunter. Er muss weitergefahren sein, denn als sie wieder zu sich kam, war sie allein. Seitdem könne sie sich Gesichter nicht mehr so gut merken und befinde sich im Krieg mit einer Krankenkasse. Warum sie jetzt hier in Zürich auf diesem Parkplatz sei, das sei nun wieder eine ganz andere Geschichte und habe mit der ersten gar nichts zu tun. Es ginge um ein Date, das sie hier zu treffen beabsichtige. Sie wisse aber nicht, ob ihr Date wirklich komme. Sie spreche mit uns, damit die Zeit schneller vergehe.

Eh, sagten wir, mit leichten Schulterbewegungen, die sagen sollten, dass alles offen war. Frauen, die warten – Sie werden verstehen, dass uns das von gestern Nacht bekannt vorkam. Uns schienen es zu viele zu sein, die das taten. Dann geschah etwas Überraschendes. Wir sahen ein schwarzes Auto mit verdunkelten Scheiben durch die Einfahrt des Parkplatzes fahren und in einiger Distanz halten. Wie Sie vorhin richtig bemerkten, handelte es sich dabei um einen Škoda Octavia. Interessant war, was dann mit Veronique geschah. Ich dachte zuerst, sie würde dem Auto überschwänglich zuwinken, weil darin wahrscheinlich das Date saß. Doch dann bemerkte ich, dass sie das Auto eher wegwinkte, geradezu wegscheuchte. Dazu rief sie so laut sie konnte über den Parkplatz und gegen die dunklen Scheiben: Hallo! Hallo! Jetzt bitte nicht! Ich habe hier gleich ein Date! Der schwarze Škoda Octavia blieb noch kurz stehen und setzte sich dann wieder in Bewegung, langsam Richtung Ausfahrt. Veronique erklärte uns, dass hinter der Scheibe der Privatdetektiv sitze, den ihr die Krankenkasse, die einfach nicht zahlen wolle, zur Beschattung nachschicke. Während sie noch sprach, zielte Peli mit dem Schlüssel auf das Auto. Zur Überraschung aller verlangsamte es sich in diesem Moment. Und wir, nicht faul, rannten zum Wagen, rissen die Türen auf, hechteten hinein, verdrängten den Privatdetektiv vom Steuer und bugsierten ihn auf den Beifahrersitz. Ich fuhr noch eine kleine Strecke, und dann warfen wir ihn mit vereinten Kräften hinaus, die nahe Flussböschung hinab. Wenn Sie denken, das wäre leicht gewesen, dann irren Sie sich. Im Nachhinein klingt es vielleicht so. Es lässt sich in einem Satz sagen, dass man einen Privatdetektiv die Flussböschung hinabwarf. Währenddessen aber sehnten wir uns danach, es hinter uns zu haben. Der Brocken wehrte sich wie wild, schrie aus Leibeskräften und schlug um sich. Natürlich hatten wir auch nichts Geeignetes dabei, um ihn zu fesseln. Wir waren auf diese Situation einfach nicht gut vorbereitet. Aber dann fiel Peli das Stück Kabel ein, das ihr der Mann von der Baustelle gegeben hatte. Der Privatdetektiv machte ein riesiges Tamtam. Wir mussten ihm ein paarmal auf den Kopf hauen und den Mund mit einer meiner Socken verstopfen. Und da wir nun einmal ein Kabel dabeihatten, fesselten wir ihm die Hände hinter dem Rücken. Zum Glück war auch Veronique dabei. Wir hatten Kratzspuren im Gesicht, Prellungen und Quetschungen erlitten, Beleidigungen, Verhöhnungen und haarsträubende Anschuldigungen über uns ergehen lassen müssen. Er hatte einfach keinen Stil.

Ziemlich verdattert fuhren wir danach zu einer Tankstelle und gingen in den Shop, um uns mit Proviant einzudecken. Wir hatten ja nun wieder etwas Geld. In einem Tankstellenladen kauften wir Weißwein, Bier, kleine Würstchen, Chips, Salznüsse, Gummibärchen, einen Zopf, Toastbrot, Käse, Chilisauce und Zimtkaugummis. Außerdem zwei Taschenmesser für den Käse. Es ist ja nicht so, dass wir nicht gerne Geld ausgeben. Wir geben es eigentlich sogar sehr gerne aus. Zu dritt gingen wir noch ein wenig auf dem Parkplatz herum, der nahe am Fluss lag. Eine Fuchsfamilie streifte durch das schmale Waldstück, falls ich das auch noch erwähnen darf. Wenn es die Umstände zulassen, gefällt es uns, großzügig zu sein. Wir schenkten

Veronique den schwarzen Škoda Octavia zum Geburtstag, den sie irgendwann haben würde. Sie meinte, sie habe schon lange vorgehabt, wieder mal nach Frankreich zu fahren. Dort werde sie den Wagen stehen lassen und mit einem Fahrrad die Normandie erkunden, wenn es ihr nicht zu anstrengend würde. Mal sehen, meinte sie.

Gut. Weiter ist hier von einem Anschlag auf eine Polizistin mit Namen Sonja Andermatt die Rede.

Aha. Warum?

Sie wurde mit sechs Fahrrädern beworfen. Der Anschlag ereignete sich noch in derselben Nacht. Nur eine Stunde nach dem Diebstahl des Škoda Octavia. Erklären Sie mir das.

Das mache ich gerne. Zunächst gebe ich es ganz offen zu, dass ich Veronique beneidete, als ich sie fortfahren sah. Auch ich wäre gerne wieder einmal ein bisschen weggefahren. Wir winkten ihr zu, bis wir sie nicht mehr sahen. Danach waren wir wieder zu zweit. Unser Proviant indessen wog ziemlich schwer. Die Träger des Rucksacks begannen mich zu schmerzen. Am besten, wir aßen alles gleich auf. Wir stiegen ans waldige Flussufer unterhalb des Parkplatzes hinab, setzten uns auf unsere Rucksäcke und aßen die Würstchen mit Chilisauce, von dem Zopf mit Käse, ein gutes Päcklein Gummibärchen und tranken von dem Bier.

Wir hörten ein Rascheln. Kurz meinten wir, den Detektiv zu sehen, wie er die Böschung wieder hinaufkletterte. Er blickte sich nicht nach uns um, und wir ignorierten ihn ebenfalls. Mit dem hatten wir abgeschlossen. Den Rest des Essens verstauten wir in unseren Rucksäcken und blieben noch eine Weile am Ufer sitzen. Während Peli wieder irgendwas in ihr Handy tippte, sah ich den Spiegelungen der Lichter auf dem bereits dunklen Wasser zu. Seltsame Gedanken regten sich in mir. War es gut, was heute passiert war? Ich konnte es nicht ganz erkennen. Auf unseren Herzen lag etwas Schweres. Der Tag war noch nicht ins Gleichgewicht gekommen. Der Morgen hatte sich zu lange hingezogen. All diese Leute am Bellevue, irgendwie waren wir von ihrem Anblick immer noch mitgenommen. Wir fühlten uns, als wären sie durch uns hindurchgestiegen und hätten uns ausgeplündert. Der Tag hatte insgesamt zäh begonnen und etwas zu spät Fahrt aufgenommen. Gegen Ende hin aber schien er fast zu voll.

Wir verarzteten uns, wuschen unsere Wunden, labten uns am Fluss und verbanden uns mit … nichts! Plastikfetzen und Blattläuse umgaben uns. Mir gingen die Wasserpistolenmänner nicht aus dem Kopf. Sie konnten jederzeit auftauchen und sich für irgendetwas rächen wollen. Sie verfügten über Testosteron, ihre Nerven schienen nicht die besten zu sein. Die Wahrheit war, dass ich da unten am Fluss bereits begann, vieles und viele zu vermissen. Im Nachhinein muss ich sagen, dass das zu früh war. Ich sprach mit Peli. Sie steckte ihr Handy weg und war für mich da. Auch sie schien etwas aus der Form geraten. Wir mussten uns zusammennehmen. Wir sammelten uns und stellten uns dem, was wir bis dahin getan hatten, indem wir es uns gegenseitig nacherzählten. Wir deuteten es und fanden es insgesamt recht sinnvoll. Wir sind auf einem guten Weg, stellte Peli am Ende fest. Ja, wir waren wirklich auf einem guten Weg. Es konnte sich sehen lassen, was wir bisher erreicht hatten. Gewisse Dinge waren sichtbar geworden oder würden sichtbar werden. Wir dachten an die Skulpturen im Fluss. Nur spürte ich auch, dass alles nicht einfach werden würde. Das Schlucken tat mir weh, und in Pelis Augen lag etwas Raues und Schwermütiges. Man muss es beim Namen nennen: Der Privatdetektiv hatte uns einen Teil unserer Zuversicht geraubt. Ein derart starrköpfiger, verkrampfter Mensch, kein bisschen war er auf uns eingegangen. Bis zum Schluss hatte er auf sein eingebildetes Recht beharrt und uns bedroht. Es fiel uns schwer, damit umzugehen, dass er uns niemals verstehen würde. Aber egal, dachten wir dann. Wir mussten damit leben lernen, dass uns nicht alle verstehen würden. Wir nahmen ihn einfach nicht weiter ernst, auch er war schließlich nur ein Mensch. Irgendwann nickten wir ein, Rücken an Rücken. Als wir wieder aufwachten, war es später Abend, so gegen dreiundzwanzig Uhr. Wir kratzten unsere frischen Mückenstiche, die sich hügelartig auf Beinen und Armen erhoben. Wohin jetzt? Eine schäbige Redbulldose schwamm vorbei und zeigte Richtung Hardbrücke. Wir hatten nicht die Kraft, uns ihr zu widersetzen.

An aufgerissenen Straßenabschnitten, kleineren und größeren Baustellen gingen wir vorbei zum Hardplatz. Wieder fielen uns die Stäbe auf, die auf den Dächern und neben den Häusern aufgestellt worden waren. Beim Hardplatz erhoben sich hinter der Absperrung einer Baustelle hunderte Tonnen dunkler Sand in Form eines zentralasiatischen Gebirges. Und noch viel wichtiger: Eine ungewöhnlich große Anzahl von gelben Kränen ragte da in den Himmel. Sie waren es, die uns vorhin angezogen haben mussten wie ein Magnet. Wohin wir blickten, sahen wir Kräne. Und nun, als wir ganz in ihrer Nähe waren, konnten wir nicht anders, als sie zu zählen. Ich kam auf zwölf, Peli auf einundzwanzig. Es stellte sich heraus, dass es darauf ankommt, wie man zählt.

Noch etwas anderes stach uns ins Auge: Keine zwei Kräne zeigten in die gleiche Richtung. Vielmehr schienen sie in alle Richtungen zu deuten, die es gab. Das kommt höchstens alle tausend Jahre einmal vor, raunte Peli andächtig. Wir ahnten, dass wir an einem Zentrum angelangt waren. Von hier aus strahlten die Richtungen ab. Der Boden schien unter unseren Füßen zu vibrieren. Es zog und leuchtete in uns, dass es schmerzte. Wir fühlten uns plötzlich arm, zusammengedrückt von Raum und Zeit. Unbeweglich saßen wir nebeneinander mit dem Rücken gegen die Baustellwände, steckten in unseren Körpern, aus denen wir nicht herauskamen und die doch aufbrechen wollten, gleichzeitig und in alle Richtungen, in die Zukunft und in die Vergangenheit, mitten durch die Gegenwart. Die Hitze war feucht und dunkel. Als wir weiterhin mit unseren fiebrigen Augen die Kräne anstarrten, kam uns ein Kran zu Hilfe, der auf einem fernen Hügel stand und in *unsere* Richtung zeigte. Plötzlich kamen Zweifel auf am Zentrum, das uns schon sicher eine Stunde lang in Bann hielt. Wir mussten weiter. Peli reichte mir ihre Hand und zog mich hoch. Wir liefen unter die Brücke und folgten den Gleisen, auf denen rostige, stillgelegte Güterwagen standen.

Wir kletterten auf einen davon, der noch warm war vom Tag. Er strömte die Ruhe jener aus, die das Gröbste hinter sich haben. Peli war wieder dauernd am Handy und sagte nicht, wem sie schrieb. Dennoch hätte es sehr schön sein können. Warum sind wir nicht einfach auf diesem warmen Dach geblieben, auf dem Rücken liegend, der Sternenhimmel über uns. Dort oben gab es eine große Ruhe. Klar, irgendwo flog Abfall durchs All, aber das war weit weg. Die nahe Recyclingfabrik hatte ihre Maschinen abgestellt, die Züge, die an uns vorbeifuhren, donnerten nur von fern. Ich musste an das Gespräch mit Peli denken, die meinte, dass die Zukunft nicht landen könne. Unten bewegten sich die Gleispflanzen sanft im Wind. Wenn du die Zukunft wärst, fragte ich, wo würdest du anlegen? Peli überlegte kurz: Im Moment beim Glattzentrum. Dann studierte sie die Sterne. Sie meinte eine besondere Konstellation zu erkennen, die etwas mit der Stellung der Kräne zu tun hatte. Es war nicht leicht für sie, mir zu zeigen, wie und wo sie das genau sah, und es war nicht leicht für mich, damit aufzuhören, es allzu pingelig nachvollziehen zu wollen. Wir kamen einfach nicht zur Ruhe. Vielleicht war es der Pakt, der uns vorwärtstrieb. Er war eine Versicherung, aber auch ein Unruhestifter. Denn er hatte ja nur seinen Sinn, wenn er gebraucht würde. Auf jeden Fall war klar, dass wir auf dem Dach nicht bleiben konnten. Wir spürten diesen zwiespältigen Drang, im Zweifelsfall doch noch etwas anzuzetteln, bevor der Tag zu Ende ging, obwohl im Grunde schon genug getan war. Etwas für genug befinden, das ist eine Kunst. Aber auch wir waren eben süchtig nach Taten, spürten uns am besten in der Tat. Erst später wünschten wir, wir hätten manchmal besser ausgewählt. Damals aber, da beobachteten wir aus halb geschlossenen Augen die Gleispflanzen. Sie sahen so still und genügsam aus und waren ganz anders als wir. Im Grunde waren sie so, wie wir früher einmal gewesen waren. Plötzlich hatten wir Lust, aufzubrechen. Wir wollten auf die Hardbrücke spazieren, denn von dort gab es eine schöne Aussicht über die Stadt. Wir nahmen den Fußgängerweg zu ihr hoch, überall leuchteten warme Lichter, die Gleise zeigten in die Weite und verloren sich in der Nacht. Wir schauten über die Schienen, sahen die dunklen Strommasten nach hinten immer kleiner werden und schließlich mit dem schwarzen Himmel verschmelzen. Sie strahlten etwas Empfangsartiges aus. Alles sah sanft aus und weich. Die Kräne, die nun weniger deutlich waren, verschwammen mit der dunkelblauen Umgebung. Die Abendluft strich um uns herum. Viele Leute waren auf den Füßen und strichen ihrerseits im Abend herum, spazierten in der warmen Luft oder fuhren auf Fahrrädern, badeten im nun schwarzen Fluss oder kippten von Brücken hinein. Die Sommernacht hatte Passanten hervorgebracht, die nicht an Ursachen und Wirkungen glaubten. Es waren postmoderne Geschöpfe, sie machten einfach drauflos.

Wir machten folgende Bekanntschaft: Ein junger Mann kam von Gleis drei mit der Rolltreppe hinauf auf die Brücke. Oben angekommen drückte er den Knopf zum Lift, stieg hinein und fuhr nach unten. Unten nahm er wieder die Rolltreppe nach oben, oben nahm er wieder den Lift nach unten. Unten nahm er wieder die Rolltreppe nach oben, oben den Lift nach unten. Wir fragten, ob er auf etwas warte. Nein, sagte er. Warum? Wir nickten, und die Lifttüren gingen zu.

Gerade in dem Augenblick hörten wir etwas, Geräusche von unten her, von den Gleisen. Wir äugten über das Brückengeländer und mussten sehen, wie zwei Frauen über die Gleise rannten, dicht verfolgt von einer Polizistin. Die Frauen waren schneller, überquerten ein Gleis nach dem anderen, doch von der anderen Seite waren schon zwei Polizeiwagen herangerollt. Ich weiß nicht genau, warum Peli eines der vielen Fahrräder, die da standen, genommen und es in die Höhe gehoben hatte, worauf es ihr entglitt. Vielleicht mochte sie es einfach, Dinge in die Höhe zu heben. Das hatte sie ja auch mit den Gartenstühlen gemacht. Ein berstendes Geräusch war zu hören. Auch mir muss etwas in der Art geschehen sein. Warum, weiß ich nicht. Vielleicht hatte mich die Erinnerung gepackt an die

Gartenstatuen, die wir damals in den Fluss geworfen hatten, ein Moment von großem Glück. Wir liebten das klirrende Geräusch. Gut möglich, dass sich dieser Vorgang noch einige Male wiederholte, so wie sich alles wiederholt, was wir kennen auf der Welt. Aber dass sich unter uns eine Polizistin befunden haben soll, konnten wir weder mit Sicherheit sehen noch hören. Erst nachdem das letzte Klirren verklungen war, hörten wir von unten den Ruf: Stehen bleiben! Wir rannten in verschiedene Richtungen. Peli drehte sich noch einmal um und rief: Beim Tierspital! Nein, im Irchelpark!, rief ich.

Sehen Sie sich diese Fotos an. Kennen Sie die beiden Frauen?

Nein. Was ist mit ihnen? Warum läuft ihnen die Polizei hinterher?

Sie hatten sich verdächtig verhalten, indem sie aus einem Laden gerannt waren.

Hat sich zu dem Zeitpunkt denn ein Kran gedreht?

Später in der Nacht, morgens um drei, wurde *das* hier mehrfach fotografiert. Schauen Sie, *vierunddreißig Fahrräder* in der Form eines *Kreises* angeordnet. Mitten auf den Gleisen … Auf der Seite der Brücke, wo zuvor die sechs Fahrräder von der Brücke fallen gelassen wurden.

Das mag ja sein. Ich habe nichts dagegen. Aber warum erzählen Sie mir das?

Bisher lassen sich keine Zeugen finden, die den Tathergang beobachtet haben. Was wissen Sie darüber?

Lassen Sie mich eines gesagt haben: Nie würde ich aus Velos einen Kreis legen! Um drei Uhr morgens war ich längst beim Tierspital. Oder warten Sie, nein, bereits nicht mehr. Ich war im Wohnwagen oder nein, auch da vielleicht schon nicht mehr. Irgendwo in einem Wald. Oder doch noch im Wohnwagen? Ich weiß es grad nicht mehr.

Was bedeutet dieser Kreis?

Ich verstehe nicht, warum Sie mich das fragen. Ist es denn wirklich ein Kreis?

Das ist doch eindeutig ein Kreis, oder?

Was schon stimmt – es war eine besondere Nacht. Die Hitze, die Kräne, die Sterne, die Ausdehnung des Alls … die schwarzen Löcher … Uns schien es, als ob seltsame Kräfte wirkten und die Menschen und Dinge in ungewohnte Bahnen zogen. Glauben Sie, es könnte etwas mit den Kränen zu tun haben? Die standen ja dort ganz in der Nähe.

Lenken Sie nicht ab. Die Fahrräder sind laut unseren Informationen vor Monaten, zum Teil Jahren gestohlen worden.

Das ist seltsam. Wo waren sie denn so lange gelagert? Wer hat sie alle gestohlen? Wie wurden sie zur Hardbrücke gebracht? Und warum überhaupt ein Kreis? Entschuldigen Sie, aber ich kann mir nicht vorstellen, warum jemand so etwas tun sollte. Und es gab keine Zeugen, Zeuginnen, sagten Sie?

Nein, dafür viele Bilder.

Aber wie soll es denn keine Zeugen dafür gegeben haben. So etwas braucht doch Zeit. Wie soll das gehen? Das ist doch unmöglich.

Es wird weiter nachgeforscht. In dieser Nacht geschah aber noch anderes.

Bestimmt. In jeder Nacht geschieht auch noch anderes. Was passierte denn noch?

In einem Garten an der Wiesenstrasse 3 in Oberwindisch wurde die von Ihnen schon zu früherem Zeitpunkt aufgesuchte Statue einer Meerjungfrau umgeworfen und in den sich in der Gartenanlage befindlichen Pool gezogen. Dafür wurde ein Pferd zu Hilfe genommen, das wenige Stunden zuvor aus dem Tierheim Baden-West entführt worden war und am Tag darauf in einer Box im Tierspital Zürich gefunden wurde. In derselben Nacht wurde ein Selecta-Automat im Eingangsbereich der Kleintierabteilung des Tierspitals aufgebrochen, auf dem Ihre Fingerabdrücke gefunden wurden. Sagen Sie mir endlich, wie das alles zusammenhängt!

Beruhigen Sie sich, ich bin ja auch dabei, den, wie sagt man?, den roten Faden zu suchen. Es ist auch für mich nicht immer alles so leicht, wie Sie vielleicht denken! Doch ich erzähle Ihnen gerne alles, was ich weiß, bereitwillig sogar. In jener Nacht, die sich wirklich bereits *vor* Mitternacht zu stauen schien, ist zum Glück fast alles gut ausgegangen, obwohl beinahe eine Tragödie daraus geworden wäre. Dennoch würde ich nicht alles genau so wiederholen, wie es sich ereignet hat, obwohl vieles davon schön war. Zuerst aber eine Frage an Sie: Sind Sie eigentlich schon einmal von der Hardbrücke zum Irchelpark gelaufen?

Nein!

Es wäre einen Versuch wert das nächste Mal. Die Stadt ist ja eigentlich nicht besonders groß, aber es zieht sich dann doch, vor allem, wenn es bergauf geht, oder? Nun, es war schon spät, und ich war müde vom Tagwerk. Also machte ich es kurz und stieg einfach in den nächsten

Bus 72. Der Bus war ziemlich voll. Es war ungewohnt, plötzlich ohne Peli an meiner Seite zu sein. Ich vermisste sie sofort und machte mir Sorgen um sie und auch um die beiden Frauen, die von der Polizei überfallen worden waren. Ich hatte von der Brücke aus nicht sehen können, wie es mit ihnen weitergegangen war. Dieses wunderbare Geräusch, wie die Velos auf den Gleisen zerschmetterten, hatte kurz alles andere in den Hintergrund gerückt. Es ging ja auch alles so schnell. Aber ein versuchter Anschlag mit geworfenen Fahrrädern? So etwas wäre mir neu. Trotzdem tut es mir leid, dass die Polizistin anscheinend genau da stand, wo zu dem Zeitpunkt ein Fahrrad runterfiel. Zum Glück ist ihr nichts passiert. Manchmal ist man einfach zur falschen Zeit am falschen Ort. Das ist mir auch schon passiert. Man bezieht dann alles zu sehr auf sich. Man kann fast nicht anders, ich verstehe das gut. Ist mir nur grad in den Sinn gekommen. Aber wo war ich? Genau. So wie ich die Polizistin *nicht* sah, konnte ich eben auch nicht sehen, wie es mit den beiden von der Polizistin verfolgten Frauen weitergegangen war. Wir leben in einer schnelllebigen Zeit. Das meiste entgeht einem, davon können bestimmt auch Sie ein Lied singen. Niemand ist davor gefeit. Bei Milchbuk stieg ich aus dem Bus und ging in den Irchelpark. Dieser Park hat mir immer schon gefallen. Etwas überraschend Präriehaftes geht von ihm aus. Lange, wilde Treppenstufen, auf denen tagsüber Leute sitzen, lesen oder Drohnen fliegen lassen, führen hoch zur Universität Irchel, die in Form verschiedener

Gebäude da herumsteht. Etwas links davon erhebt sich vielarmig das Tierspital, das natürlich ebenfalls in verschiedene Gebäude aufgeteilt ist. Dahinter wiederum beginnt ein fransiger Wald, dessen Ende unersichtlich ist. Das Tram 14 und das Tram 9 und das Tram 10 fahren in der Nähe. Der Bus 72 und 83. Im Irchelteich schwammen Enten. Auf den ersten Blick schienen sie mir etwas ruhiger als die Schwäne im See. Aber dann bemerkte ich, dass sie sich ständig putzten. Neben ihnen glitten porzellanartige Möwen mit filigranen Schnäbeln durch das Wasser. Manchmal flogen alle Möwen wie auf ein Kommando weg, dann zogen die Enten ein wenig am Ufer entlang, erledigten, was es zu erledigen gab, regelten die Geschwindigkeit des Schwumms, stimmten die Federn, reinigten die Stimmbänder. Einige kippten von Zeit zu Zeit kopfüber ins Wasser. Eine der Enten schlug mit den Flügeln und wollte sich erheben, tunkte dann jedoch dreimal den Hals tief ins Wasser und schüttelte sich. Kurz darauf näherte sich eine Krähe und krähte etwas mit vorgebeugtem Hals. Zwei Möwen flogen sofort weg. Ich fragte mich, ob es zwischen dem Auftritt der Krähe und dem Anfall der Ente sowie der Flucht der zwei Möwen einen Zusammenhang gab. Vielleicht. Ich saß auf der Bank neben dem Teich. Ein Bürger hatte zuvor dort gesessen, war aber sofort fortgegangen, als ich kam. Was hatte ich ihm getan? Über mir war der nachtdunkle Himmel. Es war schwer auszumachen, was es in seiner Tiefe gab. Vordergründig bewegten sich blinkende Flugzeuge am Himmel. Luft strich durch das Schilf. An den Ufern des Teiches schliefen die Enten ein. Ich lag jetzt auf der Bank und stöberte in meinem Rucksack. Irgendwo mussten noch Zopf und Schokolade sein. Sofort wurden die Enten wieder wach. Einige kamen auf mich zu. Auch sie mochten mich nicht. Ich fürchtete mich vor ihren Schnäbeln. Für sie war ich nur Dreck. Und das Schlimme war: Ich konnte ihren Hass plötzlich verstehen und dass sie mit mir aufräumen wollten, sobald ich schlief. Immer konnte ich alles verstehen, das war es, was mich in Gefahr brachte. Jede Stunde musste ich mehr um mein Unverständnis fürchten, das doch alles war, was ich besaß. Ich schlief kurz ein, wachte aber gleich wieder auf. Man schläft schlecht unter Enten. Enten schlafen nämlich schlecht.

Wann aber kam denn nun Peli? Es beschäftigte mich. Sie konnte ja rennen wie der Blitz, und doch war sie noch nicht da. Vielleicht waren die Straßen zu voll. Überall waren in jener Nacht Leute unterwegs, niemand schlief in jener Nacht, alle wollten dabei sein, wenn die Teerbahnen wie Lavaströme glühten, und durch die Straßen waten wie durch heiße Flüsse. Nur im Irchelpark ging es gerade noch so. Ich kam an ein paar Männern vorbei, die trotz der Hitze Mittelalterkleidung anhatten und einen Fechtkampf austrugen. Die Kettenhemden rasselten über den beleibten Bäuchen, sie schwitzten im Gesicht. Du musst halt mehr mechanisieren!, rief der eine dem anderen zu. Ich widmete mich den Baumwipfeln des langen Waldes, die hinter der Universität dunkel in den Himmel ragten, die dunkle Frisur dieser Gegend. Bald kam ich an einem weiteren Weiher vorbei, auch darin waren Enten, die tief zu schlafen schienen, und dann ging ich zu den Gebäuden der Universität. Ich stand gerade vor einem dieser Gebäude an der Wand, als etwas Unheimliches geschah. *Lichtkegel* glitten wie riesige Quallen die Fassade auf und ab. Das haute mich um. Sie suchten uns also bereits in der Universität Irchel. Wie konnte das sein? Hatten sie gehört, dass wir uns hier treffen wollten? Aber wie ...? Wohin führen die neuen technischen Möglichkeiten? Es bereitet mir Sorgen. Ich kann von Glück reden, dass ich damals nicht in dem Gebäude der Universität Irchel war. Man will sich gar nicht ausmalen, was alles hätte geschehen können. Es ist nicht schön, verfolgt zu werden. Gleichzeitig war es aber auch interessant, welche seltsamen Schlüsse die Polizei zog: Nur weil wir gesucht wurden, sollten wir auch gleich in einem Gebäude der Universität Irchel sein. Das sagt viel aus. Wer kommt auf so etwas? Auf diese Idee wären wir jedenfalls niemals gekommen. Aber warum war Peli noch nicht da? Wartete sie beim Tierspital? Ich hatte doch gesagt beim Irchelpark, und ich war es gewesen, die das letzte Wort behalten hatte. Andererseits war ich mir nicht sicher, ob Peli mir immer zuhörte. Sie war oft ziemlich auf sich konzentriert, unterbrach mich, wenn ich etwas sagte, drückte auf ihrem Handy herum oder lief beim Reden plötzlich weg. Würde sie in diesem Moment Leute treffen, Leute, die ich nicht kannte? Und wenn ja ... was war dann?

Solche Fragen zwickten in mir herum. Andererseits waren die beiden Orte nicht weit voneinander entfernt. Nur ein paar hundert Meter waren es bis zum Tierspital. Bestimmt würde sie bald auftauchen. Es war sicher nur ein Missverständnis. Aber warum kam sie nicht einfach zur Universität Irchel? Weil sie dich nicht mehr gehört hat. Du hast es halt zu spät gesagt. Wenn man das letzte Wort nicht hört, hält man sich eben an das zweitletzte. Warum hört sie mir denn nicht zu, wenn ich das letzte Wort sage. Jetzt beruhige dich, sie hört dir ja nicht immer nicht zu. Hörst du ihr denn immer zu? Du hast es wirklich sehr spät gesagt, du hättest es an ihrer Stelle auch nicht gehört. Während ich so in ein Gespräch mit mir selbst vertieft war, schlich ich mich jenseits der Lichtkegel die Universität hoch. Tief unter der Erde lagen die Turnhallen. In wenigen Stunden würde der erste Yogaunterricht des Tages beginnen. Man würde sich Matten holen und Blöcke, im Schneidersitz tief ausatmen und zur Ruhe kommen. Bald darauf würden sich alle wohlfühlen in ihren Körpern, und es konnte weitergehen wie bisher. Ich ging an einem steinernen Kunstwerk vorbei und an der Mensa entlang, um von dort zum Tierspital rüberzulaufen. Da war wieder eine Baustelle. Durch die leeren Räume des Rohbaus konnte ich den Wald sehen. Drei unbeleuchtete Kräne ragten hoch über mir in den Himmel. An ihren Enden leuchtete ein rotes Licht. Sie zeigten Richtung Wald. Ja und? Soll ich denn jetzt für immer in den Wald gehen? War das der Weg, der für mich bestimmt war? Doch zuerst musste ich Peli finden beim Tierspital. Ich versuchte gerade, meinen beiläufigsten Gang anzuwenden, als es geschah. Ein blendendes Licht überflutete mich, ich erstarrte. Jemand hatte einen Scheinwerfer direkt auf mich gerichtet. Ich sah fast nichts mehr, nur dass eine bedrohliche Gestalt auf mich zukam. In diesen Sekunden fuhr mir alles Mögliche durch den Kopf, an das ich mich jetzt nicht mehr erinnern kann. Ich bereitete mich auf alles vor. Guten Abend, sagte dann eine Männerstimme in einem leicht fragenden Ton. Er drehe hier Runden und sei der Nachtwächter. Ich rief erleichtert, oh, das ist sicher gut! Er antwortete, es passiere eigentlich nicht viel. Alle paar Wochen bleibe mal jemand im Lift stecken. Oder eine Lüftung drehe durch. Ab und zu träfen sich ein paar Drögeler in der Tiefgarage. Das sei eigentlich alles. Er sei natürlich auch froh, er wolle ja gar nicht, dass mehr passiere. Das sei nicht das Problem.

Ich fragte, was denn das Problem sei.

Und damit kommen wir zu einem wichtigen Punkt. Denn wissen Sie was? Er wusste nicht, was das Problem war. Aber es gab eins. Das war ganz deutlich zu spüren. Und es gehörte eben zu diesem Problem, dass man nicht genau sagen konnte, was für eines es war. Es lag in der Luft und in den Gesichtern, in den merkwürdigen Tätigkeiten, die jeden Tag verrichtet werden mussten, um alles am Laufen zu halten. Es lag in der Stadt, auf dem Land, in der Welt, aber vor allem wohl im Geld, das unter der Erde in Goldbarren ruhte oder als Zahlen über die Bildschirme flirrte. Aber ich möchte nicht sagen, dass es nur am Geld lag. Es lag eher am Sinn, der sich an das Geld geheftet hatte. Ich glaube nicht, dass ich damit genug gesagt habe, ich muss ein anderes Mal darauf zurückkommen, erinnern Sie mich bitte daran, irgendetwas war mit dem Sinn. Der Nachtwächter, der gerne mit mir sprach, erzählte mir dann noch von seinem, er nannte es *Highlight*, das aus einer wilden Katze bestand. Jede Nacht komme sie um die gleiche Zeit. Er holte aus seiner Beintasche einen raschelnden Plastiksack hervor mit Katzenfutter. Bald komme sie, sagte er entschuldigend, er müsse jetzt los. Ob ich noch kurz jemanden anrufen dürfe? Er gab mir sein Handy. Ich wollte Pelis Nummer wählen, aber mit Schrecken stellte ich fest, dass ich keine einzige Telefonnummer mehr auswendig konnte. Irgendwo hatte ich sie aufgeschrieben. Ich nestelte an meinem Rucksack herum und fand den Zettel zum Glück in einer Außentasche. Der Nachtwächter war bereits ungeduldig geworden und schaute immer dahin, wo die Katze vielleicht bereits auf ihn wartete. Ich wählte Pelis Nummer, aber die Verbindung kam nicht zustande. Der Nachtwächter riss mir das Telefon aus der Hand und rannte davon. Ich hatte einen freundlichen Mann gegen mich aufgebracht, kurz wurde mein Gesicht heiß vor Scham. Dann strolchte ich weiter, rüber zum Tierspital.

Ich lief über das weite Gelände. Überall gab es Wegweiser. Ich ging in Richtung *Viren*. Auf einen Schlag fielen die Rollläden vor den Fenstern des Tierspitals nach unten.

Wegen mir? Ich zuckte zusammen, falls ich das hier anmerken darf. Mir wurde noch wärmer. Die Wärme kam aus dem Asphalt und von oben herab, auch von der Seite her, der Himmel atmete sie aus und die Autos strahlten sie ab. Da hatten mich meine Füße zu der Notfallabteilung für Kleintiere gebracht. Ich sah den beleuchteten Eingang und wünschte mir, ein kleines Tier zu sein, ein Hamster, den man hier abgegeben hätte für eine kleine, ungefährliche Operation. Aber dann war ich auch wieder froh, dass es nicht so war. Ich erzähle Ihnen das nur, damit Sie sehen, wie anfällig ich in jenen Stunden dafür war, alles andere lieber sein zu wollen als ich selbst. So weit war es gekommen.

In der Nähe dieser Kleintierabteilung gab es übrigens tatsächlich einen Selecta-Automaten. Aber ach, wie oft habe ich schon in meinen Tagträumen einen Selecta-Automaten aufgebrochen. Drei-, viermal vielleicht. Und dann fand ich jedes Mal, die Mühe habe sich nicht gelohnt. Es ist schon möglich, dass ich kurz vor diesem Automaten stand und das Glas berührte. Dass meine Fingerabdrücke dort gefunden wurden, spricht ja dafür. Vielleicht beruhigte mich das in jenem Moment. Kühles Glas.

Das Geräusch einer Lüftung drang von irgendwoher auf die Straße. Ich war vor einem langen Gebäude des Tierspitals stehen geblieben und sah durch ein Fenster auf einen unterirdischen Stall hinab. Kühe lagen dort. Tellergroße Sonden waren in ihr Fell eingelassen. Rechts lag eine Kuh mit einem verbundenen Bein. Sie fraß vom Heu und schaukelte den Kopf ein wenig hin und her. Noch andere Kühe lagen kauend in ihrem braunen Fell, ohne dass ich hätte sagen können, was sie genau taten, außer einfach da zu sein und gesund zu werden. Ja, das waren die Kühe. Und irgendwo erwachten die Hauskatzen aus der Narkose. In einem anderen Raum wurden die Meerschweinchen operiert und wieder in einem anderen alte Hunde eingeschläfert. Ruhe lag über dem Tierspital. Plötzlich ging das Licht in den Kojen aus und dort, wo eben noch die Kühe waren, staute sich die dunkle Nacht.

Dann wieder dieses blasende Lüftungsgeräusch. Und nach einer Weile meinte ich auch ein leises Klappern herauszuhören. Ich spitzte meine Ohren, lief an mehreren Gebäuden vorbei immer dem Geräusch entgegen, setzte mich auf ein schmales Wiesenstück. Dort hörte ich dem Rauschen zu. Der Wald rauschte in der Nähe, von irgendwoher rauschte auch der Verkehr, und beides vermischte sich mit dem Rauschen der Lüftung. Es war, als ob dieses Geräusch die ganze Stadt antrieb und gleichzeitig beruhigte. Am Himmel blinkten Flugzeuge. Die Flugzeuge waren Lichter, die wegflogen oder angesogen wurden vom Flughafen, der nichts anderes war als ein magnetisches Licht in der Dunkelheit, um das die hellsten Funken tanzten. Das Klappern war deutlicher geworden, etwas Dunkles, Großes bewegte sich zwischen den Bäumen und kam näher. Ich spürte, wie sehr ich darauf gewartet hatte. Nach und nach konnte ich es deutlicher erkennen. Von der oberen Straße her kam es, aus dem Wald, Hufe klapperten auf dem Asphalt. Das Pferd nahm sich Zeit, manchmal blieb es stehen und fraß ein wenig Gras. Aber was noch viel wichtiger war: Peli Rouge saß darauf. Sie schwang sich auf den Boden, als sie mich erblickte. Wir fielen uns um den Hals und umarmten uns überschwänglich, als hätten wir uns jahrelang nicht gesehen. Wie hatte ich an ihr zweifeln können. Niemals im Leben würde sie mich im Stich lassen. Sie sah irgendwie erwachsener aus. Sie musste viel erlebt haben in den letzten Stunden, und obwohl ich gern dabei gewesen wäre, freute ich mich darüber, dass wir uns jetzt viel zu erzählen hatten. Ihre Kleidung und ihre Haare troffen vor Nässe.

Ça roule?, fragte ich.

Dochdoch, sagte sie, zog ihr nasses T-Shirt über den Kopf und wrang es aus. Und bei dir?

Ich habe an der Universität Irchel auf dich gewartet.

Aha. Warum denn das?

Jetzt haben wir uns ja wiedergefunden. Und du hast sogar ein Pferd mitgebracht.

Das Pferd, erzählte Peli, habe ihr bei einer wichtigen Angelegenheit geholfen und nun wolle sie es in das Tierspital bringen. Dort könne es sich ausruhen. Deswegen wollte sie sich also beim Tierspital treffen, dachte ich. Es war alles ganz logisch. Leise hatten wir uns der Pferdeabteilung angenähert, um die Lage zu beobachten. Nach einer Weile hörten wir weiteres Hufgeklapper und sahen, wie ein paar Pferde aus dem Stall herausgeführt wurden. Das war ein besonderer Anblick, wie sich ihre Konturen von dem gelblichen Licht der Nachtbeleuchtung abhoben. Wir nutzten die Gelegenheit. Niemandem würde es auffallen, wenn ein Pferd mehr im Stall wäre. Es würde eher so aussehen, als hätte vorhin eines gefehlt. Eines weniger wäre ein Problem. Aber eines mehr? Wir führten das Tier in den leeren Stall, und Peli verabschiedete sich mit einer Verbeugung. Das Pferd schnaubte und fraß dann von dem Hafer, den es dort gab. Ich wollte Peli damals schon fragen, was genau sie gemacht hatte mit dem Pferd und wie sie es geschafft hatte, ihre Widersacher abzuschütteln, aber es geriet wie so vieles in Vergessenheit, weil so viel anderes bald darauf geschah. Nur einmal erwähnte sie, dass sie nicht sicher sei, ob sie die Meerjungfrau nicht doch besser in den Fluss als in den Pool hätte ziehen sollen. In den Fluss wäre wahrscheinlich besser gewesen. Aber ich hütete mich, es ihr zu sagen. Was hätte es gebracht? Es war ja zu spät. Soll man die Wahrheit sagen, wenn sie niemandem nützt? Ich hoffe, Ihre Frage damit beantwortet zu haben.

Wie spät war es, als sie mit dem Pferd am Tierspital ankam?

Es war kurz vor Mitternacht.

Es ist absolut unmöglich, dass Peli Rouge in nur eineinhalb Stunden von Zürich nach Baden gelangt, dort ein Pferd entführt, damit eine 250 Kilo schwere Gartenstatue umstürzt, diese mithilfe des Pferdes in den Pool zieht, um danach um Mitternacht mit dem Pferd am Tierspital in Zürich zu erscheinen. Was soll das alles? Wie soll das gehen? Warum sagen Sie nicht die Wahrheit?

250 Kilo … Das ist wirklich schwer. Hatten ihr also doch andere Leute geholfen?

Es muss Tathelfer gegeben haben. Es geht nicht anders. Eine oder mehrere Personen müssen ihr bei der Tat geholfen haben. Wer hat ihr geholfen?

Ich weiß von niemandem. Ich dachte, dass vielleicht Sie da mehr wissen. Sie hat mir ja auch nie erzählt, wem sie so schreibt, darüber haben wir ja schon gesprochen. Meinen Sie wirklich, sie hat andere Leute außer mir bei einer so großen Sache – gibt es denn Zeugen? Fotografien? Filmaufnahmen?

Bisher nicht.

Das ist seltsam. Noch am Tag zuvor hat doch ein Nachbar unseren Lieferwagen fotografiert … Was ist denn los mit den Leuten? Hören und sehen die denn eigentlich gar nichts mehr? Ich meine, es war ja auch ein riesiger Aufwand, da wäre es doch eigentlich schön gewesen, es hätte ein paar Leute gegeben, die gefilmt hätten.

Es ist unmöglich, dass es keine Zeugen gibt. Das kann gar nicht sein.

Was ist mit Zeuginnen?

Auch nicht.

Moment. Und wenn es nun doch möglich war? Verstehen Sie mich nicht falsch, ich verstehe Ihre Überlegung vollkommen, auch ich kann es mir, wenn ich Ihnen so zuhöre, gar nicht recht vorstellen, wie das gehen soll. Dennoch finde ich, dass manchmal zu wenig für möglich gehalten wird. Es wäre für viele Leute ein Problem, wenn jemand wie Peli Rouge zum Beispiel, wenn sie das jetzt doch alles *allein* geschafft hätte. Das macht gewisse Leute aggressiv. Selbst mir geht es manchmal so. Auch ich hätte es eigentlich lieber gehabt, wenn sie meine Hilfe gebraucht hätte. Stattdessen irrte ich allein im Irchelpark herum. Aber irgendwann frage ich mich dann eben auch: Was ist eigentlich so schlimm daran? Bin ich vielleicht einfach eifersüchtig? Bin ich enttäuscht, weil sie meine Hilfe nicht brauchte? Warum sollte sie es nicht alleine geschafft haben, nur weil ich es nicht alleine geschafft hätte?

So ein Quatsch!

Das andere ist, dass ich manchmal auch finde, dass zu vieles möglich ist. Das empfand ich, Sie erinnern sich, als ich bemerkte, dass man Peli und mich abgehört hatte auf der Hardbrücke, und darum meinte, wir würden uns in einem Gebäude der Universität Irchel treffen, was ja überhaupt nicht stimmte. Da musste ich mich erst einmal fragen, wie das überhaupt möglich sein konnte, dass man das dachte, und es ärgerte mich, dass es möglich war.

So ein Blödsinn! Sie wurden doch gar nicht abgehört.

Das mag sein. Aber sicher wäre es möglich gewesen. Ob es dann auch gemacht wurde oder nicht, das spielt für mich gar keine so große Rolle mehr.

Ich muss mich jetzt konzentrieren. Das Pferd wurde am nächsten Morgen im Stall des Tierspitals gefunden. Es handelte sich um das entführte Pferd.

Das war ja anzunehmen.

Frau Savakis, Sie decken andere Personen. Wie lange wollen Sie noch so weitermachen?

Ich fände es auch besser, wenn Peli Rouge hier wäre. Ich mag es nicht, für sie zu sprechen. War ich aber nun an dieser Meerjungfrau-Statuen-Sache beteiligt oder nicht?

Der Nachtwächter bestätigt, dass er mit Ihnen gesprochen hat. Und die auf dem Selecta-Automaten gesicherten

Fingerabdrücke ... Es besteht kein Zweifel daran, dass es Ihre sind.

Dann ist ja alles klar!

Sie gestehen also trotz eindeutiger Beweise nicht, dass Sie den Selecta-Automaten aufgebrochen haben?

Was wollen Sie eigentlich von mir? Nein!

4. Vernehmung

Ich habe Ihnen heute etwas mitgebracht. Eine Aufnahme, die Sie schon kennen, und einige Fotografien, die Sie noch nicht kennen.

Ja, dieses Video, wie Peli die Pakete mit Marihuana aus dem Renault Twingo wirft und dann einsteigt, das kenne ich schon. Wie gut sie das macht, nur mit den Füßen.

Und jetzt dieses Bild hier. Kennen Sie diese Frau?

Nein. Kommt mir gar nicht bekannt vor. Gefällt sie Ihnen?

Clemens Pohl hat die beiden als *ein und dieselbe* Frau identifiziert.

Clemens Pohl? Wer ist das?

Ihr Auftraggeber, mit dem Sie sich zerstritten haben. Er sitzt übrigens seit ein paar Tagen in U-Haft. Pohl sagt aus, er habe Ihnen und einer Frau namens Alexandra Morgane den Auftrag gegeben, den mit Kokain gefüllten Lieferwagen von Dominik Müller, seinem Konkurrenten, zu stehlen und ihm diesen gegen eine hohe Gewinnbeteiligung zu übermitteln.

Wer ist Alexandra Morgane?

Das ist der wirkliche Name von Peli Rouge. Alexandra Morgane, ehemals Kranführerin, ist seit dem 31. Juni nicht mehr in ihrer Wohnung gesehen worden.

Seltsam. Das ist ja genau wie bei Peli. Die ist ja auch seit dem 31. Juli nicht mehr in ihrer Wohnung gesehen worden.

Eben! Es handelt sich bei den beiden ja um *dieselbe Person.* Um drei Uhr morgens in derselben Nacht vom 31. Juli auf den 1. August fuhren Sie zusammen mit Peli im gestohlenen Lieferwagen auf den Parkplatz Checkpoint 1 in Zürich Auzelg. Dort haben Sie den Wohnwagen von Clemens Pohl aufgebrochen, diesen überwältigt und 8000 Franken, also alles, was er im Wagen hatte, mitgenommen. Er hatte Ihnen 100 000 Franken versprochen, wenn Sie ihm den Lieferwagen seines Konkurrenten Dominik Müller, in dem sich das Kokain befand, beschaffen. Und Sie haben eingewilligt. *Das* war der Grund für den Diebstahl des Lieferwagens.

Da ist man dann einfach nur noch sprachlos …

Haben Sie dazu noch etwas zu sagen?

Ich habe mich ehrlich bemüht, Ihnen zu erklären, *warum* wir den Lieferwagen *entwendet* haben, nämlich, um ihn Ilse Grafen zu übergeben, die damit den Wohnwagen suchen sollte, auf den sie, wie wir fanden, im weitesten Sinne ein Anrecht hatte. Aber hören Sie mir überhaupt zu? Es war uns aus prinzipiellen Gründen wichtig, dass sie als Frau nicht länger auf *einen Mann* wartete. Und nun kommen *Sie* als *Mann* und unterstellen *uns* einen männlichen Auftraggeber?

Laut Clemens Pohl haben Sie gegen drei Uhr morgens an seinen Wohnwagen geklopft. Als er nicht geöffnet habe, hätten Sie den Wohnwagen mit Gewalt aufgebrochen und ihn wie schon gesagt überwältigt und ausgeraubt.

Das ist seltsam. Warum hätte Pohl uns den Wohnwagen nicht aufmachen sollen, wenn er doch angeblich unser Auftraggeber war?

Weil er noch nicht über das Geld verfügte, das er Ihnen versprochen hatte. Aus Angst, wie er sagte.

Oder weil er nie die Absicht gehabt hat, es uns zu geben, der Hund?

Sie kennen Pohl also doch!

Auf keinen Fall. Und er scheint uns noch viel weniger zu kennen. Bitte, überlegen Sie doch nur ein einziges Mal *logisch*. Angenommen, Peli und ich hätten gewusst, dass sich in dem Lieferwagen Kokain befindet ... hätten wir dann den Wagen wirklich Ilse Grafen geschenkt und das Kokain nicht lieber selbst vertickt? Hätten wir uns dann die Zeit genommen, die Gartenskulpturen im Fluss zu versenken? Veronique das Auto des Privatdetektivs zu überreichen? Uns dem unvergesslichen Geräusch von Fahrrädern hinzugeben, die von einer Brücke fallen?

Was Ilse Grafen betrifft: Clemens Pohl gibt an, keine Ilse Grafen zu kennen. Auch wurde sie bis jetzt nicht im Datenpool gefunden. Es scheint Ilse Grafen überhaupt nicht zu geben. Es ist aber in der Tat einiges noch nicht ganz klar. Erzählen Sie, was in jener Nacht passiert ist. Wie kamen Sie zu dem Wohnwagen?

Also, Ilse Grafen hat uns zu diesem Wohnwagen gebracht. Und zwar mit unserem alten Lieferwagen, das hatten auch wir nicht erwartet. Erinnern Sie sich, wir waren davor ja noch beim Tierspital. Wir hatten dort das Pferd abgegeben. Die letzten Minuten vor Mitternacht waren herangerückt und wir dachten, es wäre das Beste, in den nahen Wald zu gehen. Dann schlug es zwölf – und Peli hatte Geburtstag! Der 1. August hatte begonnen. Gleichzeitig war der Nationalfeiertag angebrochen. Und dennoch hatte das eine nichts mit dem anderen zu tun. Wir umarmten uns, und ich wünschte ihr alles Gute für das kommende Jahr, Gesundheit, Freude, Zuversicht und solche Sachen. Sie freute sich. Wie alt wir schon geworden sind, sagte ich. Sie nickte nachdenklich. Seltsame Geräusche schreckten uns auf, plötzliches Rascheln und Knacken. Wir hatten uns in der letzten Zeit einen etwas übertriebenen Verfolgungswahn angeeignet, der nun zum Tragen kam. Stellen Sie sich vor, Peli hatte sogar ihr Handy aus Sicherheitsgründen irgendwo vergraben. Ich merkte, dass es an ihr nagte, dass sie darum keine Geburtstagsnachrichten empfangen konnte. Jetzt hatten wir beide nur noch uns. Und unsere Verfolger natürlich, das darf man nicht vergessen. Der Waldweg führte uns zu den Stationen eines Vita-Parcours. Sogleich schwangen wir uns an Holzbarren in die Luft. Ich sage es immer wieder: Man kann vieles an dieser Stadt kritisieren, aber nicht die Vita-Parcours. Wenig später kamen wir zu einem Wegweiser, auf dem *Schwamendingen* stand. Dort, in Schwamendingen, erinnerten wir uns, hatte damals ja alles angefangen. Auf dem Schwamendingerplatz vor noch nicht einmal zwei Tagen. Und so liefen wir also nach Schwamendingen. Die Stühle des Cafés waren aufeinandergestapelt und mit Kabeln umwickelt. Die Sonnenschirme zu. Ruhig floss das Wasser des Brunnens und verschwand im Boden.

Und dann kam es zu der ersten von drei Überraschungen im ersten Teil der zweiten Hälfte jener Nacht. Um diese Uhrzeit waren nur wenige Leute auf dem Platz. Und ob Sie es glauben oder nicht: Einer von ihnen sah aus wie Fritz Hirz – und war es auch. Erinnern Sie sich an Fritz Hirz? Wir waren ihm beim Bellevue schon einmal begegnet. Er hat uns Sandwiches gekauft und einen Schlüsselbund hinterlassen. Wieder hatte er seinen übertrieben langen Hund dabei, der sich diesmal am Boden zusammengeringelt hatte. Wir fragten ihn, was er zu so später Stunde noch treibe. *Es gehört zum guten Ton*, sagte er. Nur das. Nichts sonst. Das muss ihm erst einmal jemand nachmachen. Es schien seine Art von Humor zu sein. Er war gerade dabei, ein Bier zu trinken, und da er eine großzügige Seele war, bot er uns auch eines an. Er beobachte hier oft die Leute, erzählte er. Er schaue sie sich lange sehr genau an und dann, im allerletzten Moment, genau dann, wenn er eingreifen wolle und schon aufgesprungen sei, dann lasse er es. Interessant, sagte Peli. Dann plauderten wir ein wenig über dieses und jenes, bis schließlich die Sache mit den Schlüsseln zur Sprache kam.

Warum, wenn ich fragen darf, haben Sie uns vorgestern diesen Schlüsselbund auf die Bank gelegt? Das waren doch Sie, oder? Es war Peli, die so sprach.

Wollen wir uns nicht duzen?, fragte er. Die Wahrheit sei, dass er seiner Sucht, überall Schlüssel zu sammeln, damit ein Ende habe bereiten wollen. Irgendwann sei das Schlüsselsammeln kein Genuss mehr gewesen, er habe es gebraucht. Schon mehrmals habe er versucht, den Schlüsselbund irgendwie loszuwerden, ihn dann aber immer wiedergefunden, weil er nie vergessen konnte, wo er ihn versteckt hatte, und dann sei alles wieder von vorne losgegangen. Einmal habe er sogar einen uralten Schlüssel aus dem 17. Jahrhundert aus einer Kirche *entwendet*, stellen Sie sich vor, er benutzte tatsächlich dieses Wort. Er sei auf dem Fahrrad davongefahren, die Sigristin sei ihm nur halbherzig nachgerannt und habe nach wenigen Metern aufgegeben, denn ihn habe damals noch einen langen Bart umweht und er habe darum ausgesehen wie einer, dem man sowieso für alles die Schuld gibt. Dieser hier?, fragte Peli und reichte ihm den rostigen Schlüssel aus dem Schlüsselbund. Er nickte. Gib ihn der Kirche sofort zurück, sagte sie streng. Bevor eine verlegene Stille eintreten konnte, erwähnte ich, dass Peli Geburtstag habe, und da machte er eine nette Geste mit seinem Hut und nahm den Schlüssel, als ob es ein Geschenk wäre, und steckte ihn in seine Sakkotasche. Er und seine Tochter, erfuhren wir, hätten in der Nähe ein Haus zur Zwischenmiete bezogen. Ob wir bei ihnen übernachten wollten? Natürlich! Wir sehnten uns nach einem bequemen Bett. Als wir aber gerade aufgestanden und im Begriff waren, die Straße zu überqueren, donnerte die zweite Überraschung in unsere lange Nacht. Erst war das *ohrenbetäubende Quietschen* einer Vollbremse zu hören, dann kam er rückwärts auf uns zugefahren: Das Fenster des Lieferwagens öffnete sich und niemand anderes als *Ilse Grafen*, die nichts davon ahnte, dass es sie anscheinend gar nicht gab, winkte uns heftig herbei.

Kommst du mit?, fragten wir Fritz Hirz, während wir schon zum Wagen liefen.

Er zögerte. Seine Tochter werde am nächsten Tag zweiundzwanzig, er habe ihr versprochen, einen Kuchen zu backen, außerdem müsse er noch die Wohnung putzen und so weiter – alles zusammen würde ihm leider etwas zu viel.

Nachdem wir schon eingestiegen waren, rief er reumütig: Aber bestimmt ein anderes Mal!

Wir entgegneten etwas kühl: Vielleicht.

Ilse Grafen hatte ihre eigene Art zu fahren. Grimmig brauste sie durch die Straßen, fuhr mehrmals um Kreisel und Brunnen und kurvte lange in einem Industrieviertel herum, als ob sie wollte, dass wir völlig die Orientierung verlieren. Oder verlören … wie Sie es lieber wollen. Mir ist beides recht. Endlich hielt sie auf einem weiten Parkplatz an. Das Einzige, was darauf stand, war ein Wohnwagen aus Holz. Es wurde uns warm ums Herz. Sie hatte ihn also gefunden. Es hatte sich gelohnt, ihr den Lieferwagen zu schenken. Doch Ilse brummte nur, dass sie von uns gerne einmal erfahren würde, ob das überhaupt der Wohnwagen von ihrem Ersatzbruder Clemens sei und was ihr ein Wohnwagen ohne Schlüssel eigentlich bringen solle. Da hatte sie natürlich recht. Der Wohnwagen war verschlossen, und auf die Frage, ob dieser Wohnwagen jener von ihrem Ersatzbruder war, konnten wir leider nicht antworten. Wir wussten es nicht. Aber war das unsere Schuld? Sie war ja dahin gefahren! In ihrer verzerrten Wahrnehmung ging sie so weit zu behaupten, wir hätten sie gezwungen, den Lieferwagen zu nehmen, indem wir einfach ihr Fahrrad und ihre Sachen in den Wagen geschleppt hätten, ohne sie zu fragen, ob sie das überhaupt wolle, weil wir doch genau gewusst hätten, dass sie zu schwach gewesen wäre, die Sachen allein wieder aus dem Wagen hinauszuräumen. Sie verstieg sich sogar zu der Behauptung, wir hätten sie nur dafür benutzt, den Lieferwagen, der wahrscheinlich Diebesgut sei, wegzuschaffen, damit am Ende sie für den Diebstahl geradestehen müsse.

In Pelis Augen blitzte es gefährlich. Doch ich spürte, dass dahinter ein Meer von Geduld lag, in das sich die Blitze entluden, nach innen, wie so oft. Irgendwann sagte Ilse, wenn wir sie schon so weit gebracht hätten, dass sie in einem gestohlenen Lieferwagen vor einem verschlossenen Wohnwagen leben müsse, sollten wir ihr wenigstens auch den Wohnwagen aufbrechen.

Wie oft vergisst man, was andere nicht wissen können, weil sie zum Beispiel wie Ilse aus Österreich kommen. Wir brachten noch einmal viel Geduld auf und erklärten ihr, dass es in diesem Land verboten sei, einen Wohnwagen aufzubrechen, und dass wir es deswegen auch nicht tun würden. In Österreich, da sei das vielleicht anders, aber wenn man nun einmal hier sei, in der Schweiz, dann müsse man sich an die hiesigen Gesetze halten. Aber dann fiel uns ein, weil wir ja gerade Fritz Hirz getroffen hatten, dass wir vielleicht, aber nur vielleicht aus verschlungenen Gründen doch einen Schlüssel zum Wohnwagen haben könnten, wir müssten ihn darum eventuell gar nicht aufbrechen.

Peli kramte nach dem Schlüsselbund, probierte einen Schlüssel nach dem anderen aus, und tatsächlich, beim fünften sah es kurz so aus, also es gelang wirklich, indem sie ein paarmal mit einem Stein darauf haute, dass der Schlüssel passte. Die Tür prallte innen gegen die Wand. Peli machte Licht. Niemand war da. Der Wohnwagen wirkte, als ob schon lange niemand mehr darin gewesen wäre. In der Mitte war ein kleiner Wohnzimmertisch, eine Mikrowelle stand in der winzigen Küchenzeile und in der Höhe war eine Schlafnische angebracht. Es gab auch Rollläden und orangene Vorhänge vor den Fenstern. Ein Hirschgeweih hing an einer Wand, darunter eine Uhr. Es war kurz nach drei Uhr morgens. Wir waren recht müde, setzten uns an den Tisch und packten unsere verbliebenen Vorräte aus. Im Wohnwagen gab es Spaghetti und Tomatensauce, Essiggurken und Dosen mit Mais, Erbsen, Ananas und so weiter. Unsere eigenen mitgeschleppten Sachen wirkten dagegen schäbig. Es gab zwei Herdplatten. Wir sagten Ilse, wir würden jetzt kochen. In sich versunken saß sie am Tisch. Sie schien in ihrer eigenen Welt. Wir aber bereiteten Spaghetti mit Tomatensauce zu, die sich wirklich sehen lassen konnten, und tischten noch eine Flasche Orangina auf. Sobald Ilses Glas voll war, setzte sie es an den Mund und stürzte alles in einem Zug hinunter. Sie aß gehetzt, Peli übertrieben langsam. Schon früh war es zu unnatürlichen Gesprächspausen zwischen allen gekommen – es wollte uns einfach nichts zum Sprechen einfallen. Ein- oder zweimal versuchte ich, mehr über diesen Ersatzbruder Clemens zu erfahren, ob es ihn überhaupt gab oder ob er einfach eine fixe Idee von ihr war. Ihr seid ein neugieriges Volk!, schnarrte Ilse darauf und aß weiter. Irgendwann hob ich das Glas und sagte, dass der heutige Tag der Geburtstag von Peli Rouge sei. Da kam kurz Leben in Ilse, sie gratulierte Peli, schüttelte ihr die Hand und sagte: Sei immer wachsam und stolz! Dann lächelte sie und glitt wieder weg. Mir fiel auch nichts mehr ein.

Entweder hatten wir uns nicht viel zu erzählen oder wir wussten nicht, wie. Vielleicht steckten wir uns aber auch gegenseitig an, Peli und ich. Denn immer, wenn ich ahnte, dass Peli sich nicht wohlfühlte, dann fühlte auch ich mich nicht wohl. Vielleicht fühlte sich aber Peli gar nicht so unwohl, wie ich dachte. Ich neige eher dazu, zu denken, dass sich andere weniger wohlfühlen, als sie sich wahrscheinlich fühlen. Der Abend durfte unmöglich so enden, das musste ich verhindern, und daher wagte ich es, in einer wahrscheinlich wiederum fast als übergriffig im Raum stehenden Deutlichkeit zu fragen: *Ilse, was ist mit deinem Ersatzbruder? Warum ist er nicht hier?*

Anscheinend hatte ich im richtigen Augenblick gefragt. Denn Ilse war plötzlich aufgewacht und begann zu erzählen. Ihr Ersatzbruder sei ein gewissenhafter Mensch, darum sage er immer *nein*. Wie? Das verstanden wir, die wir doch immer *ja* sagten, nun wirklich nicht. *Nein*, warum denn *nein*, wann denn zum Beispiel? Sie erzählte, dass sie ihn erst spät kennengelernt habe. Bevor er ihr Ersatzbruder wurde, waren sie sogar einmal verheiratet. Er war Mathematiklehrer, sie irgendetwas anderes. Sie hatten einen Wohnwagen. Er gehörte Clemens, da er das Geld verdiente, aber sie waren oft zusammen unterwegs. Als die Ehe schon gekippt war und sie ihn fragte, weil sie ihn trotzdem noch so gerne mochte, ob er nun, da sie sonst keine Familie habe, einfach ihr Ersatzbruder sein wolle, hat er, die Augen voller Wärme, geantwortet: Nein. Wirst du mir dann wenigstens, wenn du spürst, dass es mir einmal schlecht geht, deinen alten Wohnwagen dahin bringen, wo ich dann sein werde, damit ich ein Dach über dem Kopf habe? Nein, habe er wieder sanft geantwortet. Er war so.

Was, er war so. Wie denn genau? Ilse machte ein Beispiel. Clemens habe ja als Mathematiklehrer gearbeitet. Am Tag vor ihrer Frage sei Clemens Folgendes passiert: Eine Schülerin habe aufgezeigt und eine Frage gestellt. Da er ihre Frage nicht ganz habe verstehen können, denn in dem Moment, als sie fragte, sei draußen ein Lastwagen vorbeigedonnert, habe er nur zwei Möglichkeiten gesehen: Er konnte entweder mit *ja* oder mit *nein* antworten. Blitzschnell habe er abgewogen, welche Antwort statistisch gesehen die bessere wäre. Er habe an *Verantwortung* gedacht, denn er war ein verantwortungsbewusster Mensch, an *falsche Versprechen*, dass man, wenn man *nein* sagte, später immer noch *ja* sagen könne, während man, wenn man einmal *ja* gesagt habe, sich in nicht zu überblickende Probleme verstricken konnte. Wenn man *ja* sagte, habe er gedacht, könne man immer dafür belangt werden. Er dachte an Verlässlichkeit und Ehre, auch an Ehrlichkeit und Bescheidenheit, und Clemens dachte außerdem, während er gespürt habe, dass er bald auf die Frage der ihn erwartungsvoll anblickenden Schülerin antworten musste, *an Ilse*, die ihn doch am Abend davor gefragt hatte, ob er ihr Ersatzbruder sein wolle. Wie er Ilse erzählte, sei er dann *erleichtert* gewesen, als er sich mit einem deutlichen *Nein* auf die unverstandene Frage der Schülerin hatte antworten hören, auch wenn deren Miene sich daraufhin schlagartig verdunkelt habe, denn sie habe ihn ja, wie sich später herausstellen sollte, nur um die Wiederholung einer Erklärung gebeten. *Nein*, hatte er also auch zu Ilse gesagt. Doch sein Blick, sagte Ilse, sei warm gewesen. Und weil er nur darum *nein* gesagt habe, damit er später immer noch *ja* sagen könne, habe sie das Gefühl, er hätte eigentlich von Anfang an *auch ja* gesagt, er sei also ihr Ersatzbruder, und obwohl sie nun schon seit zehn Jahren nichts mehr von ihm gehört habe, sei sie sicher, dass er bald kommen, sie finden und mit ihr zusammen mit dem Wohnwagen durch die Welt reisen werde. So war das mit Ilse. Nachdem sie aufgehört hatte zu erzählen, nickte sie ein. Als wir sie aber in die Schlafnische tragen wollten, fauchte sie uns an, dass wir sie vor Schreck fast fallen ließen.

Davor aber geschah noch etwas anderes Wichtiges. Es war die dritte und größte Überraschung in jener Nacht. Während Ilse erzählte, vernahmen wir von draußen her, also vom Parkplatz, durch die dünnen Wände des Wohnwagens hindurch, noch andere Geräusche. Es waren fünf, um genau zu sein. Peli und ich hörten sie, konnten aber nicht aufspringen, weil man das nicht macht, wenn jemand gerade eine Geschichte erzählt. Angestrengt haben wir also die Tischplatte angestarrt, als wir erstens *Schritte auf dem Kies* hörten. Zweitens *eine sich öffnende Wagentür*. Drittens *eine sich schließende Wagentür*. Viertens *einen anspringenden Motor*. Und fünftens *das Geräusch eines wegfahrenden schweren Wagens*.

Was wollen Sie damit sagen?

Als wir, nachdem Ilse schlief, die Wohnwagentür öffneten, sahen wir: Nichts.

Was meinen Sie damit?

Der Lieferwagen war weg.

Wie?

Ja, jemand muss ihn gestohlen haben.

Wer denn?

Ich habe es nicht gesehen. Vielleicht dieser Dominik Müller? Zumindest wurde er ja damit in Italien angehalten.

Sie bestreiten also, Clemens Pohl mit dem Lieferwagen das gestohlene Kokain zum Wohnwagen gebracht zu haben und ihn dort, vielleicht aus Rache, körperlich angegriffen und ausgeraubt zu haben?

Ich habe Ihnen alles der Wahrheit entsprechend erzählt.

Wie gesagt: Die Existenz einer Frau namens Ilse Grafen, die im besagten Zeitraum an den beschriebenen Orten gewesen wäre, lässt sich nicht nachweisen. Ich muss davon ausgehen, dass Sie weiterhin nicht die Wahrheit sagen.

Das ist völlig verrückt! Ich war doch die ganze Zeit dabei. Und was ist mit den Gartenfiguren? Haben Sie geprüft, ob sie am Grund des Flusses liegen? Was ist mit der Meerjungfrau? Dem Fahrradkreis? Es gibt so viel Wichtigeres zu tun. Und es zeigte sich immer mehr in jener Nacht: Es gab noch viel zu tun.

5. Vernehmung

Waren Sie schon einmal im Gefängnis, Frau Savakis? Sie sind doch eine freiheitsliebende Person. Können Sie sich vorstellen, was das bedeutet, zehn, fünfzehn Jahre Freiheitsentzug? Vor allem, wenn man so jung ist wie Sie? Ich möchte, dass Sie sich jetzt sehr gut konzentrieren, wenn wir die verbliebenen Anklagepunkte durchgehen. Nur eineinhalb Stunden, nachdem Sie angeblich mit einer Ilse Grafen in dem Wohnwagen saßen, wurde auf einem Feld im Käferbergwald ein Brand gelegt. Das Feuer griff von dem Feld auf einzelne Bäume des Waldes über, die zum Glück schnell gelöscht werden konnten. Mehrere Zeugen machen Sie und Ihre Gefährtin dafür verantwortlich.

Ich weise jede Verantwortung dafür zurück!

Wer hat dann das Feuer gelegt?

Lassen Sie mich nachdenken. Wie kamen wir überhaupt in den Käferbergwald … Ilse hatte uns wirklich verwirrt, wir dachten ja zuerst, dass wir mit ihr in dem Wohnwagen übernachten würden. Aber dann hatten wir *sie* ja in die

Schlafnische gebettet … und zum Dank fauchte sie uns noch an. Die Stimmung war nicht gut, auch, weil der Lieferwagen weg war. Es war, wie wenn damit unsere einzige Verbindung mit Ilse erloschen wäre. Als wir wieder in die Nacht hinaustraten, standen wir vor dem Nichts. Immerhin war dieser Parkplatz einer, auf dem man gut hin- und hergehen konnte. Auch eine Baustelle gab es da. Einen Kran. Er zeigte nach Südwesten. Gleich neben ihm klaffte ein tiefes Loch im Boden, worin Stahlwände die umliegende Erde zurückdrängten. Links von dem Aushub waren die Spitzen von Betonpfeilern zu sehen, aus denen Stäbe aus rostigem Metall ragten. Wir kamen wieder ins Zählen. Es waren *dreizehn* Betonpfeiler. Drei davon standen in einer Art Kreis, als Gruppe einander zugewandt, die anderen allein. Und nur bei zweien zeigten die rostigen Stäbe zum Himmel, bei einer anderen Säule waren sie verbogen und an den Beton gedrückt. Bedeutete das etwas? Es wirkte so.

Und dann ging die Tür des Wohnwagens noch einmal auf. Eine plötzlich wieder hellwache Ilse sagte, wir sollten doch bitte wenigstens ihr Fahrrad nehmen, das wäre ja wohl das Mindeste. Sie lächelte. Ich glaube, weil wir weggingen. Sie sah jetzt aus wie eine freundliche Dame in ihren besten Jahren. Zum Fahrrad sagten wir nicht nein. Wir machten Ilse nicht darauf aufmerksam, dass der Lieferwagen weg war, sie selbst schien es noch nicht bemerkt zu haben. Ilse wollte uns noch ein Zahlenschloss mitgeben, das sie murmelnd und ohne es zu finden in all ihren Jackentaschen suchte, weshalb sie noch einmal in den Wohnwagen ging. Das alles dauerte für unsere Aufbruchsstimmung eigentlich viel zu lange. Wir machten Ungeduldsbewegungen, wie mit dem Fuß auf und ab zu klappen oder auf unseren Nägeln zu kauen, ständig auf die Uhr zu schauen und seufzend die Arme hochzuwerfen und wieder fallen zu lassen.

Fast hätten Peli und ich aus reiner Ungeduld zu streiten begonnen. Das heißt, wir haben auch wirklich damit begonnen. Zuerst aber gingen wir ausgiebig auf dem Parkplatz herum und würdigten, was da war. Wir kamen zu einem Schild und lasen: *Tram zur Messe.* Nichts spricht dagegen, dachten wir. Auf einem anderen Schild stand: *Checkpoint 1 geschlossen. Fahren Sie zu Checkpoint 2.* Also gut. Wir schuhten durch den hellen Kies. Wie lange war es her, seit wir das letzte Mal so richtig zum Lesen gekommen waren? Wir konnten nicht aufhören damit. Wieder kamen wir zu einem Schild und lasen: *Keine Hoffnung für Sachbeschädigung.* Dann betrachteten wir einen Lkw, auf dem stand: *präzis, schnell und tief*, und einen anderen, auf dem stand: *Bien plus que du transport.* Bis zu den Büschen am Rand des Parkplatzes führten uns unsere Schritte. Dahinter lagen Tramschienen. *Büroräume zu vermieten* stand auf einem Gebäude. Und dann entdeckten wir im Mondlicht auf der östlichen Seite etwas, das uns frösteln ließ. Hinter einer Reihe von Absperrgittern, hinter einem Streifen von steppenartigen Gräsern, die sich leicht im Nachtwind bewegten, warf der Mond sein Licht auf einen *anderen* Parkplatz. Was mochte es auf diesem anderen Parkplatz geben? Unsere Schritte knirschten auf dem Boden. Knirsch ... Knirsch ... Knirsch ... Und dann, als wir endlich nahe genug an die Absperrung herangetreten waren, sahen wir es: *einen weißen Lieferwagen!* Wir waren fassungslos. War *das* der gestohlene? Aber mach doch deine Augen auf! Neben diesem steht ja noch ein anderer weißer Lieferwagen. Und da, sieh, neben diesem steht wieder ein weißer Lieferwagen. Und daneben noch einer ... und dann noch einer ... und da, noch einer! Und dort noch eine ganze Reihe. Und dahinter gleich noch eine, eine weitere ganze Reihe! Weiße Lieferwagen überall auf dem Parkplatz. Bin ich übermüdet oder sehen die alle aus wie ... *unser* Lieferwagen? Doch, genau gleich ... auch der ... und der ... und der ... und da erst, lieber Herr Lombardi, erkannten wir, dass *jeder* dieser Lieferwagen *derjenige* hätte sein können, den wir Ilse geschenkt hatten. Sie werden verstehen, dass uns das nicht kaltließ. Als ob es jederzeit möglich wäre, einen weißen Lieferwagen der Marke Mercedes aufzutreiben, zu befahren und zu verschenken. Als ob das Schicksal uns nicht einen speziell auf uns zugeschnittenen Lieferwagen besorgt hätte. Bis dahin hatten wir ja gedacht, einen ganz besonderen Lieferwagen befahren zu haben. Und nun lehrte uns die Lieferwagenvermietung, dass es nicht so war. Damals wussten wir ja noch nicht, dass unserer wegen des darin versteckten Kokains *doch* etwas Besonderes war. Es kränkte uns. Schnell liefen wir wieder in eine andere Richtung. Irgendwo links standen die Türme des Toggenburger Beton Services. Und obwohl es noch Nacht war, rieselte es von da, rutschte, rauschte, Ketten rasselten. Mit Hochdruckreiniger wurde irgendetwas geputzt. Ein sägendes Geräusch war zu hören. Ripschrapschripschrapsch ... Eine Weile hörten wir zu. Lange hörten wir zu. Und dann begann langsam, langsam die Wirkung des Parkplatzes nachzulassen und der Streit, den ich vorhin bereits angekündigt habe, brach aus.

Ich sagte, dass dieses peinliche Essen vorhin typisch Zürich gewesen sei, in einer solchen Stadt könne man ja auch nichts anderes erwarten. Peli sagte, das sei sicher nicht typisch Zürich, sondern typisch 21. Jahrhundert. Ich beharrte auf Zürich. Peli, die sich vorhin noch so beherrscht hatte, entlud ihre aufgestauten Aggressionen an mir, ging auf mich zu und zwang mich mit einem ihrer Griffe zu Boden. Ein metallisches Gelächter schüttelte sie, als sie mir wieder aufhalf. Ich betrachtete sie eisig. Sie wich meinem Blick aus. Zeit verging. Ich warf ihr vor, mich nicht genug unterstützt zu haben, als ich versuchte, ein Gespräch mit Ilse aufzugleisen. Ich sagte, hier in Zürich sei immer allen alles peinlich, darum sage man nichts. Und wenn man doch etwas sage, habe man nachher das Gefühl, man hätte zu viel gesagt. Peli sagte, das wäre auch in Bern oder Barcelona so. Ich widersprach und bewies anhand mehrerer Beispiele, dass es in Bern nicht so war. Peli aber war gegen Beispiele. Beispiele Beispiele Beispiele!, rief sie. Es geht hier doch nicht um Zürich oder Bern! Es geht um viel mehr! Verstehst du?

Worum denn bitte?, rief ich. Darum, dass du dich ausleben kannst mit deiner marmornen Meerjungfrau und ich am Ende dafür geradestehen muss?

Gehts noch? Alles, was ich mache, machen wir zusammen! In *unserem Sinn*!

Dann sag mir endlich, wem du die ganze Zeit schreibst. Und wer dir geholfen hat mit der Meerjungfrau.

Peli stieß mich gegen die Schultern, sodass ich rückwärtstaumelte.

Warum hast du überhaupt dein Handy mitgenommen? Warum hast du mir den Mann auf der Baustelle nicht vorgestellt?

Peli drehte sich weg von mir und ging ein paar Schritte in die Dunkelheit.

Du bist schuld, dass der Lieferwagen jetzt fort ist, zischte sie von da aus.

Ich? Ich soll schuld sein?

Ja, du. Weil du Ilse unbedingt zum Erzählen dieser peinlichen Geschichte bringen musstest. Kannst du nicht kapieren, dass nicht alle so sind wie du? Nicht alle müssen oder können immer alles erzählen! Und wenn sie es doch tun, dann landen wir bei so etwas.

Bin ich jetzt etwa schuld, dass Ilse so ist? Siehst du, schon wieder, du fandest diese Geschichte also peinlich.

Peli schwieg verbissen. Wahrscheinlich konnte sie es einfach nicht fassen, dass wir ausgerechnet Ilse unseren Lieferwagen geschenkt hatten. Es war auch wirklich schwer zu ertragen. Warum war alles so schwer? Aber jetzt war er eh weg.

Du warst es doch vorhin, die nicht aufspringen wollte, als wir hörten, wie jemand unseren Lieferwagen klaut, sagte ich in die Stille.

Ich? Ich wollte nicht aufspringen?

Ja, wir hätten längst gehen sollen, weg von diesem grässlichen Wohnwagen, weg von diesem zermürbenden Parkplatz, es wäre das Beste gewesen. Aber wir konnten einfach nicht gehen, weil wir immer noch auf Ilse warteten und glaubten, dass sie gleich kommen würde. Wir konnten einfach nicht gehen, solange Ilse noch nach dem Schloss suchte. Folgendes zeigte sich: Je länger wir gewartet hatten, desto weniger konnten wir das Warten abbrechen. Dabei hatten wir das Warten doch schon einmal abgebrochen, damals, auf dem Schwamendingerplatz. Das Schachspiel, das wir so lange beobachtet hatten. Nie würden wir wissen, wie es ausgegangen war. Und dennoch sind wir gegangen, bevor es zu Ende war. Es tat immer noch weh. Und jetzt warteten wir wieder. Warum sind wir nicht einfach gegangen. Es war ein Muster, und in Muster verfällt man eben. Es waren die alten Fänge. Und darum waren wir wahrscheinlich so gereizt …

Endlich tauchte Ilse mit zerzaustem Haar wieder in der Tür auf. Sie hatte das Schloss lange nicht gefunden und ihrerseits dann die Suche nicht abbrechen können. Mir schwirrte der Kopf, als sie uns das Zahlenschloss überreichte und einen Autoschlüssel. Den Autoschlüssel, den habe sie da in einer Schublade gefunden. Vielleicht könne er uns eines Tages weiterhelfen. Leider wisse sie nicht, wo das dazugehörige Auto stehe, wir müssten es einfach ausprobieren. Peli nahm die Geschenke entgegen und steckte sie in ihren Rucksack. Ilse betrachtete uns durchdringend, als ob sie uns noch eine wichtige Botschaft mit auf den Weg geben wollte. Diese schien ihr jetzt aber nicht in den Sinn zu kommen. Die Zeit war gekommen, Ilse hinter uns zu lassen. Bis heute frage ich mich, ob dieser Schlüssel derjenige war, mit dem Peli zwei Tage später den Renault Twingo im Parkhaus des Glattzentrums öffnen sollte, um ihre Flucht aus den Fängen der Justiz anzutreten.

Das im Wagen gelagerte Marihuana stand nach Aussagen von Clemens Pohl am 30. Juli dort bereit, um von Ihnen abgeholt und an Zwischenhändler weiterverkauft zu werden. Laut Pohl verfügten Sie zu *zweit* über einen Schlüssel. Nach Ihren eigenen Aussagen haben Sie sich zusammen mit Peli Rouge am 30. Juli mehrere Stunden lang bei besagtem Auto im Parkhaus aufgehalten.

Ach, wie hätten wir ahnen können, welch missverständliche Rolle dieser Renault Twingo wenig später spielen sollte in unser beider Leben. Wie oft begegnen uns Dinge, die wir übersehen, und als ob sie beleidigt wären, bestehen sie auf ihrem Recht und behaupten sich später mit aller Gewalt.

Fest steht, dass sich in der Familiengartensiedlung an der Oberen Waidstrasse, die südlich an jenes Feld grenzt, das in der Nacht vom 31. Juli auf den 1. August brannte, »zufälligerweise« ein Schrebergartenhäuschen befindet, das *Dominik Müller* gemietet hat. Es wurden dort Spuren von Kokain gesichert, das in der Zusammensetzung identisch ist mit dem im Lieferwagen. Die Schlinge zieht sich langsam zu ...

Also kam das Kokain von da?

Erzählen Sie!

Vielleicht ist das alles eine Sache zwischen Pohl und Müller und vielleicht dieser Barragán. Vielleicht wollte Pohl sich das Kokain allein unter den Nagel reißen und hat es von Müller und Barragán gestohlen, worauf es Müller wieder zurückgestohlen hat, als wir im Wohnwagen bei Ilse waren.

Aber der Lieferwagen mit dem Kokain wurde ja *von Ihnen* gestohlen! Und warum sollte Clemens Pohl Sie und Peli belasten, wenn er Sie nicht einmal kennt?

Das ist einer der wenigen Punkte, wo wir zusammenkommen. Das verstehen wir beide nicht. Aber warum muss eigentlich immer jemand schuld sein? Schauen Sie sich doch einmal um. Überall gibt es *sehr* viele Leute. Die Wasserproben aus dem See beweisen es ja jedes Jahr, dass hier alle koksen. Die Wahrscheinlichkeit, dass man in einen

Lieferwagen steigt, in dem sich irgendwo Kokain befindet, ist gar nicht so klein.

Schluss damit. Erzählen Sie einfach, wie Sie zum Käferberg gekommen sind. Und wie Sie, als ob alles andere nicht schon genug wäre, auch noch in eine Brandstiftung verwickelt sind.

Von uns geplant war das nicht, so viel steht fest, und ich finde es eigentlich auch nicht nötig, dass es zu einem Brand gekommen ist. Sie fragen, wie wir zum Käferberg geraten sind. Vom Parkplatz aus gingen wir glaube ich zuerst links hinter der Baustelle einen dunklen Waldweg entlang. Es gab dort einen Graben. Darin schien ein dünnes Bächlein zu fließen, doch hörten wir es nicht. Bald kamen wir zu einem größeren Bach, vielleicht war es sogar der Fluss Glatt, der eine in das Flussbecken hineingebaute Betonsenke hinunterströmte und uns ein eigenartiges Schauspiel bot. Das Wasser floss dort in schnellem Strom auf die Betonsenke zu. Nur vom Schein des Mondes beleuchtet, schäumte und sprudelte es an der Stelle, wo das obere Wasser auf das untere Wasser traf. Etwas bewegte sich darin. Es waren zwei Fußbälle, ein Fahrradhelm und zwei PET-Flaschen. Sie tanzten auf und ab. Einer der Fußbälle wurde immer wieder in die Höhe gejagt, dann sah es aus, als ob er sich aus den weißen Wasserfängen befreien könnte. Doch fiel er immer wieder zurück in den Strudel.

Wir waren bis dahin schweigend nebeneinander gegangen. Peli hatte das Fahrrad neben sich hergeschoben. Unsere Wut war etwas abgeklungen durch das Gehen, doch spürten wir, wie sie weiter gärte. Ein Funken würde genügen, um sie wieder anzufachen.

Als wir so in das sprudelnde Wasser starrten, meinten wir uns beide in diesem ... nennen wir es *Schauspiel der Kräfte* wiederzuerkennen.

Was meinst du, sind wir die Bälle oder das Wasser?, fragte ich Peli, bemüht um einen normalen Ton.

Der Velohelm, antwortete sie, wahrscheinlich, um mir absichtlich einen Stich zu versetzen.

Ich dachte, wir sind zu zweit?

Dann halt die Flaschen!, antwortete sie schnippisch.

Und nach einer Pause, in einer ganz anderen Tonlage: Wir sind die Nacht, die alles beleuchtet.

Was auch immer das heißen sollte, Peli schien plötzlich bewegt. Wie schnell sich ihre Stimmung ändern konnte. Plötzlich umarmte sie mich fest. Ihr Rücken schien ganz leicht zu flattern. Als ich ihr ins Gesicht schaute, sah ich zum ersten Mal Tränen in ihren Augen stehen. Es waren Augen, durch die ich jetzt in eine Tiefe blicken konnte, die mich rau zu sich hinabzog. Und da spürte auch ich es. Sie musste und konnte nicht alles erzählen. Ein Sog war da, der größer war als wir. Es war plötzlich, als hätten wir nicht mehr viel Zeit. Schnell ging Peli zum Fahrrad und kehrte mit dem Zahlenschloss zurück. In hohem Bogen warf sie es zu den Bällen im Schaum. Jetzt haben sie wenigstens ein Schloss, sagte sie.

Ab da fuhren wir zu zweit auf dem Fahrrad. Wir bogen in einen Weg ein, der uns am Fluss und an den Bäumen entlangführte, links standen Einfamilienhäuser mit Giebeldächern. Wir fuhren Richtung Oerlikon, obwohl auch Schwamendingen nicht weit gewesen wäre. Dass wir nicht nach Schwamendingen fuhren, überraschte uns. Erst später im Käferbergwald sollten wir erkennen, dass wir fremdbestimmter waren, als wir ahnten. Noch aber fuhren wir scheinbar aus freiem Willen einfach geradeaus. Alles war still und menschenleer. Bald sahen wir das Hallenstadion und das Theater 11 und die Offene Rennbahn Oerlikon. Allesamt stattliche Gebäude, aber von all diesen war es die Offene Rennbahn Oerlikon, die uns anhalten ließ. Wir stellten das Fahrrad in den Fahrradständer und gingen hinein. Von der Mitte aus, einer runden Wiesenfläche, betrachteten wir die kreisförmige Rennbahn, die Zuschauertribünen, hinter denen sich die Fahnen der Schweizer Kantone im Nachtwind dieses ersten Augustes kaum bewegten. Bestimmt fünfzehn Kräne waren in der Dunkelheit auszumachen. Wir versuchten, die schräge Rennbahn zu betreten, aber sie war so steil, dass wir immer wieder abrutschten.

He, rief da plötzlich eine Stimme, was macht ihr da? Ein Mann mit einem Schnauz kam auf uns zu. Wir wollen die Offene Rennbahn Oerlikon besichtigen, sagten wir. Das ist aber das erste und letzte Mal, meinte der Mann mit dem Schnauz auf eine brummende Art nachsichtig, als ob er es uns hätte verbieten können. Aber geht nicht auf die Rennbahn. Die Steigung ist zu stark. Die Kurvenneigung beträgt 44,5 Grad. Dafür muss man mindestens dreißig fahren!

Wissen Sie auch, wie lang sie ist?, fragten wir.

333 Meter lang.

Für wie viele Leute gibt es Platz?

Für 3000 Zuschauer

Und wann wurde sie gebaut?

1912, ein architektonisches Meisterwerk.

Er drehte sich um und ging zurück über die Wiese, wo vor einer Festbank sein Fahrrad auf dem Sattel stand, an dem er herumschraubte, als hätte er die Nächte seines Lebens nie anders verbracht. Von neuem verfielen wir ins Lesen. Die Plakate, die die Rennbahn säumten, lieferten hierfür Stoff. *Hier könnte eine Werbung stehen* lasen wir zum Beispiel. Oder *Jede Flasche zählt PET* oder *begrünen bekiesen absaugen* oder *Bäckerei Fischer, Bautenschutz und Renovation, PRICE Bikes, so individuell wie du, Ronner AG Schädlingsprävention, Salvini die Gipser, Hinnen Hoch- und Tiefbau 8153 Rümlang*. Oder *Wanner Umbau Fassaden Natursteine Betonsanierung* oder *Wullschleger Kanalreinigung* oder *Ich bin dabei. Du auch? Rennbahn – Oerlikon*. Das Lesen hatte uns erfrischt. Wir gingen zurück zu unserem Fahrrad und pedalten wie von einer unbekannten Macht getrieben die Schienen entlang leicht bergauf, bis wir zu einem Kiesplatz kamen, einer Brache, hinter der kleine Gartenflächen waren, hinter denen sich wiederum eine düstere Siedlung erhob. Leise spazierten wir durch die Siedlung. Ein Sofa stand mitten auf dem

Weg, ebenso ein Schrank. Eine Stehlampe hing in einer Trauerweide.

Kaum hatten wir die Siedlung durchquert, fanden wir uns in einem Wald wieder. Wie auf einem Schild stand, handelte es sich um den Käferbergwald. Und dann, als wir wieder abgestiegen waren und das Fahrrad neben uns herschoben, kam der Moment, als wir uns wie Sie fragten, warum wir eigentlich gerade hier gelandet waren.

Der Kran, fiel es Peli ein. Der Kran beim Messe-Parkplatz! Ja, jetzt fiel es auch mir wieder ein, er hatte Richtung Südwesten gezeigt. Vom Messeparkplatz aus im Südwesten liegt nämlich der Käferbergwald, wo uns jetzt eine frische Dunkelheit umfing. Doch es war nicht ganz dunkel. Zwischen den Stämmen und Blättern hindurch blitzten die Lichter der nahen Stadt, gelb und rot und blau waren sie, und an den Außenrändern waren sie weich. Die Stadt lag im Tal wie ein schwarzes, funkelndes Tuch, das man einfach hätte aufheben können, um es sich um den Hals zu werfen. Und warum tat man es nicht? Weil es zu warm dafür war. Unsere Beine waren schwer geworden. Als wir am Wegrand eine Holzbeige sahen, stellten wir das Fahrrad davor ab, kletterten hinauf und legten uns auf den Rücken.

Aber der Südwesten, also die Linie nach Südwesten, meinte Peli irgendwann, die geht doch über den Käferberg hinaus. Dahinter komme ja noch Uitikon, Unterlunkhofen, Aesch, Belp, Treyvaux, Lausanne, Marseille, Algier, Bamako und dann irgendwann das Meer.

Ich ahnte, was sie damit sagen wollte. Es war also doch *unsere* Entscheidung gewesen, im Käferbergwald zu halten. Und da dachten wir plötzlich, dass es ihn eben doch gab, den freien Willen. Es war nur schwer zu erkennen, wann er wirkte.

Dort, auf dem Rücken auf der Holzbeige liegend, kamen wir endlich zur Ruhe. Wir schauten in den Himmel, hörten dem Rascheln der Blätter zu, bis ich Peli etwas unsicher fragte, ob sie mir vielleicht doch erzählen *wolle*, was sie eigentlich gestern gemacht habe, nachdem wir uns auf der Hardbrücke getrennt hatten.

Und dann erzählte sie mir in aller Kürze vom Pferd, von der Meerjungfrau und vor allem auch vom Pool. Das Pferd hätte sich im Wasserbecken lange nicht zurechtfinden können, aber am Ende sei alles gut gegangen.

Hat dich niemand gesehen?

Dochdoch, sagte sie zufrieden, wahrscheinlich schon. Es würde sie wundern, wenn nicht. Ein bisschen fuchste es sie, dass sie die Meerjungfrau nicht *in den Fluss* gezogen hatte. Da war ja diese Hecke.

Ein Pool mit Meerwasser, erwiderte ich, das ist doch auch schön! Aber es half nichts. Wenn ihr Ehrgeiz einmal geweckt war, war es schwer, ihn wieder herunterzuschrauben. Schließlich wurde auch ich angesteckt von ihren Zweifeln. Es war klar, dass sie dachte, dass auch ich es insgeheim ein bisschen schöner gefunden hätte, wenn das Pferd die Statue nicht in den Pool, sondern in den Fluss … Obwohl das gar nicht so *war*. Ich meine, ich hätte den Pool wahrscheinlich genauso gut gefunden, wenn *sie* es genauso gut gefunden hätte. Also sagte ich mit fester Stimme, als marmorne Meerjungfrau wäre mir ein ehrlich gebauter Pool genauso recht wie ein Fluss.

Wirklich?, fragte sie.

Ja. Und außerdem *ist* es jetzt so. Und mit dem, was ist, muss man zu leben lernen.

Sie schwieg. Flugzeuge schoben sich langsam voran am weiten Himmelszelt. Es rauschte aus dem nahen Wald, frische Luft kam von da, flüsternde, dunkle Luft. Aus dem Wohnwagen hatten wir eine Flasche Wein mitgenommen, die öffneten wir jetzt. Wir tranken immer noch auf ihren Geburtstag. Wieder meldete sich der Zahn in der unteren linken Zahnreihe. Zum Glück nicht lange. Und dann begann ein Gespräch, das für mich alles, was wir bis dahin eher aus dem Bauch heraus gemacht hatten, in ein anderes Licht rückte. Ich versuche hier nur das Wichtigste wiederzugeben. Peli erzählte mir von einigen Leuten, die früher einmal probiert hätten, Kontakt aufzunehmen mit den Lebewesen auf dem Mars. Da sei zum Beispiel einer gewesen, ein Kraus oder Gauß, sie wusste es nicht mehr, der 1802 vorgeschlagen habe, in die sibirische Tundra universell gültige Symbole zu zeichnen. Aber was sollen denn *universell gültige* Zeichen sein, fragte Peli. Auch dieser Gauß war ja durch, bei allem Respekt. Ebenso Joseph Johann von Littrow, der in der Sahara Gräben habe ausheben lassen wollen in Gestalt *mathematischer Symbole*, diese danach mit Kerosin und Wasser auffüllen und nachts in Brand stecken. Eigentlich eine gute Idee, aber mathematische Symbole? Dann habe es noch einen Franzosen gegeben, Charles Pelis. Der habe einen Entwurf für einen riesigen Spiegel gemacht. Mit dem wollte er Sonnenlicht bündeln, um damit Botschaften an die Marsmenschen in deren Wüsten zu brennen.

Such dir aus, was davon wir jetzt machen wollen!, sagte Peli begeistert.

Ich nehme alles!, rief ich.

Peli klatschte in die Hände.

Und erst dann fragte ich: Aber was machen wir jetzt genau?

Peli schaute mich überrascht an. Für sie war es längst ganz klar gewesen, für mich erst verschwommen. Und während Peli weitersprach, tauchte ich in einen Strudel von Erinnerungen ab. Ich sah uns wieder am Bellevue sitzen, auf der hölzernen Bank vor dem Café in einem dunstigen blauen Licht. Ich sah den Parkplatz im Glattzentrum, seine weite Fläche … Wie Antennen streckten sich die Baustangen dem Himmel entgegen … lange Metallketten schwangen als Unterwasserpflanzen langsam durch die Luft … Ich hörte Pelis Stimme sagen: *Alles hat damit zu tun, dass die Zukunft nicht landen kann.* Unsere Hände näherten sich einander an, umschlossen sich …

Wir senden *Zeichen,* hörte ich Peli nun zuversichtlich sagen. *Ins All.* Sie schien immer noch bei Joseph Johann von Littrow und Charles Pelis zu sein. Aber es gibt natürlich auch Gründe, die dagegensprechen, sagte sie und schaute mich forschend an. Erstens: Wie sollen wir zum Beispiel die Gräben ziehen? Also, mit welchen Werkzeugen? Und wie das Feuer entfachen? Zweitens gebe es hier weder eine Tundra noch eine Sahara, wir befänden uns in einem kleinflächigen Land voller Berge. Was wolle man da in einer solchen Größe installieren? Drittens aber sei der Mars durch. Es sei längst bewiesen, dass dort niemand lebe. Im Gegenteil wollten ja die Menschen auch ihn eines Tages bewohnen. Aber dann sei wirklich alles hinüber.

Ich gab Peli recht, ohne ganz bei der Sache zu sein. Dann aber sammelte ich mich. Wir sprachen noch lange darüber. Es war ein gutes Gespräch. Ich war dabei. Schon immer dabei gewesen. Wir verstanden uns. Es war nur neu für mich und etwas schmerzhaft, genau zu wissen, was wir wollten. Schließlich kamen wir zu dem Schluss, dass wir auf *keinen Fall* Zeichen senden wollten, die aus mathematischen oder universell gültigen Symbolen bestanden. Denn da waren wir uns einig: Wer sollte da kommen?

Natürlich war alles nicht einfach. Wir musterten den Sternenhimmel. War es eine Zumutung, Außerirdische den komplizierten Weg hin zur Erde nehmen zu lassen? Ich will Ihnen damit nur sagen, dass es für uns nicht unbedingt die Außerirdischen sein mussten. Wenn sie doch kamen, war es in Ordnung. Wir hatten nichts dagegen, das heißt, wir wünschten es uns vielleicht sogar. Mit einem leicht bangen Gefühl. Es stimmt schon, mit gemischten Gefühlen … Denn ist das, was man nicht kennt, automatisch *gut*? Aber *gut* oder *schlecht* – waren das nicht überwundene Maßstäbe? Schließlich wollten wir ja *hinüber*, weit hinüber, und eigentlich auch *durch*. Auf eine neue Art *durch*. Kurz gesagt, wir wollten mit unseren Zeichen *Einladungen* versenden, aber unverbindliche. Wenn sie kommen wollten, gern. Unbedingt aber wollten wir verhindern, dass sie sich uns, wie soll ich sagen ... *anpassten*.

Aus diesem Grund müssen wir Zeichen senden, die hier niemand *versteht*. Dann steigt die Chance, dass *andere* sie verstehen. Verstehst du?, fragte Peli.

Ja, sagte ich.

Es war ein Ja, das noch ein wenig nachhallte, wie in einer Kirche. Wenn ich damals schon von diesem Kreis aus Velos auf den Gleisen unter der Hardbrücke gewusst hätte, hätte ich sie bestimmt danach gefragt. Was dieser Kreis bedeute und warum Velos, ob sie das wisse. Ob sie es gewesen sei, die diesen Kreis angezettelt hatte. Aber da ich nichts davon wusste, erst hier in diesem Raum durch Sie, Herr Lombardi, davon erfahren habe, schauten wir nur still und sehnsüchtig in den tiefen Sternenhimmel. So verging eine geraume Zeit, bis wir den Schein eines Feuers bemerkten. Wir nahmen es als Zeichen, aufzubrechen. Wir kletterten von der Holzbeige, holten unser Fahrrad und schoben es eine kurze Strecke durch den Wald. Leute standen um eine Feuerstelle herum, tranken und rauchten. Von dort aus sah man über die ganze Stadt, gelbe und rote Lichter, Hochhäuser und der Uetliberg, links der See. Ich hatte die Brandung eines Meeres in den Ohren, aber es war – mindestens ebenso schön – das Rauschen der Autobahn. Sie brieten Würste und hatten Brot dabei, auch Senf und Ketchup. Riesige Packungen Kartoffelchips. Und diese Erdbeerschnitten, die man im Supermarkt kaufen kann, die gar nicht schlecht sind. Redbull und Bier. Auch Gin und Wodka. Sie hörten Musik. Immer wieder lachten sie, ohne dass es einen besonderen Anlass dafür brauchte. Sie waren überhaupt großzügig. Sie fragten, ob wir auch eine Wurst essen wollten, und wir sagten, hey gern, aber noch lieber zuerst von den Erdbeerschnitten. Sie sagten, easy, und reichten sie uns herüber. So sind die Menschen in dieser Stadt. Eigentlich sehr nett. Und dann doch gesprächig, wenn man sie einmal vor sich hat. Sie sprachen Englisch und Spanisch, einige auch Schweizerdeutsch. Wir blieben ein bisschen bei ihnen.

Es war etwa vier oder halb fünf Uhr morgens, ein Softwareentwickler zeigte uns gerade Musikclips auf seinem Handy und einige hatten begonnen, sich andeutungsweise zu der Musik zu bewegen, als sich plötzlich Scheinwerfer den Waldrand entlangbewegten. Erst spät sahen wir, dass es sich um einen *Polizeiwagen* handelte. Der eine, der ganz nah am Feuer stand, musterte jetzt Peli genauer und sagte aufgekratzt: O my God! Bist du nicht die mit der Meerjungfrau? Noch bevor sie antworten konnte, stürzte er sich in einen Streit mit einem seiner Freunde, was sehr nett war von ihm. Sie griffen sich ein bisschen an, so, dass man es hätte für echt halten können. Die Polizei, die jetzt aus dem Streifenwagen stieg, fühlte sich auf jeden Fall zur richtigen Zeit am richtigen Ort und riss die beiden auseinander, drehte ihnen die Hände auf den Rücken und fragte sie nach ihren Papieren. Peli und ich aber bewegten uns wie gedacht langsam rückwärts aus dem Schein des Feuers hinaus, schwangen uns aufs dort gegen einen Baum gelehnte Fahrrad, Peli vorne und ich auf dem Gepäckdings, und so verabschiedeten wir uns fast lautlos in die weite, dunkle Nacht.

Über uns waren die Sterne und das tiefe All. Es dehnte sich in jenem Moment aus. Wir merkten es, während wir den Waldweg entlangholperten. Einmal überquerte ein Dachs leicht schleppend den Weg. Auch er litt unter der Dehnung und an den fernen schwarzen Löchern, die an uns allen saugten. Einmal ging es bergauf und dann wieder geradeaus, tatsächlich auch an einer Schrebergartensiedlung entlang, vielleicht waren das wirklich die Familiengärten an der Oberen Waidstrasse, wie Sie vorhin meinten. Ich sage es ganz offen, dass wir uns am liebsten in eines dieser Häuschen gelegt hätten, um zu schlafen. Doch wir dachten, bevor wir noch verdächtigt werden, mit irgendeinem Kokainlager von irgendeinem Dominik Müller in irgendeinem dieser Häuschen etwas zu tun zu haben, fahren wir lieber weiter.

Plötzlich tat sich eine schwarze Fläche vor uns auf. Es war ein riesiges Feld. Rundherum war Wald und Dornengebüsch, doch dort, woher wir kamen, öffnete es sich zu den Schrebergärten hin. Zarte Grasspitzen sprossen aus der Erde, regelmäßig gezogene Furchen durchliefen das Feld. Wir stiegen ab. Peli machte eine Kinnbewegung zu einer weiteren Holzbeige, die oben am Feld vor den Brombeerranken stand. Etwas Weiches war jetzt in ihrem Gesicht, Hingabe vielleicht, Sehnsucht, Vorfreude, jedenfalls eine große innere Ruhe. Sie wirkte, als wüsste sie, was jetzt kommt. Wir entfernten die Steine von dem Wellblech, das die Holzbeige bedeckte. Eine unangenehme Arbeit. Dann begannen wir. Holzscheit für Holzscheit trugen wir sorgsam auf das Feld. Jede für sich allein, aber doch so, dass etwas Gemeinsames daraus entstehen konnte. Es dauerte sicher eine Stunde, bis wir alle Scheite abgetragen hatten. Wir mussten höllisch aufpassen, uns nicht die Haut aufzureißen. Die Scheite waren unerwartet schwer. Das Schwierigste war es aber, ein Muster zu legen, das selbst wir nicht als Muster erkennen konnten. Es gab viel zu wenig Licht, die hinteren Scheite verschwanden in der Dunkelheit des Feldes, das ja sehr weitläufig war. Das war das eine. Zum anderen mussten wir feststellen, dass die Scheite, so weit wir sie überblicken konnten, immer bekannten Mustern glichen. Mathematischen oder universellen Symbolen, Kreisen, Rechtecken, Spiralen, Pluszeichen oder Minuszeichen, ja sogar verformten Herzen. Sobald eine von uns so etwas darin wiedererkannte, legten wir die Scheite sofort anders hin. Als wir in den Mustern wirklich nichts mehr erkennen konnten, beschlossen wir, zurück zu der Feuerstelle zu fahren. Und da waren sie noch, wenn auch nicht mehr alle. Die, die noch da waren, fixierten uns nun plötzlich angriffslustig.

Dürfen wir euch etwas zeigen?

Ja, murrten sie zögernd, denn im Grunde gaben sie uns die Schuld dafür, dass die Polizei zwei ihrer Freunde mitgenommen hatte.

Kommt mal mit.

Sie warfen unsichere Blicke hin und her. Obwohl zwei von ihnen fehlten, war es immer noch ein Grüppchen. Mit ihren iPhones herumleuchtend trotteten sie schließlich hinter uns her. Als wir bei dem Feld mit den Holzscheiten angekommen waren, wollten wir wissen, ob sie darin etwas erkennen würden. Sie gingen das Feld auf und ab und beleuchteten es aus verschiedenen Winkeln mit ihren Handys. Dann sagte einer, die Scheite sähen aus wie eine im Meer treibende Holzfracht, die ein Schiff im Sturm verloren habe. Eine sagte, das finde sie nicht, obwohl sie das sonst ein spannendes Bild finde. Es sei spannend, dass sie es aber nun, da er es gesagt habe, auch so sehe. Wäre es aber möglich, fragte sie, darin auch den Entwurf einer Stadt zu sehen? Eine andere bemerkte, dass sie das mit der Stadt spannend finde, sie aber sehe hier ein Parkplatzproblem dargestellt, so what? Einer fand, sorry, aber wenn er ganz ehrlich sei, sehe er hier nur von einem Sturm auseinandergeblasene Holzscheite vor sich, nichts weiter. Wieder eine andere Person fand, das sei zwar spannend mit dem Sturm, sie aber finde, das hier sehe aus wie eine Metapher. Genau, sagte jemand anderes, er finde auch, es sehe aus wie eine Metapher. Wieder jemand sagte, es sehe einfach nach gar nichts aus. Dies bestätigten drei oder vier. Und nachdem das Gleiche noch jemand Fünftes gesagt hatte, sagten auch die, die zuerst etwas anderes gesagt hatten, es sehe eigentlich wirklich nach nichts aus, das heißt, es sehe schon nach etwas aus, man wisse einfach nicht, nach was.

Peli und ich waren zufrieden. Wir erklärten ihnen, warum wir die Scheite jetzt anzünden mussten. Eh!, riefen sie, rannten los und holten Sprit und Feuerzeug von der Feuerstelle herbei. Im Folgenden geschah etwas Wunderbares. Wir entwickelten uns als Gruppe, eine wirklich gute Dynamik entstand! Ganz in der Tradition von Joseph Johann von Littrow tränkten wir das Holz mit Sprit. Alle halfen mit. Es gab wirklich niemanden, der tatenlos mit den Händen in den Hosentaschen zugeschaut hätte. Außer vielleicht, ja, nun gut – da war eine einzige Person, die stur am Rand des Feldes auf und ab stapfte, den Kopf gesenkt, die Hände eigenbrötlerisch auf dem Rücken verschränkt. Es ärgerte mich. Warum machte sie das? Und gerade dann, als wir alle verfügbaren Streichholzschachteln und Feuerzeuge in der Gruppe verteilt hatten und im Begriff waren, die Scheite anzuzünden, da rief sie mit einer Stimme, die allen das Blut in den Adern gefrieren ließ, als ob wir gerade bei weiß ich was Verbotenem ertappt worden wären, dass wir es *doch* nicht tun sollten! Sie war dafür extra auf die zweite Holzbeige geklettert.

Und wissen Sie, warum Peli nicht wollte, dass wir es taten?

Sie war plötzlich der Meinung, dass Zeichen aus Feuer jenen von Joseph Johann von Littrow zu *ähnlich* wären. Feuer als Zeichen, das wäre schon verbraucht … da kämen die Falschen. Leute, was wollen wir mit der Feuerwehr? Ich verstand natürlich, worauf sie hinauswollte, sie sagte es nur etwas spät. Wie sollten wir unsere Freunde, die uns so fleißig geholfen hatten, nun davon abhalten? Sie waren voller Vorfreude, außerdem etwas betrunken. Und dann hatte Peli einen Auftritt. Sie sprang von der Holzbeige hinunter und stapfte zwischen den Scheiten herum, in der Hand hielt sie einen langen Ast, auf dem sie sich immer wieder abstützte und mit dem sie manchmal, zwischen den einzelnen Sätzen, den Boden beklopfte und horchte, den Ast dann wieder gen Himmel richtete, als ob sie daraus ihre Worte zog. Bestimmt hatte sie das aus irgendeinem Film. Für ungeübte Augen war es recht überzeugend, mir war es peinlich, doch ich zeigte es nicht und musterte einfach meine Füße. Sie fixierte alle mit einem hierfür erfundenen Blick und erklärte ihnen, was wir schon auf der Holzbeige besprochen hatten.

Jede und jeder kann Zeichen legen, schloss Peli ihre Rede.

Na ja …, dachte ich. Jede und jeder? Ich war mir nicht sicher. Möglich, dass ich in diesem Punkt etwas verschlossen war. Aber meiner Meinung nach gab es schon Gründe, warum das vor allem Peli und ich tun sollten.

Darum nehmt auch ihr euch von den Scheiten und legt sie auf den Boden, hörte ich Peli sagen. Breitet sie aus nach eurem Wohlgefallen. Aber vermeidet alle Ähnlichkeiten mit allen Formen, die ihr kennt. Und lasst die Finger vom Feuer!

Dann stürmten unsere Freunde die Holzbeige, auf der Peli gerade noch gestanden hatte, und begannen die Holzscheite mit wirren Rufen im Feld herumzuwerfen. Wir hatten nicht die Zeit zu überprüfen, was sie legten. Möglich, dass doch irgendwelche universellen Zeichen und mathematischen Symbole dabei herauskamen. Wir hoffen es nicht. Aber kann man alles kontrollieren? Während unsere Freunde die Holzscheite warfen, mannigfacher Feuerschein das Feld erhellte und Rauch in den Himmel stieg, schwangen wir uns aufs Fahrrad und fuhren leise davon. Wer genau von dem Grüppchen am Schluss den Brand gelegt hat, kann ich also nicht sagen. Es ist einfach passiert. Niemand ist schuld.

6. Vernehmung

Schauen Sie sich dieses Foto an. Das sind Sie, wie Sie auf dieser Bank am Waldrand schlafen. Eigentlich ein idyllisches Bild. Grüne Bäume, blauer Himmel. Sehen Sie den Rauch über dem Wald? Die Aufnahme wurde am 1. August um 10:30 Uhr gemacht. Was meinen Sie, wer dieses Foto geschossen hat?

Dominik Müller.

Falsch.

Clemens Pohl?

Nein.

Waren Sie es?

Bitte.

Ach, dann war es sicher dieses Ehepaar.

Richtig. Sie sind angeklagt, das Ehepaar Anna und Heinz Stadler geschädigt zu haben. Beleidigung, Handydiebstahl und versuchte Körperverletzung.

Typisch, dass einen solche Leute schon um 10:30 Uhr aufwecken. Das sind die Frühaufsteher. Wenn es nach mir gegangen wäre, hätte man mich ruhig noch etwas schlafen lassen können. Denn als ich endlich meine Glieder auf jener harten Bank hatte ausstrecken können, war es schon spät gewesen, sehr spät. Früher Morgen.

Ja, wir hatten zuvor noch einen letzten Blick auf unsere Freunde geworfen, damals waren es ja noch *Freunde*, die so motiviert mit den Holzscheiten herumwarfen, dann waren wir losgefahren. Ich hielt mich an Pelis Rucksack fest. Wir rumpelten über einen steinigen Weg und waren beide in unseren inneren Welten versunken, eine Weile lang erfüllt von einem stillen Glück. Das frühe Licht des Morgens machte sich bemerkbar, ein schimmerndes Grau stieg aus den Wiesen. Vögel hatten zu pfeifen begonnen. Ein neuer Tag stand uns bevor. Und mit ihm das Tageslicht, das bald alles mit einem weißen, heißen Filter überziehen würde.

Peli stieg vom Velo. Und jetzt?, fragte sie. Wohin?

Bisher haben wir uns an die Kräne gehalten. Damit sind wir immer gut gefahren, sagte ich.

Doch Peli schien zu zweifeln.

Warum schon wieder eine Veränderung, fragte ich mich im Stillen. Musste denn immer alles *neu* sein?

Aber wir entwickeln uns doch weiter. Wir wachsen!, sagte Peli.

Wie es heller wurde, wuchs meine Verlorenheit. Die Nachfreude über das Zeichen mit den Holzscheiten verblasste schneller als erhofft und machte einer trüben Unruhe Platz. Nach den Gipsfiguren hatte sie noch einige Minuten länger angehalten. Abgesehen davon, dass wir keine Ahnung hatten, wohin wir jetzt gehen sollten, setzte es uns wahrscheinlich unter Druck, dass wir noch nicht wussten, was das nächste Zeichen sein sollte. Obwohl wir das doch damals eigentlich noch gar nicht wissen mussten … Durfte nicht etwas Zeit vergehen?

Wir haben bis jetzt erst zwei Zeichen gelegt, dachte Peli laut. Das ist so gut wie nichts. Es müssen unbedingt schnell drei sein.

Warum drei? Drei, das ist doch eine symbolische Zahl.

Zwei aber auch.

Es müssen so schnell wie möglich mehr als zwei oder drei sein.

Zählen denn die Gipsfiguren nicht als einzelne Zeichen? Zählst du nur die Meerjungfrau?

Die Gipsfiguren und die Meerjungfrau, die sind zusammen nur *ein* Zeichen gewesen. Und dann das vorhin mit dem Holz das zweite.

Und die Gartenfiguren vor dem Gartencenter?

Zu geometrisch angeordnet.

Und was ist mit unseren Möbeln und den Briefen? War das kein Zeichen?

Das ist ja schon ewig her. Das habe ich schon fast vergessen, sagte sie. Gewisse Zeichen verfallen eben schnell.

Und was war mit dem Velokreis unter der Hardbrücke? Glauben Sie mir, wenn ich davon bereits gewusst hätte – ich hätte sie danach gefragt. Aber ich kann mir denken, was sie geantwortet hätte: dass ein *Kreis* jedes Zeichen disqualifiziere.

Alles zusammengezählt, meinte sie, während sie kurz stehen blieb und prüfend an einem dünnen Ast zog, wäre noch so gut wie nichts gesendet worden, und wir hätten nicht viel Zeit, wir würden ja gesucht, falls es mir noch nicht aufgefallen sei.

Ja, da war etwas dran. Pelis Ehrgeiz brannte lichterloh. Sie konnte im Moment nicht sehen, was wir schon alles erreicht hatten. Sie wollte mehr, gleich jetzt schon, und darum war sie leicht reizbar. Wir hatten aber auch zu wenig gesundes Essen gegessen, keinen Sport getrieben … Man kann sich ja vorstellen, wohin das führt. Dazu kam unser Verfolgungswahn. Wir fuhren noch eine Weile ziellos und kurvig durch kleinere Waldstücke und Straßen. Dann stellten wir das Velo an einen Abfalleimer gelehnt ab und schliefen sicherheitshalber auf zwei verschiedenen Holzbänken am Waldrand ein. Sirenen weckten mich. Rauch lag in der Luft. Irgendwo brannte es.

Das hast du jetzt von deinen Zeichen, rief ich wütend zu Peli hinüber. Sie aber schlief tief und fest auf dem Rücken. Und auch ich schlief wieder ein, denn es hat keinen Sinn, über etwas nachzudenken, wenn es schon zu spät ist.

Als ich aufwachte, starrte mich ein Ehepaar an. Ich schoss vor Schreck hoch, stieß mit der Stirn fast gegen das Handy, das der Mann mir eben noch über das Gesicht gehalten hatte. Er tat, als ob er die Bäume hätte fotografieren wollen. Dann gingen sie leicht geduckt ein paar Meter rückwärts und drehten sich ganz langsam um. Ich warf ihnen einen Stein hinterher, aber sie taten so, als ob nichts sei. Ich warf noch einen Stein und dann noch einen dicken Ast, weil es keinen Stein mehr gab. Sie beschleunigten ihre Schritte, das war alles, was sie taten.

Warten Sie nur!, rief der Mann dann noch, kurz bevor sie in ein Traben verfielen und hinter den Bäumen verschwanden.

Was heißt da *nur!,* schrie ich außer mir wie ein – ein verletztes ... Reh? ... nein, kein Reh ... es war etwas anderes ... Ich versuchte mich zu beruhigen, mich daran zu erinnern, wie ich war, wenn ich genug geschlafen hatte. Dann war ich eigentlich entspannt, ausgeglichen, belastbar. Ich hörte, wie der Schmerz gegen meinen Zahn pochte. Zaghaft zuerst und dann immer lauter. Und der Zahn öffnete einfach die Tür. Halb ohnmächtig hielt ich mir die linke Wange. Gleich darauf verklang der Schmerz. Ich kam auf den Gedanken, dass alle Aggressionen der Welt nur die Folge von zu wenig Schlaf und Zahnschmerzen ist. Wozu brauchten wir eigentlich die Außerirdischen? Wir sollten einfach mehr schlafen und gesünder leben. Ich weckte Peli, indem ich an ihrem Bein rüttelte, und erzählte ihr davon. Auch sie hätte gerne noch länger geschlafen und zischte, ich sei einfach ein kleiner, verirrter Hippie, der nicht verstanden hätte, dass die Zeit voranschritt und nach anderen Fragen verlangte. Es gebe für nichts nur eine Lösung. Wir müssen auf verschiedenen Ebenen agieren, kapierst du?

Eben!, sagte ich und trat gegen die Bank. Sie habe es zu verantworten, dass unsere Freunde in der Nacht alle Holzscheite abgefackelt hätten.

Sie? Im Gegenteil! Sie habe ja davor gewarnt. Aber was nütze es zu fragen, wer schuld sei. Das seien Anfängerfehler. Was ich denn glaube? Da müsse man durch. Und dann fügte sie hinzu – und damit hatte sie recht –, dass wir gar nicht wüssten, ob das alles nicht auch ohne uns stattgefunden hätte, das mit dem Feuer, so, wie diese betrunkene Software-Besatzung drauf gewesen sei. Wir sollten uns nicht überbewerten, sagte sie. Heute sei außerdem der 1. August und die Leute könnten nicht früh genug damit anfangen, Raketen und Feuerwerk-Vulkane anzuzünden, ja, auch mitten im Wald.

Gestehen Sie die folgenden Straftaten: Handydiebstahl, Beleidigung und versuchte Körperverletzung?

Ja, natürlich.

In Ihrem Bericht haben Sie aber nicht erwähnt, dass Sie das Handy gestohlen haben.

Doch, ich habe es danach mit einem Stein zerschlagen. An jenem Morgen war ich übernächtigt, ich sah nicht gut aus. Ich konnte keine Nahaufnahmen dulden.

Warum haben Sie das mit dem Handy nicht erzählt?

Und noch eine andere Frage: Wie hat dieses Ehepaar dann überhaupt ein Foto von mir machen und verbreiten können?

Beide hatten ja ein Handy. Sie haben nur *eines* gestohlen. Können Sie mir erklären, warum Sie mir nicht erzählt haben, dass Sie es gestohlen haben?

Glauben Sie mir. Aus Gründen des Respekts und hinsichtlich der knappen Zeit *kann* ich Ihnen hier immer nur das Wichtigste erzählen. Ich habe das unbestimmte Gefühl, dass Ihnen das sonst niemand anders erzählen wird. Auch Peli Rouge könnte es, aber da sie weg ist, muss ich es machen. Ich frage mich auch, weshalb dieses Ehepaar eigentlich von ihr kein Foto gemacht hat. Sie lag doch auch auf einer Bank, nur ein paar Meter neben mir.

Es gibt nun mal nur eines von Ihnen.

Machen wir weiter? Es eilt.

7. Vernehmung

Vera Savakis, unsere Vernehmungen nähern sich ihrem Ende. Wir behandeln heute den letzten Anklagepunkt. Auf dieser Videoaufnahme sehen wir, wie Sie am Abend des 1. August um 21 Uhr einer Frau namens Angela Studer im Parkhaus des Glattzentrums die Handtasche entreißen, daraus den Autoschlüssel entfernen und mit ihrem Ford Focus wegfahren. Der Wagen wurde kurz darauf auf einem Parkplatz an der Hofwiesenstrasse wiedergefunden. Was veranlasste Sie dazu, einen weiteren, nun schon den *dritten* Wagen zu stehlen?

Drei Wagen ... Es ist mir eigentlich auch zu viel. Aber es ist geschehen. Unter den Umständen des 21. Jahrhunderts passiert einem so etwas. Es ist von Wachstum gezeichnet, von Wiederholungen und Heimsuchungen. Wenn man einmal einen Wagen entwendet hat, werden einem danach immer wieder neue vorgeschlagen. Erinnern Sie sich? Zuerst der Lieferwagen der Marke Mercedes, dann der glänzende Škoda Octavia mit den verdunkelten Scheiben und jetzt auch noch ein silberner Ford Focus ... Wohin soll das noch führen?

Ja, es ist eine beachtliche Zahl in so kurzer Zeit. Wobei Sie nicht darüber hinwegtäuschen können, dass Sie dabei eine aktive Rolle eingenommen haben. Wofür haben Sie den Ford Focus gebraucht?

Ich bin da anderer Meinung. Wir haben stets immer nur *reagiert*. Der Ford Focus war an jenem Tag von konkretem Nutzen für mich. Er war da, als ich ihn brauchte, nämlich als ich vor der Polizei fliehen musste, die mir im Glattzentrum auflauerte.

Was aber ist davor passiert?

Es war ja der 1. August, ein wilder und voller Tag. Vieles ließ sich da hineinstopfen und immer war noch Platz. Der Tag bekam nie genug! Wieder war es sehr heiß, wie an jedem Tag in jenem Sommer. Das Ehepaar war abgerauscht, und ich hatte mich nach der kleinen Auseinandersetzung mit Peli wieder beruhigt. Wir waren gerade in die Aussicht auf die Universität Hönggerberg vertieft, die sich auf eine legoartige Weise von den leuchtend grünen Wiesen abhob, die mir Kopfschmerzen bereitete, als Peli plötzlich fragte, weshalb wir eigentlich noch nicht verhaftet worden waren. Immer noch waren wir auf freiem Fuß. Es machte uns langsam nervös.

Sie werden es schon bemerkt haben: Um die Stimmung zwischen Peli und mir stand es nicht immer zum Besten. Wir waren einfach nicht so belastbar. Dazu kam das

Wachstum. Die Ausdehnung des Alls. Wo vorher Nähe war, lagen im nächsten Augenblick weite Strecken zwischen uns. Wir mussten mit aller Kraft um unseren Zusammenhang kämpfen. Manchmal verloren wir uns fast aus den Augen, obwohl wir nebeneinander gingen. Das hinterließ seine Spuren – aber es machte uns auch wach, schmerzhaft wach. Die Stunden, in denen wir unterwegs waren, akkumulierten sich. Die Daten, die wir hinterlassen hatten, waren zu einem Strom angewachsen, der um unsere Köpfe flimmerte und uns zwischen die Füße funkte.

Wir ahnten an jenem Morgen, dass man uns zuschaute, längst wusste, wo wir uns aufhielten, was wir miteinander sprachen, wie es enden würde. Man wartete nur noch auf den richtigen Zeitpunkt. Wann aber kam der? Die Meinungen der Experten mussten hier auseinandergehen, denn es geschah ja nichts. Vielleicht boten wir Unterhaltung auf Bildschirmen in Polizeikommissariaten, waren längst zu Protagonistinnen einer Reality-Serie geworden, die nicht zu früh beendet werden wollte. Schön und gut, dachten sich unsere Follower. Aber irgendetwas muss doch da noch kommen. Da braut sich doch etwas zusammen. Noch ein Lieferwagen? Noch mehr Kokain? Verbindungen in die Politik? Entführung? Mord?

Und so machten wir weiter, denn auch wir waren ja süchtig, darin waren wir unseren Followern ähnlich. Wir konnten uns nicht immer gut abgrenzen. Ich sage es ungern, aber ich glaube, wir wollten ihnen *gefallen*. Wir wollten sie *abholen*. Wir wollten alle glücklich machen, das ist wirklich wahr. Aber man kann nicht alle glücklich machen, erinnerte mich Peli behutsam auf der Bank vor der Universität Hönggerberg, auch wenn man das noch so sehr möchte. Wir zerbrachen fast daran, dass das stimmt.

Darum sagten wir, kein Lieferwagen mehr, kein Kokain heute! Morgen vielleicht wieder, aber heute nicht! Auch keine Verbindung in die Politik! Keine Entführung, kein Mord! Alles ausverkauft!

Trotzdem fanden auch wir, dass da noch etwas kommen musste. Ich finde das sogar jetzt noch, während ich hier sitze, im Hinterkopf denke ich immer daran.

Es war noch Vormittag, wir hingen ein wenig flau herum in der Morgensonne und im Rauch des nahen Waldes, als Peli aus einer plötzlichen Laune heraus entschied, sie müsse ihr Handy suchen gehen, wegen der Geburtstagsnachrichten. Außerdem müsse sie selbst noch ein paar Nachrichten schreiben, halt ein paar Dinge erledigen. Gut gut. Warum nicht. Ich konnte sie sowieso nicht davon abhalten. Ich würde in der Zwischenzeit einen Schlafort für uns suchen. Wir machten ab, uns abends wieder zu treffen, abends irgendwann, auf einer der Brücken beim Bucheggplatz, und wenn nicht dort, dann im Gehölz des nahen Käferberges beim Pumpwerk Waidberg.

Peli schwang sich aufs Fahrrad. Den Schlüsselbund hatte sie in den Rucksack gestopft. Es war sicher besser, wenn man uns nicht gemeinsam sah. Es verdoppelte die Handlungsstränge, und unsere Verfolger schätzten einen sich über einen längeren Zeitraum aufbauenden Spannungsbogen offenbar mehr als alles andere. Ich spürte einen enormen Druck. Ich gestehe, dass ich kurz davor war aufzugeben. Ich fühlte mich den Erwartungen nicht gewachsen. Ich war so dünnhäutig geworden. Meine Stimmung schwankte die ganze Zeit. Ich wurde ständig überfallen von Erkenntnissen, und seit die Kräne nicht mehr allein alles bestimmten, war meine Orientierung ins Schwanken geraten. Die Morgensonne beschien Pelis flimmernde, leuchtende Gestalt. Als ich sie auf das Fahrrad steigen sah, hatte ich plötzlich das Gefühl, dass sie nicht mehr zurückkommen würde. Vielleicht weil ich befürchtete, dass ich selber nicht mehr zurückkommen würde. Als ich sie wegfahren sah, fühlte ich einen Stich im Herzen. Sie schaute nicht zurück, ich aber schaute ihr nach, bis ich sie nicht mehr sah.

Aber hätte sie denn zurückschauen müssen …? Jeder Mensch ist doch frei.

Etwas Schweres lag mir auf der Brust. Ich verzog mich auf die Waldwege. Der Himmel war unerträglich. Die Augen schmerzten vom hellen Licht. Ich atmete schwer, während sich über mir die Bäume sanft im Wind bewegten, die Blätter runde Schatten warfen, tausende winzige Tierchen ihrer Wege gingen, unnatürlich scharf hörte ich ihre Geräusche. Plötzlich pulsierte ein Bass durch den Wald, schwitzende Leute in Sportanzügen rannten an mir vorbei. Sie banden Gummibänder um die Bäume und zogen sich zu den Baumstämmen heran, ihre Gesichter glänzten vor Schweiß. Einer in der Mitte schrie: Noch zwanzig, dann habt ihr es geschafft!

Wie schön wäre es jetzt gewesen, jemand hätte uns das zugerufen. Aber alles mussten wir selber wissen, so hatten wir es ja gewählt. Anfällig ging ich zwischen den Bäumen hindurch und las auf Schildern von Tiefwurzlern und Flachwurzlern, von gezähnten und flachen Blattunterseiten. Ich las, dass sich die Würzelchen in der Geschwindigkeit von Regenwürmern unter der Erde bewegten. Sie schoben mich vorwärts. Die Feuerwehr sah ich übrigens nicht. Wahrscheinlich war sie schon wieder weg. Ich sah auch sonst niemanden, der mich suchte. An fließendes Wasser dachte ich, an ein bequemes Bett, einen Kühlschrank. Dann plötzlich auch an die Rentenversicherung, Mindestlöhne, flankierende Maßnahmen, die WHO und Lebensmittelkontrollen. Was für wichtige Errungenschaften das doch waren. Sie waren durch unermüdlichen Einsatz erkämpft worden. Von solchen Leuten, die sagten: Es kommt darauf an, wer gewählt wird, kleine Schritte sind wichtig, man muss nicht alles umstürzen, es gibt Möglichkeiten zur Verbesserung, langsamer Wandel bringt mehr als Revolutionen. Sie gingen wählen und mischten sich selbst in die Politik ein, schickten Vorschläge in die Sitzungen und sammelten Unterschriften, gründeten Gewerkschaften, lasen sich ein in die Dossiers, sprachen mit allen, weil sie daran glaubten, dass es helfen würde, mit allen zu sprechen, und dass man gemeinsam langsam vorwärtskäme.

Warum glaubte ich das denn nicht? Glaubte ich das nicht? Das glaubte ich doch auch! Diese Leute sahen ein, dass Kompromisse notwendig waren, weil sie einsahen, dass die Menschen zu verschieden waren, um das Gleiche zu wollen. Sie brauchten keinen Untergang. Was wollten sie mit Außerirdischen? Ich wäre so gern gewesen wie sie. Plötzlich schämte ich mich. Was hatte es gebracht, die Steine auf das Ehepaar zu werfen? War das wirklich richtig gewesen? Sie sehen, ich konnte mich nicht auf mich verlassen. Ich war in einen Wald voller Zweifel geraten. In Zweifel verstrickte ich mich. Zweifel rasten in mir herum und zerfraßen mich von innen. Es ging so weit, dass ich sogar die Gartenstatuen am Grunde des Flusses in Zweifel zog. Ich erschrak über mich selbst. Wo waren meine Werte? Und wo war meine frühere Wohnung?

Ein Heimweh zog mich die ganze Zeit schon über lange Waldwege zu meiner früheren Wohnung. Im Geiste hatte ich bereits eine neue Arbeit angefangen, alle Rechnungen bezahlt, die Steuererklärung ausgefüllt, Kartoffeln eingekauft und sammelte Unterschriften für etwas Erreichbares. Ich begann sogar, ich sage es ungern, die Existenz der Polizei in manchen Fällen vor mir selber zu rechtfertigen. Ich brachte plötzlich sogar ein gewisses Verständnis auf für Leute wie Sie! Ich war bereit, ein nützliches Mitglied der Gesellschaft zu werden.

Ich staune selbst, wie tief ich damals gesunken war. Bestimmt lag es am Wald und seinen Bäumen, die einen in allem, was man gerade dachte, bestätigten. Aber da war ich zum Glück in die Nähe meiner Siedlung gekommen. Ich setzte mich nieder und beobachtete von weitem die

Gläubiger. Hinter Bäumen stand ich und luchste durch die Blätter. Ich sah, wie sie vor der verriegelten Tür standen, Nachrichten tippten, Selfies machten und posteten, wie sie einen Zettel an der Tür befestigten, wie sie die Fenster mit Brettern verrammelten, wie sie das Schloss wechselten, wie sie die fragenden Nachbarn abwimmelten, indem sie sie einfach ignorierten, als hätten sie sie nicht gehört. Und ich sah, wie die Nachbarn nicht allzu lange versuchten herauszufinden, was mit mir geschehen war, wie sie bald davon abließen, die Gläubiger zu belagern, denn sie hatten es ja versucht. Es gab eben so etwas wie Datenschutz, das sah man ein. Sie hatten ja auch viel zu erledigen. Mussten noch schnell jemandem zurückschreiben oder ihre Kinder zeigten ihnen gerade ein Foto. Ich sah, dass sie sich schnell an meine Abwesenheit gewöhnt hatten. Einige waren sicher auch voller Zorn. Warum macht jemand so etwas? So viel Hass!, sagten sie.

Aber ich hasste sie doch gar nicht.

Meine in der Umgebung verteilten Möbel waren bereits weggeräumt worden. Aus einer Wohnung hörte ich den krächzenden Klang meiner Geige, der Nachbar musste sie zu sich genommen haben. Sehnsüchtig dachte ich an mein früheres Orchester. Alles sah aus wie immer. Alles sieht eigentlich immer aus wie immer. Selbst ich hatte mich in den wenigen Minuten, in denen ich meine Wohnung beobachtete, bereits an die herumstehenden Gläubiger gewöhnt. Ich vermisste mich nicht. Bald würde jemand anders in meiner Wohnung wohnen. Schon fast gewöhnte ich mich daran. Für mich gab es auf jeden Fall kein Zurück, es war jetzt sehr deutlich. Ein Zurück wäre auch kein Zurück mehr gewesen. Es gibt eben doch einen Unterschied zwischen etwas wissen und etwas erfahren. Ich zog mich also wieder in den Wald zurück, raschelte durch die Zonen zwischen den Waldwegen und zog meine Ersatzkleidung an. Die hatte ich nämlich schon immer mit mir getragen in meinem Rucksack. Ich übte eine andere Gangart ein. Fließende Schritte und eine unerwartete Geschwindigkeit im Abgang. Ich würde mir die Haare färben, sobald es ging. Ich würde sie auch schneiden und mehrere Kilo abnehmen, ich würde untertauchen, vielleicht in einem anderen Land. Dort würde ich auf einem Gemüsemarkt arbeiten oder auf dem Bau oder auch als Nachtwächterin. Oder als Unternehmensberaterin. In der Politik! Es würde sich etwas finden lassen. Außerdem hatte ich irgendwo in Spanien eine entfernte Verwandte, die macht dort Ziegenkäse. Aber so groß die Welt auch war, sie erschien mir jetzt eng und zerklüftet. Diese Polizisten, es reichte aus, dass sie mich suchten, dass ich mich schuldig fühlte. Ich wehrte mich dagegen, denn ich erinnerte mich, dass wir gute Gründe gehabt hatten, sie fielen mir nur gerade nicht mehr ein. Überall flogen Drohnen herum. Vielleicht bezog ich alles zu sehr auf mich. Drohnen waren schließlich schon vorher überall herumgeflogen. Das war ja eigentlich nichts Besonderes, trotzdem machte es mich jetzt unruhig. Ich konnte an gar nichts anderes mehr denken. Im Nachhinein sehe ich, dass ich vielleicht überreagiert habe. Ich hatte das trügerische Gefühl, dass die Drohnen es nur auf mich abgesehen hatten. Aber sie hatten es ja auch auf alle Sozialhilfebezüglerinnen und Invalidenrentner abgesehen. Ich war also nicht allein. Ich beschloss mich zu beruhigen, der Tag hatte ja erst angefangen. Ich brauchte Ablenkung. Es ist auf Dauer nicht gesund, allein zu sein. Man braucht Menschen, mit denen man über alles sprechen kann. Alle hatten mich verlassen ... Aber wann und warum sollte das geschehen sein? Es fiel mir nur Fritz Hirz ein. Ich dachte, dass er als Einziger alles verstehen würde. Alle anderen würden es erst viel später verstehen, in der Zukunft. Sie würden Zeit brauchen, sich von den Vorstellungen, die sie sich von mir gemacht hatten, zu verabschieden. Sie würden sagen, sie hätten nur gedacht, sie hätten mich gekannt, aber in Wirklichkeit sei ich eine andere gewesen. Ich dachte an die Freunde. Wie war ich auf die Idee gekommen, sie wären nicht da. Sie waren doch da. In dieser Stadt und in anderen. Ich ging zu ihnen hin im Geiste, dort verstanden sie mich. Sie sagten: Wir verstehen dich. Ich ging in ihre Wohnungen, und sie machten mir Kaffee. Sie lachten und legten mir warme Decken um, obwohl es gar nicht nötig gewesen wäre, es war ja viel zu warm. Sie sagten: Keine Sorge, das wird schon wieder. Jetzt schlaf erst einmal ein bisschen. Und dann besuchte ich auch die Toten unter ihnen, sprach eindringlich auf sie ein, hörte zu, da schüttelte es mich, Mücken hatten mich gestochen. Alle würden mich erst später verstehen. Es war ein Trost, aber es eilte. Fritz Hirz würde es schon jetzt verstehen.

Schwamendingen war gar nicht so weit weg von da, wo ich war. Wie gut, dass die Stadt klein war. Ich ging mit meinem neuen, mich tarnenden Gang los. Er bestand aus großer Unauffälligkeit.

Auf dem Weg bemerkte mich niemand. Alle waren wieder so durch, schrieben noch im Gehen Nachrichten. Dauernd wurden sie fast überfahren und bemerkten es nicht. Sie bemerkten nicht irgendetwas.

Ich ging im Moment einfach drauflos, irgendwelche Straßen entlang, umschiffte Baustellen, ließ die Kräne außer Acht. Ich ging auf direktem Weg nach Schwamendingen. Aber es war dann doch alles weiter weg, als ich gedacht hatte, es zog sich, und die Straßen trieben mich durch ihre Wendungen in ganz andere Gegenden. Da kam ich plötzlich zur Tramstation Schwert. Was sollte ich da? Es zeigte sich mir nichts, was mich hätte zum Verweilen überreden wollen. Doch, eigentlich schon, ein schönes kleines Weingut, es lag mitten in der Stadt und fast neben der Station. Gehen Sie da einmal hin, Herr Lombardi, sicher finden Sie dort wichtige Hinweise. Und dann, als ich wieder aus dem kleinen Weingut herauskam, saß da eine Frau auf der Bank bei der Tramhaltestelle in einem auffälligen Kleid mit Leopardenmuster. Es war Tina Turner. Ich wusste, dass sie tot war. Vor wenigen Jahren war sie gestorben, ich hatte um sie getrauert. Nach den strengen Gesetzen der Logik musste da also jemand anderes sitzen, schon klar.

Are you lost?, fragte sie, die wirklich aussah wie Tina Turner. Vielleicht war sie es doch.

Comme ci, comme ça, antwortete ich. So kamen wir ins Gespräch. Auf Englisch erklärte ich ihr meine, unsere Situation. Aufmerksam hörte sie mir zu, ihre klaren Augen auf mich gerichtet. Es gab kein Ausweichen. Darauf sagte sie in ihrer berühmten rauen Stimme: Ich bin jetzt je nach Rechnung vierundachtzig oder achtundachtzig Jahre alt, also hör gut zu: Wenn du etwas wirklich willst, dann wird es dir auch gelingen. Du musst es aber sehr stark wollen und daran glauben, auch in harten Zeiten. Du musst es sehr stark hoffen. Sonst ist es nichts. Wenn du eine wirkliche Hoffnung hast, dann erwachen in dir Kräfte, von denen du nichts geahnt hast. Diese sind nötig, um zu arbeiten. Denn um zu erreichen, was du wirklich willst, musst du hart an dir arbeiten. Ja: an dir. Nicht an den anderen. Und dann erzählte sie von sich. Von den hellen und den dunklen Zeiten in ihrem Leben. Von ihren ersten Auftritten als Kind in einem Gospelchor, wie sie dann nach und nach geworden war, was sie heute ist. Sie erzählte von ihrem ersten Mann und auch von dem zweiten, mit dem sie ja hier in der Nähe wohnte und der ihr eine Niere gespendet hatte. Davor aber habe sie in ihrem Leben sogar eine Weile lang putzen gehen müssen. Ich war in eine Welt des Lichts eingetreten und glaubte an mein Herz. Ich glaubte fest daran, dass gute Dinge geschehen würden, dass ich immer weitergehen könnte. Du lebst in einem schönen und friedlichen Land, sagte sie schließlich. Sei dankbar, dass es so ist. Du hast alle Möglichkeiten der Welt. Ergreife Sie!

Ich versuchte, es ihr wieder zu erklären, meine, unsere Situation, die eine andere war, als ihre gewesen ist. Während ich ausholte, mit vielen Pausen immer wieder ansetzte zu Erklärungen, mein Englisch war ja auch nicht das beste, es aber doch versuchte, ihr zu erklären, was eigentlich passiert war bis dahin und warum, warum eigentlich, was sehr schwer war zu erklären, vielleicht, leider, vielleicht nie ganz würde erklärt werden können, da es über ein Gefühl lief, ein Gefühl, das eben Peli und ich teilten, vergrößerte sich allmählich die Distanz zwischen Tina Turner und mir, ich konnte es ihrem Blick ablesen, der immer härter geworden war und, so kam es mir vor, aus allem, was ich sagte, etwas Bestimmtes herausgehört zu haben schien, ich glaube, es war Selbstmitleid oder Schwächlichkeit … Auf jeden Fall schüttelte sie jetzt den Kopf in einer Art, die mir bedeutete, dass sie mir alles, was ich ihr zu erklären versucht hatte, nicht durchgehen ließ. Anderswo muss man für sein Brot kämpfen, Baby, stand ihr ins klare Gesicht geschrieben. Und da stand sie auf und stieg entschlossen in das Tram, das eben gehalten hatte. Kurz bevor die Tür zuging, sagte sie noch: Glaub an dein Herz. Das sagte sie auf Englisch, ich übersetze das hier für Sie.

Sobald sich das Tram in Bewegung gesetzt hatte, schossen heiße Tränen aus meinen Augen. Die Sonne traf mich mit neuer Wucht. Sie beschoss mich mit Strahlen. Sie ballerte los, und ich nahm eine herumliegende Weinflasche und schlug sie mit aller Kraft gegen Metall, die Splitter funkelten auf dem Asphalt und feuerten Lichter zurück in die Sonne hinein. Dann betrachtete ich die Anordnung der Splitter …

Peli. Peli. Peli Rouge. Ich ging schneller und begann zu rennen. Ich vermisste sie. Ich vermisste sie so sehr, alles zog mich zu ihr hin, aber ich musste ja auch allein klarkommen, jeder muss ja anscheinend auch allein klarkommen, das war ja klar. Schnell zu Fritz Hirz. Aber alles zog sich. Zwischenzeitlich fiel ich aus meinem fließenden Gang heraus. Dann sahen mich alle Leute komisch an und griffen nach ihren iPhones, erhoben sie gegen mich, während sie vorhin auf sie hinabgeschaut hatten. Andere sahen mich auch dann nicht. Aber vielleicht fotografierten sie auch nur die Kräne hinter mir, die besondere Konstellationen aufwiesen. Oder die Schweizerfahnen überall, die zahlreich vertreten waren an jenem 1. August. Da und dort gingen Knaller ab, die ersten Raketen wurden schon am frühen Morgen gezündet, die Flammen der silbernen Vulkane in den blauen Himmel geschickt. Wieder wurde ich fotografiert. Wie sah ich eigentlich aus?

Einmal betrachtete ich mich im Seitenspiegel eines Autos. Dann eben!, dachte ich. Endlich, endlich kam ich in Schwamendingener Gefilde und stand vor dem grün gestrichenen Haus.

Ich klopfte an. Eine junge Frau öffnete mir, sie sagte, Fritz Hirz sei gerade außer Haus, aber sie sei seine Tochter Shiva, gestern zweiundzwanzig geworden, und jetzt? Auf ihre Füße setzte sich der lange Hund. Ihre Augen waren schwarz umrundet, sie war dunkel gekleidet. Es roch nach Räucherstäbchen.

Ob ich mal duschen dürfe, fragte ich.

Eh, sagte sie, ließ mich herein und brachte mir ein Handtuch. Ich duschte, und sie bereitete mir ein wunderbares Frühstück zu mit Spiegeleiern und Speck und einem frisch gepressten Orangensaft, Kaffee und Tee und mehreren Käsen und Hummus, auf dem Granatapfelkerne lagen, auch diese Dinger mit Weinblättern und Reis, von denen ich eines nach dem anderen verschlang. Ich bin auch ganz geflasht, gab sie zu, als sie mich den gedeckten Tisch betrachten sah. Wir aßen zusammen.

Sie sagte: Iss nur, iss, du wirst es brauchen.

Nachdenklich glitt ihr Blick über mich hinweg. Die Wände des Hauses waren mit schwarzem Filzstift bemalt, durchkreuzte Herzen, nackte Männer und Frauen, Totenköpfe und Einhörner, auch ein Motiv, das ich nicht erkennen konnte. Das sei *der Narr* von der großen Arkana, erklärte sie. Tarotkarten?, fragte sie forschend, und obwohl ich nichts über Tarotkarten weiß, sagte sie, sie habe alle Motive der großen Arkana zu zeichnen versucht, aber die meisten erkenne man nicht. Die anderen Zeichnungen seien die Spuren früherer Höhlenbewohner. Sie aß mit gutem Appetit. Im Grunde sei das eigentlich ihr Geburtstagsfrühstück. Gestern habe sich ihr Vater die ganze Zeit nur darüber gegrämt, dass er nicht mit uns mitgefahren sei in diesem Lieferwagen, der da plötzlich angehalten habe. Er habe das Gefühl gehabt, etwas Wichtiges verpasst zu haben, eine Wendung, die ihm das Leben auf einem silbernen Tablett habe darreichen wollen, weil er uns ja zum dritten Mal per Zufall über den Weg gelaufen sei. Der Arme denke immer, dass er etwas verpasse. Sie habe schon oft versucht ihm zu erklären, dass man immer nur denke, dass man etwas verpasse. Und obwohl auch sie finde, er könne sich noch einmal zu einem anderen Leben aufschwingen, habe sie ihm gesagt, dass man nicht gleich alles über den Haufen werfen müsse, nur weil einem dreimal die gleichen Menschen über den Weg liefen. Er glaube eben stark an die Zahl drei, wie auch sie übrigens. Trotz gegensätzlicher Meinungen in diesem Punkt unterhielten wir uns prächtig. Ich erzählte ihr, was bisher geschehen war, auch von Tina Turner, und sie nickte, als ob sie schluckte, als würde sie alles essen, was ich ihr erzählte. Ich hatte das Gefühl, dass sie alles verstand. Sie sagte oft, dass sie das, was ich erzählte, auch von sich selbst kenne. Wie konnte das nur sein? Manchmal glaube ich, dass alle Menschen gleich sind. Sie ließ mich eine Tarotkarte ziehen. Es war *die Mäßigkeit*. Die Suche nach dem *Mittelweg*, sagte sie, auch *Heilung*. Dann wurde ich sehr müde. Sie richtete mir ein Lager her auf dem Fußboden, auf den sie mehrere Matten und orientalische Decken und Kissen legte. Aber als ich mich gerade hinlegen wollte, sagte sie: Halt! Wir müssen deine Haare noch färben. Sie brachte mir mehrere Haarfarben zur Auswahl. Ich entschied mich für ein in Schwarz übergehendes Violett, ein harter Kontrast zu meiner Haut. Sie pinselte die Farbe in mein staubiges Haar. Während die Farbe einwirkte, schnitt und lackierte sie meine Fingernägel in einem dunklen Violett. Danach spülte ich die Farbe aus und wusch meine Haare mehrmals mit einem nach Weihrauch riechenden Shampoo. Dann las sie mir mein Tageshoroskop vor. Es war der Tag, Gelegenheiten beim Schopf zu packen, meinen Freunden zu vertrauen, obwohl nicht alle von ihnen mir Gutes wollten. In diesem Fall aufpassen. Ich sollte auf der Hut sein, aber wenn ich mich im richtigen Moment richtig entschiede, würde alles gut. Danach holte sie eine Schere und schnitt mir eine Kurzhaarfrisur, die ziemlich gut aussah, ich konnte jetzt wie Peli in meine Fransen fassen und sie aus der Stirn streichen. Shiva meinte, ich sei jetzt schön. Dann zündete sie überall Räucherstäbchen an und umstellte mein Lager mit einer aufklappbaren Holzwand, in der es viele Schnitzereien gab.

Damit dich niemand sieht, sagte sie.

Ich schlummerte ein. Ich träumte von vielem, das ich sofort wieder vergaß. Vielleicht aus Schutz. Als ich aufstand, war es später Nachmittag, und Peli kam mir in den Sinn wie etwas, das es vor langer Zeit einmal gegeben hat. Verschwommen sah ich sie herumgehen, in Türen verschwinden, ohne Eile, wie nebenbei, mit ihrem leichten, unbekümmerten Gang. Ein Schmerz war dabei, als ich sie so sah. Und dann, als ich wacher und wacher wurde, merkte ich langsam, dass es erst an diesem Morgen gewesen war, dass wir uns das letzte Mal gesehen hatten. Ich erschrak. Es fühlte sich an wie ein Jahr. Hatte ich es wirklich in Betracht gezogen, ohne Peli nach Spanien zu fliehen? Ich war es ja, die heute noch gar nichts gemacht hatte für unsere Sache, noch nicht einmal einen Übernachtungsplatz hatte ich für uns gefunden. Oder sollten wir hier übernachten bei Shiva?

Aber aus Filmen wusste ich, dass es nicht gut ist, wenn gesuchte Leute zu Orten zurückkehren, an denen sie schon einmal waren. Es war ja aus diesem Grund wahrscheinlich auch nicht die beste Idee, später noch einmal zum Glattzentrum zu gehen, aber dass ich genau das tun würde, das wusste ich damals noch nicht. Shiva lieh mir Kleidung von sich aus, aber es war mir alles zu klein. Ich griff auf sommerliche Hemden von Fritz Hirz zurück. Auch für Peli nahm ich Kleidung mit, unter anderem seinen besten Herrenanzug. Dann eine Taschenlampe und Proviant für die Nacht, ayurvedische Gerichte, die Shiva in Tupperware-Dosen gepackt hatte.

Dieses Haus steht euch immer offen, raunte Shiva. Kehret ein, sobald es so weit ist. Ich ging mit einem warmen Gefühl davon.

Draußen war es immer noch, wie es schon vorher gewesen war. Nur ein paar Meter entfernt lag der Schwamendingerplatz. Palmen wuchsen in seiner Mitte und Kakteen. Der heiße Tag blies mir glühend ins Gesicht, während ich durch die Wüste über den Platz stapfte. Schwitzend setzte ich mich unter eine Palme neben dem Brunnen. Kinder spielten mit dem Wasser und schienen glücklich. Lange saß ich da. Bei jedem Alarm, den ich hörte, dachte ich an sie, dass sie irgendwo ein Zeichen gelegt hatte. Aber auch ohne Alarm sah ich überall Zeichen. Jedes Muster gab mir zu verstehen, dass Peli es hingelegt hatte. Die Blätter auf dem Boden und die Zigarettenstummel. Etwas daran schien mir immer gelegt. Ich ging so weit, die Wolken im Himmel auf Muster hin abzusuchen, bis mir einfiel, dass wir ja gerade keine Muster hatten legen wollen. Umso verdächtiger erschien mir noch vieles mehr.

Seit ich eine neue Haarfarbe hatte, fühlte ich mich wieder freier. Die Drohnen ließ ich unbesorgt über mich hinwegstreichen. Und als ich lange genug dagesessen hatte im Schatten der Palme, da hatte ich dann irgendwann, und das war eigentlich schön, da hatte ich dann irgendwann das Gefühl, dass alles gar nicht so schlimm ist. Gleichzeitig wusste ich natürlich, dass ich diesem Gefühl nicht trauen durfte. Denn es war ja dieses Gefühl, das ich jahrelang gehabt hatte und von dem ich mich mit Peli am 30. Juli hatte befreien wollen, hier, auf dem Schwamendingerplatz. Ich musste also wieder daran glauben, dass alles schlimm genug war, dass ich es im Moment nur nicht fühlen konnte, wegen des Frühstückes bei Shiva. Wenn man satt ist, fühlt man's nicht. Dann wurde ich wieder müde, obwohl ich doch so viel geschlafen hatte. Wahrscheinlich hatte ich einen Eisenmangel. Wieder meldete sich der Zahn in der unteren linken Reihe, aber wie von fern. Ich schaute den Schachspielern zu. Im Café wurde weiterhin Coup Dänemark gelöffelt. Der Mann mit den Möwenschritten kam wieder über den Platz, vielleicht war es auch ein anderer.

Ich schwitzte, die Müdigkeit kam noch stärker, ich kippte hinüber, Bilder von Flächen zogen an mir vorbei, Felder, Brachen, Teerflächen, Wiesen, Meere und sonst nichts, nur diese endlosen Flächen, wartende Flächen, über die ein Wind zog, und plötzlich blitzte etwas Silbriges über mir auf. Ich öffnete die Augen. Silbrige Flügel aus Metall fingen das Sonnenlicht ein und schmetterten es in mein Gesicht. Vor mir standen die Mitglieder des Schwamendinger Orchesters, die zusammengeklappten Notenständer hatten sie hoch über sich erhoben. Sonnenstrahlen hatten sich im Metall verfangen, sodass ich die Augen schließen musste, aber ich erhob mich und öffnete sie wieder. Waren es die Geister aus der Vergangenheit, die da sprachen? Sie sagten, dass ich es jetzt büßen werde, aber ach, wie schwitzten sie in dieser Hitze, wie schwitzte ich, es tropfte hinab von meinem Gesicht, ich hinterließ Spuren des Schweißes, schwer deutbare Muster, ich wollte zum Bucheggplatz, zu Peli, allein ihr war ich verpflichtet, uns war ich verpflichtet und denen, die wir riefen, aber als ich aufstand, schlug das Metall der Notenständer glühend gegen meinen Körper, die weißen Haare leuchteten in der Sonne wie Flammen, ich ging weiter, sie wichen von mir, ich ging weiter, aber sie folgten mir, sie hoben das blitzende Metall und schlugen es nieder, aber ich ging weiter, ich ging tapfer, obwohl schwach, denn ich liebte sie ja alle, ich konnte nur nicht zurück. Sie wussten so vieles nicht, und ich wusste, dass ich es ihnen nie würde erklären können, ich musste sie loslassen ohne Erklärung, und das war es, was am schlimmsten war. Aber ich ging und meine kräftigen Beine schritten vorwärts, ich hörte, wie die Sommerluft durch die Palmen strich, das sanfte Summen der Drohnen, die hinter mir leiser werdenden Drohungen, ich nahm Fühlung auf mit den Dachfürsten, die auf den Dächern jetzt senkrecht standen, ich war sehr durchlässig geworden. Und dann geschah etwas. Ich ging immer noch in der Nähe des Schwamendingerplatzes und hörte von fern einen Mann das Christentum verkünden, immer noch, nach allem, was passiert war, das muss man sich einmal vorstellen, aber das war es ja gar nicht, sondern ich schaute einfach in seine Richtung, und dann sah ich wieder einen Kran. Ich weiß nicht, ob es Zufall war. Vielleicht war es einfach Zufall. Der Kran stand hinter der Pestalozzi-Bibliothek, und genau jetzt, als ich ihn anschaute, setzte er sich in Bewegung. Er drehte sich einmal um sich selbst und zeigte dann nach Nordwesten.

Ich ging los.

Wieder lief ich an den Tramschienen entlang. Niemand wartete an der Station Luchswiesen. Der Himmel hatte sich verdunkelt, eine Abendröte war aufgekommen. Da war die Gruppe von Motorrädern, in denen sich der Himmel spiegelte. Aber es waren mehr geworden. Sie standen im Kreis um ein paar Pflastersteine herum. Hatte Peli sie so angeordnet? Und wenn sie es war, war ein Kreis nicht ein universelles Symbol? Wieder bewegten sich die Blätter der Hecke wie verrückt, denn es blies ein neuer Wind, trieb alles vorwärts, und ich ging weiter in meinem fließenden Gang. Bald stand ich vor der Brücke am Glattzentrum. Blaues Licht kam aus allem, das nicht beleuchtet war. Ich lehnte mich über das Brückengeländer und betrachtete das Wasser der Glatt. Im Licht der Straßenlampen leuchtete es unnatürlich grün, giftgrün. Was war das für ein Zeichen? Wer hatte das gemacht? Vom Himmel kamen schraubende Geräusche, die Flugzeuge waren es, ich versuchte, ein Muster zu erkennen, wie sie zum Flughafen flogen oder wegflogen, die Winkel und Abstände zu vergleichen, Linien zu ziehen, aber es gelang mir nicht. Das musste etwas heißen. Der Himmel war jetzt dunkelblau und die Buchstaben GLATT spendeten Licht über dem Parkplatzplateau. Wie gewohnt fuhren Autos in der Dunkelheit. Aber etwas schien sich verändert zu haben mit den struppigen Bäumen neben der Autobahn, die jetzt vor Schwärze leuchteten. Sie hatten den Abstand verringert zu der Straße, standen jetzt direkt neben den vorbeifahrenden Autos, andere hatten sich den Hang hinaufbewegt, standen näher am Glattzentrum, der Wind rauschte um sie herum, und gerade in dem Moment, als die Nachtvögel aus den schwarzen Kronen der Bäume ausbrachen, ging das Licht im Glatt-Tower aus. Dann ging es gleich wieder an. Dann wieder aus. Die Vögel kreisten mit großer Geschwindigkeit hoch über der Brücke und über dem nun dunklen Glattzentrum. Der Wind wurde noch stärker und trieb die Wolken zusammen. Ein Fußgänger kam mir entgegen. Als er an mir vorbeiging, tippte er sich mit dem Zeigefinger an die Schläfe und drückte mich gegen das Geländer, würgte mich, ließ mich los und ging weiter, als ob nichts gewesen wäre. Die Brücke erschien mir so stabil wie nie, Wärme stieg immer noch aus dem Asphalt, das weiße Licht der Brückenbeleuchtung war angegangen, und die kreisenden Vögel verschwanden dahinter, waren jetzt unsichtbar, aus der dunkelsten Wolke fielen Tropfen. Ich erreichte den großen Parkplatz vor dem Glattzentrum. Eine Lautsprecherstimme rauschte etwas Unverständliches, von irgendwoher traf mich ein Fußball in den Bauch. Ich krümmte mich, und dann sah ich diesen Wagen, dessen Tür jetzt aufging, aus dem hinteren Dunkel drängten sich Uniformierte ins blaue Abendlicht, und ich rannte los Richtung Eingang, der Mann im Overall war gerade dabei, das metallene Rolltor nach unten zu ziehen, als ich durch den noch offenen Spalt schlitterte.

Nur nicht so gesprengt, hörte ich ihn noch sagen und das Rolltor ganz nach unten ziehen, gleich darauf schlugen Schüsse ein und ich stolperte die erstarrte Rolltreppe nach unten. Dann ging das Licht wieder an. Dann wieder aus. Dann wieder an. Dann wieder aus. Alles war dunkel, nur vom beleuchteten Notausgang-Schild kam Licht. Im Glattzentrum, heißt es, befinde sich die letzte Tür. Wie alt fühlte sich dieser Satz nun an. Ich lief an den Wänden entlang und suchte nach Türen. Im Glattzentrum war es kühl, das tat meinen Wunden gut. Neben der Globus Fashion Bar gab es eine Tür, neben Marionnard Paris gab es eine Tür, neben dem Reisebüro gab es eine Tür und neben Swarovski gab es eine Tür. Auf all diesen Türen stand: PERSONAL. Ich ging durch die Tür neben Marionnard Paris und kam in einen Raum voller Computer und Tische, Schränke, Topfpflanzen und einer Kaffeemaschine. Ich nahm eine weitere Tür, stieg zehn Treppenstufen hinauf. Ich kam in einen anderen Raum mit Ordnern, Tischen, Kabeln und einer Kaffeemaschine. Durch die nächste Tür ging ich, fünf Treppenstufen bergauf, links ging ich drei Stufen runter und rechts elf hinauf, ich ging ohne lange zu überlegen und wieder durch Türen, an Schränken, Stühlen, Kabeln, Teppichen vorbei und wieder durch Türen, als ob dort alle Türen der Welt versammelt gewesen wären, richtig schwere waren dabei, breite, schmale, hohe und niedrige, alte aus Holz mit einer Rundung oben und Schiebetüren. Immer weiter voran wurde ich getrieben, aber ich stieg ja immer höher. Und nachdem ich immer höher und höher gestiegen war in diesem riesigen Komplex, in dem die Luft langsam dünner wurde und kälter und schließlich Reste von Schnee um mich herum lagen da auf dem Flachdach, da ging die Lüftung an. Warme Luft drang jetzt vom Boden in den schwarzen, von Sternen übersäten Himmel. Und es wurde immer mehr. Unglaubliche Luftmassen drangen unter mir aus dem Dach, vereinigten sich zu heftigen Luftschwärmen, die sich nach oben verflüchtigten, kurz verlor ich den Boden unter den Füßen, schwebte ein paar Zentimeter über dem Dach, dreißig Zentimeter, einen Meter … Mir war heiß und kalt, doch ich hielt die Augen offen und schaute mich um, sah den Denner, die UBS, den Brezelkönig, ZARA, die Statue von Alfred Escher, das Starbucks, die Julius Bär Bank, das Vapiano, den H&M, den linken

Turm des Münsters, das Ärztehaus, den Tally Weijl, den Fielmann und – aber das kann ich ja jetzt nicht alles aufzählen, doch ich sah das *alles,* konnte trotz der Dunkelheit die Bestandteile der Stadt überdeutlich erkennen, während gleichzeitig alles auch eine schwarze, gestaute, unregelmäßige Masse war, die dalag vor einer dunklen Fläche weiter im Süden. Dort, wo sich die niedrigen Wellen an den Buchten überschlugen, umsäumten die süchtigen Schwäne den See.

Alles, was ich sah, schien mir zufällig ausgeleert worden zu sein über dieser Ebene und den Hängen, aus der heraus es nun rot und gelb und blau funkelte und blinkte. Und all das, und das war in meiner Höhe besonders gut zu erkennen – war nicht *gelegt*.

Ich weiß nicht, wie das dann –, wie ich dann von diesem Flachdach wieder, wie es kam, dass ich dann plötzlich, scheinbar ohne einen Weg zurückgelegt zu haben, neben den Toiletten im untersten Stock des Glattzentrums stand. Ich erinnere mich nur, irgendwann dort gestanden zu haben. Drei rote Massagestühle thronten in einem kleinen Vorraum zur Toilette. Und neben diesem Vorraum gab es eine Tür, auf der *P11* stand. Mit meinem ganzen Körper drückte ich mich dagegen und kam in einen anderen Raum. Es roch nach Benzin, nach Betonwänden, die Geräusche der Autobahnen A1 und A4 drangen herein.

Es war fast leer im Parkhaus. Neben einem Auto wartete eine Frau und tippte etwas in ihr Handy. Ich beobachtete sie. Sie schien zu warten. Was machen Sie hier?, fragte ich. Das geht Sie gar nichts an. Sie musterte mich und schien in ihrem Handy nach einer Nummer zu suchen. Dann habe ich das Beste daraus gemacht. Ich habe ihr angeboten, sie mitzunehmen, doch sie wollte nicht. So schnell wie möglich bin ich dann zum Bucheggplatz gefahren, denn ich hatte ja dort ein wichtiges Treffen, nämlich mit Peli. Lassen Sie mich weiterreden. Lassen Sie mich weiterreden! Kennen Sie die rote Brücke, die über den Bucheggplatz führt? Peli stand dort, tigerte auf und ab, ich konnte es von weitem sehen, und mein Herz ging auf, als ich sie sah. Ich ließ das Auto vor irgendeinem Haus stehen. Mit meinem Hemdsärmel putzte ich das Steuerrad ab wegen der Spuren, denn es ging jetzt um Wichtigeres. Dort wurde das Auto dann ja auch gefunden. Den Schlüssel habe ich dringelassen, also alles kein Problem.

Gestehen Sie also, den Ford Focus am 1. August entwendet zu haben?

Ja.

Dann sind wir am Ende der ersten Runde angelangt. Sobald die Ermittlungen abgeschlossen sind, werden wir uns zu weiteren Vernehmungen treffen. Der Gerichtstermin findet voraussichtlich im Frühling nächsten Jahres statt.

Ich bin aber noch nicht fertig!

Tut mir leid. Irgendwann ist auch einmal Schluss. Es lag in Ihrem Ermessen, die Wahrheit zu sagen oder zu lügen. Sie haben sich für Letzteres entschieden. Die Anklagepunkte haben wir durchgearbeitet. Einige Eingeständnisse haben Sie gemacht. Bei den anderen Punkten werden die weiteren Ermittlungen Klarheit schaffen.

Und was ist mit den Velos …? Angeordnet in der Form eines Kreises auf den Gleisen unter der Hardbrücke morgens um drei …?

Wenn Sie dazu etwas wissen, sagen Sie es jetzt. Aber dann ist Schluss.

Hören Sie zu. Es ist wichtig. Vielleicht auch für Sie und Ihre Zukunft. Es ist genau, wie Peli gesagt hat. Große Veränderungen geschehen unbemerkt, und erst, wenn wir unwichtig geworden sind, dreht es sich um uns.

Ich stieg die Wendeltreppe hinauf zur Brücke, wo Peli schon auf mich wartete. Wolken hatten sich über dem Himmel zusammengezogen, es war unerträglich schwül und still. Sie rannte auf mich zu und wir fielen uns um den Hals.

Du blutest ja …, sagte sie erschrocken.

Und da kam mir alles wieder in den Sinn … Schmerzhaft legte sich die Luft an meine Wunden. Auf einmal überfiel mich eine große Erschöpfung. Die Orchesterleute mit ihren Notenständern, flüsterte ich.

Jetzt sind sie eindeutig drüben …, sagte Peli tonlos, sie war bleich, aber ich sagte, sie seien nur konsequent. Und begann tatsächlich zu weinen. Ich sackte zusammen, meine Beine gehorchten mir nicht mehr. Alle Kraft war von mir gewichen. Da prasselte ein Platzregen auf die Brücke, große Tropfen zerschlugen auf unserer Haut, und der Geruch nach nassem Asphalt erfüllte die Luft. Peli reichte mir ein Taschentuch, das sofort nass wurde, und sagte, sie habe einen Schlafplatz für uns gefunden gleich da in der Nähe. Sie gab mir die Hand und zog mich hoch. Niemand kann einem so viel Mut geben wie sie. Ich trottete neben ihr her, während mir die Tränen immer noch über das Gesicht rannen. Der Asphalt auf der Brücke glänzte vor Nässe, aber es hatte wieder aufgehört zu regnen. Ihre Haare waren nass, alles an ihr war nass, und da sah ich es erst, als sie sich die Haare aus dem Gesicht strich, dass auch sie eine Schürfwunde hatte auf der Stirn.

Was ist passiert?

Anfängerfehler. Sie zog mich hinter sich her. Es ist nicht weit, komm.

Es war wirklich nicht weit. Wir gingen durch dieselbe Siedlung, durch die wir schon einmal bei Nacht gegangen waren. Die Wolken hatten sich wieder verflüchtigt, alles schimmerte im frischen Abendlicht. Die Möbel, die hier das letzte Mal noch herumstanden, waren in der Zwischenzeit zu einer Art turmartigen Höhle zusammengebaut worden. Kinder gingen dort ein und aus. Überhaupt gingen viele Kinder in dieser Siedlung auf und ab, als ob nur Kinder darin wohnten. Sie trugen Ziegelsteine und Sandkuchen, wuschen sich die Füße in den Zierbrunnen, um die herum Trauerweiden standen, und fütterten die Enten, die dort hin- und herschnatterten.

Bald waren wir im Schatten des Käferbergwaldes angekommen. Dort war ein Backsteinhaus. Über der Tür stand: Transformatorenstation.

Peli suchte nach dem Schlüsselbund, probierte alle Schlüssel, aber keiner ging. Dann probierte sie noch einmal alle Schlüssel und dann ging einer. Wir betraten die Transformatorenstation.

Dort lagen persische Teppiche auf dem Boden, und ein Spirituskocher stand in der Mitte auf einem kleinen Tisch. Auf einem anderen Tisch lagen Rechner. Ein Mischpult war auch da. An den Wänden hingen Partituren und Pläne von Städten und Häusern. Es gab auch eine große Kakteensammlung in einer Ecke. Und kleine, runde Kissen überall.

Magst du einen Tee trinken?

Sie wartete gar nicht ab, sondern machte mir einfach einen. Wir klemmten ein Stück Würfelzucker zwischen die Zähne, das sie aus einer Art Blumenvase herausklaubte, und tranken den Tee durch den Zucker hindurch. Dazu reichte sie mir eine Banane.

Dann erzählten wir uns vom Tag. Als ich ihr alles berichtet hatte, sagte sie, sie sei es gewesen, die das Licht im Glattzentrum an- und ausgemacht habe. Hat man das Zeichen verstanden? Nicht ganz. Sie war zufrieden. Da erzählte ich ihr von Shiva, von der Attacke auf dem Schwamendingerplatz, dann von der Aussicht auf die Stadt vom Flachdach des Glattzentrums. Peli nickte.

Von Tina Turner erzählte ich ihr nichts. Ich weiß selbst nicht genau, warum. Es war da immer noch eine Wunde zu spüren, die ich hütete, vielleicht schützte. Stattdessen fragte ich Peli, ob sie es gewesen sei, die die Motorräder da auf der Strecke zwischen Schwamendingerplatz und Glattzentrum in einem Kreis angeordnet hatte, eigentlich ein Zeichen unter unserem Niveau.

Sicher nicht!, sagte sie. Aber wahrscheinlich gebe es bereits andere Player, die uns imitierten.

Ich erzählte ihr, dass das Wasser des Flusses Glatt heute in einer künstlich hellgrünen Farbe geleuchtet habe.

Sie nickte und sagte, sie habe online etwas darüber gelesen.

Peli lief ein bisschen im Raum herum. Irgendetwas schien sie umzutreiben. Sie zögerte. Erst nach mehrfachem Nachfragen erzählte sie. Sie habe höchstwahrscheinlich ein Zeichen in die Wege geleitet, zu dem sie nur halb stehen könne. Wenn es überhaupt funktioniert habe … das wisse sie noch nicht. Sie habe eigentlich nur üben wollen. Wenn es funktioniere, solle ich bitte über die *Form* des Zeichens hinwegsehen. Alles brauche eben auch Übung, und da müsse man halt manchmal Abstriche machen. Aber man dürfe die Hoffnung niemals aufgeben, man müsse stark daran glauben und vor allem hart dafür arbeiten, selbst dann, wenn alles vergebens scheine. Sie lächelte verschwörerisch, als ob sie Turner zitieren würde.

Ich war immer noch nicht ganz stabil und hatte Peli von allem freigesprochen, ohne ihr richtig zugehört zu haben. Turner hatte mir das Gefühl gegeben, dass ich nicht genau wusste, was ich wollte, und darum auch nicht genug dafür arbeitete. Mein Wille war ein blasser Schimmer. Turners strahlte in der Dunkelheit.

Nun erzählte ich Peli doch davon.

Ach was!, sagte Peli. Ich sei einfach übermüdet. Etwas durch von den letzten Tagen. Ich solle mir Turner aus dem Kopf schlagen und lieber ans Flachdach denken. Zürich müsse eindeutig *gelegt* werden!

Ich saß im Schneidersitz auf einem violetten seidenen Kissen, während Peli mehrmals gegen die Wand rannte und sich in der Luft überschlug. Als sie nicht mehr konnte, setzte sie sich neben mich.

Ich reichte ihr einen weiteren Schwarztee und ein Zuckerstück.

Was war aber denn eigentlich *genau* los mit deinem missratenen Zeichen? Wie sieht es denn aus? Ach, all das müsse sie mir später einmal in aller Ruhe erzählen. Es wäre schade, das jetzt zu tun. Das sah ich ein. Pelis Geburtstag neigte sich seinem Ende entgegen, bald würde ein neuer Tag beginnen. Wir aßen die ayurvedischen Gerichte mit großem Genuss.

Dann klopfte es an der Tür. Es waren zwei junge Frauen. Zufälligerweise waren sie vorbeigejoggt und hatten in der Transformatorenstation Licht gesehen. Da dachten sie, sie schauen mal rein. Wir servierten ihnen Tee. Im folgenden

Gespräch fanden wir heraus, dass sie es gewesen waren, die damals auf den Gleisen beim Bahnhof Hardbrücke verfolgt worden waren. Anscheinend waren sie mit uns verwechselt worden. Schon gut, sagten sie beschwichtigend. Sie würden auch sonst ab und zu verfolgt, weil sie immer wieder den Drang verspürten, plötzlich loszurennen. Weiter besprachen wir das Wetter und die Parteienlandschaft.

Nun gut!, sagten sie irgendwann und gingen.

Natürlich habe ich Peli gefragt, ob auch diese beiden zu ihren Kontakten gehörten. Noch nicht, antwortete sie und kicherte auf eine Art, dass es genauso gut das Gegenteil hätte bedeuten können. Dann bereiteten wir uns aus den Kissen ein Lager und nahmen von den mit Kamelen und Palmen bestickten Decken, die es dort in einer Truhe gab. Wir schliefen ein.

Was träumten wir nicht alles! Und wie viel vergaßen wir gleich wieder. Zum Erzählen blieb nichts übrig. Aus Schutz, wie so oft. Schon am frühen Morgen drang Baustellenlärm zu uns herein.

Der Boden wurde aufgerissen, etwas wurde gehämmert, Metall knallte gegen Metall, Stockwerke wurden gebaut, Luft zog durch leere Räume. Irgendetwas rasselte.

Eine bunte Lichterkette spendete Licht, als wir erwachten.

Dann war der nächste Morgen da, der 2. August.

Noch ein Tag, bis Dominik Müller mit seinem Kokain in Italien angehalten werden würde. Damit das gelingen konnte, musste er, falls er es nicht schon früher getan hat, so langsam das Kokain durch einen bestimmt komplizierten Vorgang in den Stoßstangenbereich des Lieferwagens einfüllen. Wahrscheinlich musste er das Kokain zuerst noch unbemerkt aus dem Lager in der Familiengartensiedlung an der oberen Waidstrasse holen … wie auch immer. Es bleibt ein Rätsel. Zum Glück nicht wir!

Nur noch zwei Tage, bis Peli mit dem Renault Twingo fliehen würde. Davor würde sie noch die Pakete mit dem Marihuana auf den Boden des Parkhauses kippen und *legen*. Noch ahnten wir nichts davon. Es war ein Montag wie jeder andere auch. Er war noch frisch, als wir erwachten.

Wenn der Morgen gewusst hätte …!, rief ich aus und wir lachten.

Damals dachte ich, wir würden den Rest unseres Lebens in der Transformatorenstation verbringen. So gut gefiel es mir da. Aber es sollte sich zeigen, dass sich unsere Wege bald trennen würden. Vielleicht kündigte es auch die Wehmut an, die mich sofort beschlichen hatte, als ich die Transformatorenstation zum ersten Mal betrat. Dieser Raum gehörte zu den Räumen, die man nie mehr verlassen will. Es schmerzt, dass sie bereits da gewesen sind, bevor man sie entdeckte, und es liegt in der Luft, dass es andere sein werden, die darin einst eine tragendere Rolle gespielt haben werden. Das erleichtert einen, aber es tut auch weh.

Aber warum vorauseilen? Warum nicht genießen, was ist?

Noch war es nicht so weit. Es war nur denkbar. Es war denkbar, dass sich vieles bald verändern würde. Und andere Veränderungen bereits begonnen hatten. Mich selbst würde es immer weniger brauchen. Das war absehbar.

Aber wer hat gesagt, dass man alles selber machen muss? Auch Zuschauen ist gut und vielleicht nötiger denn je.

Ich betrachtete Peli, ihr geheimnisvolles Gesicht, ihren silbernen Blick, und machte einen Schwarztee. Wir tranken ihn wieder mit dem Zucker zwischen den Zähnen. Jemand von uns, nämlich Peli, trieb dann ein Frühstück auf. Es bestand aus weißen Brötchen und Butter, Nutella und Kaffee aus einer Thermosflasche. Die Kinder aus der Möbelhütte hatten es ihr gegeben.

Diese Kinder erwiesen sich überhaupt als große Gebende. Sie brachten uns, wonach wir verlangten. Sie pflegten uns unsere wunden Füße. Sie machten uns unsere Frisuren. Nichts schlugen sie uns ab. Es gab fast nichts, was ihnen unmöglich erschien, und sie forderten auch nichts zurück. Sie gingen ganz mit der Zeit. Es schien uns, als hätten wir ihnen beim Aufwachsen zusehen können, sähen sie gleichzeitig alt und jung, dabei sahen sie immer gleich aus, und es waren wohl sie, die uns ebenso interessiert betrachteten. Dann verzogen sie sich wieder in ihre Hütte.

Um es gleich vorwegzunehmen: Peli und ich legten dann nur noch ein großes Zeichen zusammen. Es mag etwas widersprüchlich klingen, aber es war dann doch die Zahl drei, die uns dazu bewog. Es war unser bestes. Die Kulisse war gut. Eine bessere hat es nie gegeben! Möglich, dass das Zeichen etwas unterging unter anderen, die bereits aufzogen. Nicht alles, was im Umlauf passierte, ist direkt auf uns zurückzuführen. Es ist ein Irrtum zu glauben, wir seien ein Kern. Zentren, Keimzellen, Kerne und so weiter, das war einfach nicht so unser Ding. Das heißt, meines vielleicht schon, aber Pelis ganz bestimmt nicht. Und obwohl ich Widerstände spürte, gab ich ihr in dieser Hinsicht doch recht.

Bezüglich der Schönheit darf man sagen: Das Zeichen hätte nicht schöner sein können! Es war streng angeordnet an den Rändern, in der Mitte frei und wild. Vielleicht, der Vorwurf hatte seine Berechtigung, ein wenig penetrant. Etwas grob? Egozentrisch? Nostalgisch? Klotzig …? Das kann man alles sagen, ja. So etwas kann man immer sagen. Aber ach, ich finde, man kann genauso gut offen sein und sagen, ja, macht doch, das ist doch toll, genau richtig so, ich freu mich, legt einfach los! Das muss doch drinliegen. Wichtig zu bemerken, dass es ein Zeichen war, das sich uns zwar zeigen würde in all seiner Pracht, das für alle anderen aber erst in der Zukunft erscheinen sollte. Es wird Zeit brauchen, um sich zu entfalten, so wie eben alles seine Zeit braucht.

Waren Sie schon einmal in der Offenen Rennbahn Oerlikon? Gehen Sie da einmal hin, sie ist wirklich schön. Sie strotzt vor Beton und Benzin, Lautsprecherdurchsagen und Fahrradfahrern, die im Schatten von noch schnelleren Motorrädern dahinsausen. Wer würde der Schnellste sein? Das ist die Frage, die alle umtreibt. Obwohl es auch ums Mitmachen geht und darum, wer die Stifter sind. Ja, die Offene Rennbahn Oerlikon. Sie erfüllte uns mit Lust.

Vor uns aber lag noch ein ganzer unbeschriebener Tag. Dass wir das Zeichen wieder in der Nacht legen würden, lag auf der Hand. Man entwickelt eben doch schneller einen Stil, als man denkt. Diesem muss man dann treu bleiben. So dachten wir auf jeden Fall damals. Mit dem Alter befreit man sich von solchen Zwängen. Heute würde ich sagen: Wir hätten es ebenso gut am Nachmittag legen können. So zwischen halb fünf und halb acht zum Beispiel. Damals aber waren wir verliebt in die Nacht. Die Sommernächte, wie sie uns aufnahmen in ihre laue, schattige Luft. Unsere Augen funkelten in den Nächten heller und unsere Beine gingen wie von selbst, unsere Körper zogen Schneisen in die Luft. Die Nächte machten sichtbar, was der Tag uns verwehrte.

Nach dem Frühstück legten wir uns gleich noch einmal hin. Wir nahmen uns Zeit, dösten ein wenig, standen dann wieder auf, putzten unsere Zähne, dehnten unsere Glieder und redeten währenddessen über das Zeichen, das wir in der Nacht legen wollten. Offen gestanden kam uns keines in den Sinn. Beide fanden wir, dass es eines sein musste, das erst später wirken würde. Peli aber meinte, das sei leichter gesagt als getan. Dann kam ihr plötzlich etwas in den Sinn. Ich bin gleich zurück, sagte sie. Sie ging zu den Kindern und lieh sich ein Smartphone aus. Sie schien etwas im Internet zu suchen. Da ging ein Strahlen über ihr Gesicht. Was machst du?, fragte ich. Ich lese die Schlagzeilen.

Es hat funktioniert! Natürlich hätte ich die Bilder gerne gesehen, die sie sich da reinzog, aber sie bat mich inständig darum, darauf zu verzichten, aus Sicherheitsgründen, meinte sie. Und, das war der zweite Grund, weil sie mit der *Form* nicht ganz zufrieden sei. Ich lenkte ein. Mir wäre es genauso gegangen. Die Schlagzeilen gaben uns Mut, auf einer ausgeklügelten Choreographie für das dritte Zeichen zu bestehen, selbst wenn wir hart dafür arbeiten mussten. Ich wollte ein mehrstufiges Zeichen. Reduktion, das war für mich wichtig. Von allem zu viel, für Peli. Wir waren uns einig, dass uns im richtigen Augenblick einfallen würde, wie es genau geht. Das barg gewisse Risiken, aber es ist falsch zu glauben, man könne so etwas im Vorhinein bis ins letzte Detail planen, da muss immer noch Luft ran, sonst geht garantiert nichts. Außerdem hatten wir es bei unseren anderen Zeichen ja nicht anders gemacht. Und doch waren sie schön geworden und würden wirken mit der Zeit. Einfach machen, hatte mal jemand gesagt. Bestimmt nicht ich. Nicht zu viel wollen. Wir bestanden darauf, dass sich das Wichtigste ergibt. Das war einfach eine Haltung. Natürlich wollten wir aber sehr viel. Zweifel regten sich, wir schlugen sie nieder. Und doch – sie regen sich noch jetzt. Ob es wirkte, ach, darüber wird sich vieles entscheiden. Was mich und die Zukunft betrifft.

Kommen Sie zum Punkt. Schauen Sie, hier: einundvierzig Fahrräder über fünf Schienen verteilt. Der Durchmesser des Kreises betrug einunddreißig Meter. Sie wegzuräumen dauerte für fünf Arbeiter über eine Stunde. Es muss noch viel länger gedauert haben, sie so hinzulegen.

Und es gab wirklich keine Zeugen?

Bisher nicht.

Gut! Wir kippten übrigens weiterhin Schwarztee mit Zucker, sodass mir mit der Zeit ganz flimmerig zumute wurde. Es war schon früher Nachmittag. Dann kündigte Peli an, rausgehen zu wollen, vielleicht ein paar kleinere Zeichen legen und wegen der Kontakte. Ich hatte gut geschlafen und fühlte mich jetzt offen für alles, was Peli einfädeln wollte. Wir machten abends um zehn Uhr vor der Offenen Rennbahn Oerlikon ab. Bis dahin wollten wir den Tag getrennt verbringen, ein bisschen üben und uns inspirieren lassen. Wir verabschiedeten uns. Auch ich freute mich auf das Abendzeichen und auf ein paar kleinere über den Tag. Es war also bereits früher Nachmittag, als wir die Transformatorenstation verließen. Wir schlossen sie ab und Peli nahm alle Schlüssel mit. Wir banden unsere Schuhbändel enger. Peli schwang sich aufs Fahrrad und ich ging zu Fuß.

Zuerst überlegte ich wieder, zu Shiva zu gehen, aber ich wollte ihre Gastfreundschaft nicht überstrapazieren. Dann zog es mich zum Tierspital, wo ich das Pferd wiederzusehen hoffte, das wir gestern dort abgegeben hatten. Ich weiß nicht, warum ich diese Neigung habe, immer wieder dahin zu wollen, wo ich schon einmal war. Das Bekannte zieht mich an wie ein Magnet. Ein bestimmtes Heimweh nach dem, was ich kenne, begleitet mich, seit ich mich erinnern kann. Vom Rand eines Zierbrunnens aus schaute ich den Kindern der Siedlung beim Spielen zu. Sie zielten mit Steinschleudern auf die Drohnen. Manchmal fiel eine von ihnen herunter. Dann stürzten sie sich darauf und zerrissen sie, das heißt, sie zerschlugen sie mit kleinen Hämmern und steckten sich die Schrauben und Plastiksplitter gierig in die Taschen.

Ich fragte, ob sie Lust hätten, mit mir in den Zoo zu gehen. Da war ich nämlich schon lange nicht mehr gewesen. Sie fragten: In den Zoo? Die Armen schienen noch nie dort gewesen zu sein. Vom Privatdetektiv hatte ich noch Geld übrig. Also machten wir uns auf den Weg Richtung Zoo. Erinnern Sie sich an den 2. August? Es war wieder ein heißer Tag, weit über dreißig Grad. Wie gewohnt lief allen der Schweiß von der Stirn, und das Blau des Himmels war grau. Auch von den Drohnen gab es noch mehr, ab und zu flogen sie gegen Baumstämme und fielen uns vor die Füße. Sie flogen so langsam, fast wie Mücken. Vielleicht verloren die Kinder darum bald das Interesse an ihnen, ließen sie liegen oder kickten sie vom Weg.

Etwas Schlingpflanzenartiges hing von den Bäumen. Wie schön war es, unter diesen Kindern dahinzuwandeln! Aber da stoben sie auseinander, spielten irgendein Spiel, das mit den Schlingpflanzen zu tun hatte. Wo waren sie? Plötzlich konnte ich sie nicht mehr sehen. Dann kam ich zur Rückseite des Zoos. Mehrere Häuser und Gehege standen dort, die für die Tiere gebaut worden waren. Bäume und Büsche standen in den umzäunten Feldern, Geröll lag auf schiefen Ebenen, Wassertümpel schliefen vor sich hin, und ab und zu lag ein Baumskelett auf dem Boden. Ich ging weiter und schaute von außen in den Zoo hinein. Da bemerkte ich, dass die Geräusche, die ich gerade noch als exotische Vogelgeräusche wahrgenommen hatte, von den rasselnden Kindern kamen. Ich hätte ihnen gern das Eintrittsbillet bezahlt, doch war das gar nicht nötig. Sie waren längst im Zoo. Sie schienen das Geld überwunden zu haben. Sie waren ja auch so viele, dass man nichts gegen sie hätte tun können, ein richtiger Schwarm. Ich ging an einem langen Neubau vorbei. Eine Pinguinfamilie blickte mir von einem Poster entgegen. Dann ging ich in den Zoo hinein.

Auf den Schildern las ich die Namen der Tiere und betrachtete ihre Abbildungen. Ich schaute auf die in der Höhe befestigten Futternäpfe in den Gehegen und die Kletterseile. Mir fielen die kleinen und großen Menschen auf, die in den Zooshop strömten, im Schaufenster lag ein riesiger Schneeleopard aus Plüsch. Die Menschen sprachen in verschiedenen Dialekten, riefen sich von weitem etwas zu. Einige von ihnen aßen Eis oder Biskuits in Tierformen, andere tranken aus Wasserflaschen, indem sie den Kopf in den Nacken warfen. Viele torkelten wie betrunken von der Hitze herum. Aber vielleicht war das auch ihr normaler Gang. Einige schienen fröhlich zu sein, andere unzufrieden, die meisten abgelenkt. Aber ich will mich nicht zu weit vorwagen, denn im Grunde wusste ich es nicht und sah auch weit und breit kein Schild, auf dem ich etwas darüber hätte in Erfahrung bringen können. Darum hörte ich schließlich auf, sie anzuschauen, und ging weiter. Ich geriet in eine Ansammlung von Pinguinen aus Stein, die vor dem Eingang verteilt waren, die Kinder aus der Siedlung wuselten um sie herum. Sie versuchten, die Körperstellungen der Pinguine nachzuahmen, was ihnen sehr gut gelang. Ich rief die Kinder zu mir, tatsächlich kamen sie. Es waren so viele. Es war fast eine Flut. Wir fluteten zu den Felsensittichen. Die Kinder flüsterten einander die ganze Zeit etwas ins Ohr. Die Felsensittiche waren nicht da, doch auf einer Abbildung erfuhren wir, wie sie aussahen. Wir gingen weiter zu den Dottertukanen. Auch diese waren nicht da, können aber, wie wir lasen, mit ihrem Schnabel die Wärme regulieren. Das Caypara und der Flachlandtapir waren nicht zu sehen. Der südliche Tamadua und der Kaiserschnurrbart-Tamarin waren nicht da. Ihnen gleich taten es die europäischen Löffler. Düster und schwitzend flossen wir zu den Pinguinen, die nicht da waren. Das Terrarium der afrikanischen Eierschlange war leer. Wir gingen weiter. Obwohl auch der Ameisenbär wie vom Erdboden verschluckt war, ging eine Frau im Gehege herum und warf aus einem Eimer lustlos Futter auf den Boden, wie um zu zeigen, wie man das früher einmal gemacht hat. Die Kinder aus der Siedlung lachten sich kaputt bei diesem Anblick. Sie waren frei von Nostalgie. Auch bei den Schneeleoparden tat man so, als hätten sie gerade ihr Futter bekommen. Aber auch sie waren nirgends zu sehen.

Um es kurz zu machen: Wir sahen keine Tiere im Zoo.

Dennoch erfuhren wir, wie es aussah, wenn eine Wärterin das Futter im Gehege verteilte. Als ich mich umblickte, waren die Kinder verschwunden. Ich traf sie erst wieder im trockenen Wald, sah gerade noch, wie sie sich mit den Schlingpflanzen fortbewegten, kurz zwischen Ästen und auf manchen Wipfeln aufzuckten.

Ich war wieder allein. Langsam wurde ich hungrig. In der Ferne hörte ich Geräusche, die ich nicht einordnen konnte. Ich ging mit schnellen Schritten. Nun, da ich keine Tiere gesehen hatte, zog es mich doch wieder zum Tierspital. Die Gebäude dampften in der Hitze. Lüftungen rauschten. Die Rollläden zu den Kojen mit den Kühen waren geschlossen. Auch der Stall, in dem das Pferd stehen musste, war verschlossen.

Ich ging weiter. Wieder begann mein Zahn, diesmal sehr stark, zu schmerzen. Ich beschloss, eine Zahnarztpraxis aufzusuchen. Ich lief da irgendwo bei der Kirche Fluntern durch das Villenviertel des Zürichbergs den Hang hinunter, an Schönheitskliniken vorbei und an Hecken. Am Horizont sah ich die Berge in einer langen Reihe dastehen, als ob die Kinder der Siedlung sie gebastelt und mit einem Ruck heraufgezogen hätten. Darüber der dunstige weiße Himmel. Dann sah ich einen Wohnblock, an dem ein Schild hing mit einem großen weißen Zahn. Ich nahm es als Zeichen. Wie durch ein Wunder hatte ich genug Geld dabei, um die Rechnung im Vorhinein zu begleichen. Der bequeme Stuhl setzte sich in Bewegung und ich, die ich bereit war, meine Zähne in die Hände des milden Zahnarztes zu legen, war dankbar für den Bildschirm, der von oben vor meine Augen geschoben wurde. Was ich auf dem Bildschirm sah, schien mir sehr gut ausgewählt, die Farben Weiß und Hellblau dominierten die Aufnahme, die Bilder lenkten von den silbernen Geräten ab, von den blasenden, saugenden und fräsenden Geräuschen, die bald beginnen würden. Ich lag ergeben unter dem Bildschirm und dachte an weiße Zähne und rosa Zahnfleisch vor blauem Himmel, Sonnenbrillen, frische Luft, das langsame Abbrechen von Eisschichten. Sekundenlang war ein schneeweißer Eisbär zu sehen, der in Zeitlupe auf der hellblauweißen Eisfläche dahinjagte, sodass man das Wogen seines Felles, den Schwung seiner Glieder betrachten konnte. Der Eisbär strahlte Lebensfreude, Jugend und Gesundheit aus. Seine Zähne, die zwischendurch aufblitzten, waren lang und zuversichtlich. Ich hätte ihm stundenlang zuschauen können. Dann kam ein Schnitt, und die Kamera widmete sich einem schwarzen Fleck, der sich von der Eisfläche abhob. Wieder ein Schnitt. Der Eisbär jagte über die Fläche. Dann wieder der schwarze Fleck. Was war das? Die Kamera zoomte heran. Ganz allein und in aller Seelenruhe räkelte sich eine pralle Robbe im Eis. Wieder ein Schnitt. Der Eisbar, noch immer guter Dinge, jagte über das Eisfeld. Wieder ein Schnitt. Gemütlich die Robbe auf dem Eisfeld. Schnitt. Wogender Eisbär. Schnitt. Robbe in Seelenruhe. Schnitt: Eisbär glücklich im Element der Bewegung. Schnitt: Robbe glücklich im einsamen Auf-der-Eisfläche-Liegen, vielleicht Denken. Während der Zahnarzt der Assistentin Abkürzungen nannte für die Zähne der linken unteren Reihe und ich auf einem zweiten Bildschirm meine eigenen Zähne erkannte, die mich an Eisblöcke erinnerten, nahm die Kamera auf dem Bildschirm über meinem Kopf wieder den Eisbären ins Visier. Etwas hatte sich in der Einstellung verändert, Weiteinstellung heißt das, glaube ich, denn nun war zu sehen, wie der Eisbär von weitem einem winzigen schwarzen Irgendetwas, vielleicht einem Gummireifen, auf der Eisfläche entgegenjagte. Er wogte in Vorfreude auf den schwarzen Reifen in der Ferne zu, als läge er ohne Zweifel nur für ihn da, für ihn von der Kamera auf das Eis drapiert. Und während der Zahnarzt jetzt den Bohrer ansetzte, sah ich, langsam misstrauisch, wie der Eisbär, der im Zeitlupentempo eben noch so ausgesehen hatte, als liefe er immer auf der Stelle, plötzlich beim schwarzen Reifen angekommen war. Der Moment war gekommen, als die Kamera mir nicht länger verheimlichen wollte, dass der schwarze Reifen kein schwarzer Reifen, sondern *die Robbe* war. Die Ereignisse überschlugen sich. Der Zahnarzt setzte den Bohrer an, während der Eisbär die Robbe, die wie aus glänzendem Gummi gegossen schien, in seine Pranken nahm, seine Zähne ansetzte, abglitt, erneut ansetzte, wieder abglitt und wieder, da, nasse Funken sprühten aus meinen Mund, Blut spritzte in einer Fontäne aus der Robbe und verteilte sich über das Eis. Auf dem linken Bildschirm sah ich meinen Zahn, der bohrenderweise gerettet wurde, auf dem rechten Bildschirm eine neue Weiteinstellung. Weitere Eisbären waren gekommen und standen *im Kreis* auf der rot verschmierten Eisfläche um das Bündel Blut herum. Alle versenkten ihre Zähne in der Robbe. Eine besinnliche Ruhe herrschte unter ihnen. Ja, auch die Eisbären waren *durch*. Und der Zahnarzt? Statt meines Blutes bekam er mein Geld. Oder bekam er mein Geld, damit er nicht mein Blut nahm? Wie der Eisbär wirkte auch der Zahnarzt gesund und gemütlich. Er setzte an mit sicherer Hand. Dazu erklärte er immer, *was* er tat und *warum* er es tat, und davon ging wieder diese gefährliche Betäubung aus, die ich so gut kannte. Er war in Ordnung. Sicher nicht *böse*. Er meinte es gut mit mir. Und doch, als er endlich fertig war, schien mir, ich wäre ihm gerade noch so entronnen.

Verwirrt strauchelte ich die Treppen hinunter, ans blendende Tageslicht. Benommen ging ich zum See. Die Schwäne hatten sich in der Zwischenzeit noch vermehrt. Enten sprangen ihnen auf den Rücken, hackten in ihre Federn hinein, Panik war ausgebrochen in den Buchten. Ich setzte mich auf eine Bank. Kaum hatte ich mich gesetzt, kam ein Mann und schnappte sich meine Hand, denn er wollte darin lesen. Ich solle endlich loslassen, sagte er. Was denn?, fragte ich. Alles, antwortete er. Aber ich hatte überhaupt keine Zeit, rannte wieder los, etwas zog mich noch immer zurück. Aber ich hatte keine Zeit, musste alles hinter mir lassen in diesem Moment. Der Boden spulte unter meinen Füßen in die Gegenrichtung, ich fühlte mich immer am Rand, ganz vorn. Ich sah aufs offene Meer: Die Möwen verhielten sich mustergültig, die Wolken waren auf der Flucht. Die Sonne machte sich langsam zum Senken bereit, als ich –

Schluss jetzt! Ich habe keine Geduld mehr! Wenn Sie nicht sofort zu dem Fahrradkreis kommen, breche ich das Verhör hier einfach ab.

Aber ich hatte doch noch bis zehn Uhr abends Zeit …

Raffen Sie Ihren Bericht!

Wie Sie wollen. Aber kommen Sie danach nicht und sagen, ich hätte Ihnen nicht *alles* erzählt!

Kommen Sie endlich zu diesen Fahrrädern.

Dann gibt es aber kein Zurück mehr. Sind Sie sicher?

Ja! Los jetzt! Ich habe in meinem Leben auch noch anderes zu tun, als –

Gutgutgut! Ich beeile mich! Es war also irgendwann, sagen wir, kurz vor acht Uhr abends. Immerhin war das jetzt ein Zeitsprung von ungefähr drei Stunden. Ich war *zum vierten Mal* im Glattzentrum und trank einen Kaffee an der Globus Fashion Bar, denn mir war feierlich zumute. Warum ich in einer feierlichen Stimmung war, darf ich leider nicht erzählen, weil Sie keine Zeit haben. Ich war aufgeregt. Ja, meine Hände zitterten. Darum ging ich zu den drei roten Massagestühlen in der untersten Etage und wählte das Energie-Shiatsu-Programm. Danach saß ich auf einem bequemen Ledersessel vor dem Apple-Shop und unterhielt mich mit einer netten Frau, die einmal als Surflehrerin gearbeitet hat, jetzt aber Kammerjägerin ist. Nein, ich ging nicht ins Parkhaus, wie Sie sich vielleicht immer noch in Ihrem Hinterkopf zusammenreimen. Ich besuchte nicht den sturmgrünen Renault Twingo in der untersten Etage. Ich verstaute nichts im sturmgrünen Renault Twingo, zu dem ich übrigens immer noch keinen Schlüssel hatte. All das tat ich *nicht*. Ich tat nämlich nichts, außer auf diesem bequemen Sessel herumzuhängen und mich zu sammeln. Ich genoss die Freiheit, denn ich ahnte, dass sie bald vorbei wäre.

Sie merken, dass mein Verfolgungswahn etwas abgenommen hatte, seit ich alleine unterwegs war. Im Glattzentrum hatte ich mich ganz frei bewegt. Mir war nur etwas mulmig zumute, als ich endlich in die Abenddämmerung hinaustrat. Ich weiß nicht mehr, ob es bereits komplett dunkel war oder noch ein bisschen hell, als ich das Glattzentrum mit diesem flatternden Gefühl im Bauch verließ.

Peli war noch nicht da. Ich war zu früh an der Offenen Rennbahn, es war erst neun Uhr. Ich bezahlte und betrat die Zuschauertribüne, die ich noch ganz leer in Erinnerung hatte von unserem Besuch in der Nacht vom 1. August. Jetzt war sie voller trunkener Menschen. Die meisten Rennen waren schon vorbei. Aber eines gab es noch. Ich schaute den Velofahrern zu, die im Schatten von Motorrädern dahinfuhren. Sie rasten immer im Kreis und waren wirklich sehr schnell. Eine Lautsprecherstimme rief die Namen der Rennfahrer und derjenigen Unternehmen, die etwas gestiftet hatten. Flutlichter warfen ein oranges Licht auf das Geschehen. Die Fahnen der Kantone hingen vor sich hin. Die Zuschauer hatten Bier dabei und aßen Würste, Pommes und Chips, redeten und gestikulierten in der drückenden Hitze, die fast alle Geräusche verschluckte. Dann war das Rennen vorbei, und die Leute strömten langsam aus der Rennbahn. Es war jetzt kurz vor zehn Uhr.

Peli kämpfte sich zu mir vor, während alle in die andere Richtung strömten. Sie setzte sich neben mich und wir tranken ein Bier, aßen zwei Würste, die sie mitgebracht hatte. Vorfreude und Spannung bestimmten unsere Gefühle, auch Angst.

Noch ein bisschen Zeit verging, bis sich das Stadion völlig geleert hatte. Jetzt war es langsam vollständig dunkel geworden. Eine lauernde, *horchende* Stille war eingekehrt in die Offene Rennbahn Oerlikon und drückte immer stärker gegen die aufgestaute Hitze. Jeder Grashalm war in sich gekehrt, unbewegt, doch mit gespitztem Ohr, wenn man das so sagen darf. Wind war plötzlich aufgekommen, wie erhofft. Eine Chipstüte fegte über den Boden hinweg, die Fahnen bewegten sich schwer im Wind, von weiter weg ein aufheulender Motor. Silbrige Wellen flossen durch das Gras in der Mitte des Stadions. Nach ein paar Minuten fielen die ersten Regentropfen. Ein Vibrieren war zu hören. Ein metallisches Klirren. Einer der Kräne, der von der Offenen Rennbahn Oerlikon aus zu sehen war, geriet ins Pendeln. Er trug eine Fracht am Lasthaken. Am Lasthaken pendelte eine Nutzlast. Die Anschlagkette schaukelte hin und her, dabei wurde die Fracht hochgezogen und dann, als sie oben war, setzte sich das *Haspelfahrwerk* in Bewegung und fuhr die Last in die Mitte des Auslegers. Und jetzt geschah etwas Wichtiges: Langsam, langsam drehte sich der Ausleger in Richtung Offener Rennbahn Oerlikon! Der Ausleger des Kranes ragte über das Wiesenstück in der Mitte des Stadions. Das Haspelfahrwerk verschob die Fracht ganz nach vorne, ganz nach vorne, an den äußersten Punkt, ans Ende des Auslegers. Und so pendelte nun über dem Rasen in der Mitte der Offenen Rennbahn Oerlikon in weit ausschlagenden Bewegungen die Fracht! Aber erst in dem Moment, als sich die Pendelbewegungen verkürzt und sogar ganz aufgehört hatten, als fünf Sekunden der Stille und Bewegungslosigkeit ausgehalten worden waren, da öffnete sich die Greifzange des Krans und etwas fiel durch die Luft. Es war ein Gartenstuhl!

Darauf drehte sich der Ausleger weg von der Offenen Rennbahn Oerlikon. Ein anderer Kran erschien von östlicher Seite. Auch er pendelte mit einer Nutzlast, die der Lasthaken, als sein Anleger an einem bestimmten Punkt über der Wiese war, wieder losließ: Es war ein Gartenstuhl! Von südöstlicher Seite drehte ein weiterer Ausleger sich über das Feld. Was trug der Lasthaken? Einen Gartenstuhl! Nun kam aus dem Süden ein Ausleger herbeigependelt. Der Haken trug: einen Gartenstuhl! Ein südwestlicher Ausleger drehte mit hin- und herfahrendem Haspelfahrwerk eine Nutzlast herbei. Was fiel durch die Luft? Ein Gartenstuhl! Aus westlicher Richtung wendete ein Kran seinen Ausleger herbei: Gartenstuhl! Aus Nordwesten? Ein Grill! Und nun war der Bann gebrochen. Aus dem Norden entfiel eine Hollywoodschaukel der pendelnden Anschlagkette. Ein Briefkasten. Ein Vogelbad. Ein Wintergarten! In meinen Augen drohte das Ganze zu kippen, als auch noch die Julius Bär Bank dort landete, die UBS, die SwissRe, das Bundeshaus, der Fielmann, die Krankenkasse Avenir, Innova, Helsana, Visana, Sympany – doch es war noch unentschieden. In der Zwischenzeit, in das Gemenge hinein – es war schwer, allem zu folgen – war auch ein von Moos bewachsener, nasser Steinlöwe gelandet, ein ebensolcher Schwan, eine Sphinx – Sie kennen das.

Und da kam sie – näherte sich langsam durch die Lüfte, pendelte wie mit unsichtbaren Flügeln mit großen kreisenden Bewegungen sanft im Wind – Peli schaute ihr mit einem Ausdruck sehnsüchtiger Erwartung entgegen. Es war eine zwei Meter hohe Nutzlast aus weißem Marmor. Es war die letzte Fracht, die die Greifzange freigab. Sie landete natürlich allem Widerspruch zum Trotz gegen jede Art von Zentren, Mittelpunkten und so weiter *genau in der Mitte.* Stehend sogar! Ihre rechte Hand zeigte zum Himmel, ihre Augen waren zu Boden gerichtet.

Wir betrachteten alles mit Zufriedenheit. Wir nickten, gingen zum Ausgang und verbeugten uns vor den leeren Zuschauertribünen. Dann verließen wir die Offene Rennbahn Oerlikon.

Es schüttete. Wir brauchten eine ganze Stunde, bis wir völlig durchnässt bei der Transformatorenstation ankamen. Während wir durch die Stadt gingen, waren die Kräne noch heftig am Pendeln. Mit Mulden, Betonstücken, Badewannen, Ketten, Holzlatten und so weiter. Es waren die Ausläufer. Sie werden noch davon hören.

So ein Blödsinn!

So geschah es an jenem 2. August. Zwischen halb fünf und etwa halb acht haben wir alles vorbereitet. Sie haben mich gebeten, diese Zeit zu überspringen. Es war harte Arbeit, das kann ich Ihnen sagen. Ich war danach völlig erledigt. Und eben sehr aufgeregt, weil es ja nicht sicher war, ob alles klappen würde.

Und jetzt … da! Die Tür ist da …! Sehen Sie!

Welche Tür?

Ich werde es Ihnen erklären. Dazu muss Ihnen noch von dem Velokreis erzählen. Nun, erinnern Sie sich, Peli hat mir doch in der Transformatorenstation von einem

Zeichen erzählt, das sie gelegt habe, sie hatte sich im Internet die Bilder dazu angeschaut. Erst in jener Nacht, nach dem dritten Zeichen in der Offenen Rennbahn, rückte sie damit heraus. Neben dem Wackelkontakt im Glattzentrum habe sie sich schon früher, während ich bei Shiva war, an einem Zeichen mit Fahrrädern versucht. Sie habe aber, um anderes zu erreichen, *die Form* des Zeichens etwas vernachlässigt. Ihr größeres Ziel war es nämlich, dass das Zeichen *verfrüht* erscheinen würde. Das heißt, es sollte nicht in dem Moment auftreten, in dem sie es in die Wege leitete, sondern eben *früher*. Sie wusste also zuerst gar nicht, ob es ihr gelungen war. Doch das war es. Es erschien ja, wie Sie wissen, am 1. August um drei Uhr morgens auf den Gleisen unter der Hardbrücke, und zwar zu einer Zeit, als Peli sich gerade in Windisch um die Meerjungfrau kümmerte und ich bei der Universität Irchel herumirrte. Als Peli später die Aufnahmen davon im Netz sah, war sie sehr glücklich. Danach erst, als die erste Freude verflogen war, wurmte es sie ein bisschen, dass es ausgerechnet ein Kreis geworden war. Für die Medien war das aber natürlich gut, Sie haben ja die Schlagzeilen gesehen.

Und uns gab es neuen Mut zu unserem dritten Zeichen auf der Offenen Rennbahn Oerlikon. Das allerdings andersherum angelegt war. Es sollte, wie gesagt, nicht früher erscheinen, sondern hauptsächlich *später,* in der Zukunft.

Den Rest kennen Sie. Als ich am späten Nachmittag des 3. August zum vierten und letzten Mal das Glattzenrum aufsuchte, um mich erneut auf einem der roten Massagestühle im Glattzentrum auszuruhen, wurde ich von einer bis an die Zähne bewaffneten Polizeieinheit überfallen. Ich hatte erwartet, dass das früher oder später passiert, dennoch hat es mich verletzt und aufgeregt. Doch je länger ich jetzt in der Zelle darüber nachdenke, desto mehr erleichtert es mich auch, denn es bestätigt mich darin, dass unser drittes Zeichen wirklich *an der Zeit* gewesen sein wird. Lassen Sie mich noch ein wenig in Erinnerungen schwelgen. Die Anordnungen auf der Rennbahn, die Meerjungfrau, das Ineinandergreifen der Pendelkräne: Das alles wird wunderschön! Ein Muster ist beim besten Willen nicht zu erkennen. Und dies müsste, glauben wir, die eigentliche Voraussetzung für das sein, was sich heute als möglich, wenn auch nicht als wahrscheinlich herausstellen wird.

Und jetzt schauen Sie sich diese Tür genau an … Fällt Ihnen etwas auf? Nein? Das glaube ich nicht. Sie sehen es ja selbst: Sie ist ja ganz offensichtlich viel größer und schwerer als die Tür des Raumes, in dem wir die ganze Zeit sitzen. Das ist ja auch kein Wunder. Denn da steht es doch in großen Buchstaben, auf dem Schild darüber. Weiß auf Grün: P11. Sehen Sie, jetzt kommt sie auch Ihnen bekannt vor. Irgendwo haben Sie diese Tür doch schon einmal gesehen. Ach, jetzt platze ich einfach damit heraus, denn ich kann ja nicht länger warten: Es ist die Tür vom Glattzentrum! Es ist doch die Tür neben den Toiletten! Neben den drei roten Massagestühlen! Sie führt zur untersten Etage des Parkhauses!

Und nun wird es langsam Zeit. Peli Rouge erwartet mich im Renault Twingo. Ich sitze nicht wie damals auf dem roten Massagestuhl, sondern hier, Ihnen gegenüber auf diesem harten Stuhl. Gebannt schaue ich auf die Uhr. Wir schreiben den 19. September 2025. Es ist 17:31 Uhr. Ich glaube, nein, ich bin fast sicher, gleich wird es zu einer Berührung kommen. Der 19. September und der 3. August *streifen* einander, oder ich weiß auch nicht, wie man es wird sagen können, sie *treffen aufeinander*, *begegnen* sich, *begrüßen* sich, wie es noch nie zuvor der Fall gewesen ist. Noch eine Minute und der Strom fällt aus.

Gleich kommt die Polizisteneinheit in Vollmontur angeschlichen, umringt mich, reißt mich aus dem Massagestuhl. Gleichzeitig sitzen Sie mir gegenüber, Unwille steht Ihnen ins Gesicht geschrieben. Eine Polizistin dreht mir die Hände auf den Rücken, drückt mich zu Boden, während Peli die Türe des Renault Twingo zuschlägt und Sie Ihren Blick nun doch auf die Armbanduhr richten. Das Marihuana hat sie zu diesem Zeitpunkt schon aus dem Auto gekippt. Das Muster, das sie damit jetzt legt, ist mehr der Lust als der Notwendigkeit geschuldet. Gut so, dann gibt es mehr Platz für mich. Verzeihen Sie, dass ich jetzt aufstehe. Es ist 17:33 Uhr und dreißig Sekunden. Schauen Sie weiterhin auf die Uhr! Oder auf die Tür. Für Proviant hat Peli, so wie ich sie kenne, gesorgt. Wohin werden wir fahren? Es ist noch nicht klar. Es sind nur noch ein paar Schritte. Hören Sie auch dieses Rauschen? Die Kräne zeigen alle noch zur Offenen Rennbahn Oerlikon. Sie sind etwas langsam, doch möchte ich sie nicht missen. Es werden vorerst die Schwäne sein, an die wir uns halten. Sie haben ihre Sucht anerkannt und fliegen, wenn ich mich nicht täusche, durch und in alle Richtungen. Jetzt. Ich gehe jetzt. Ich lasse die Tür offen. Merken Sie sich das. Leben Sie wohl!

(Plötzlicher Stromausfall. Abbruch der Vernehmung.)

Notizen von Shiva Hirz
(transkribiert von Samira Ohala und Joaquin Piña
im Februar 2098)

14. Oktober 2025

Durchs Fenster dringen die frühen Geräusche des Schwamendingerplatzes, darin die Rufe übernächtigter Schachspieler. Lärm, der von der Kellnerin stammt, die die Tische auf der Terrasse verschiebt, Autos, die am Haus vorbeifahren, das silberne Geräusch von Blättern, unserem windigen Baum im Garten. Wieder die Stimme des Predigers, die den Morgen wie ein Stück Papier zerreißt. Unten brutzelt mein Vater etwas in der Küche, vermutlich ein Spiegelei. Ich habe die Tür aufgemacht und Pepita hereingelassen, jetzt sitzt sie zu meinen Füßen. Wie immer wirkt sie interessiert. Es ist fast ein Wunder. Mein Schlaf war tief und traumlos.

Meine heutige Tarot-Tageskarte: der Bube der Münzen. Ich lese nach: *Der Bube der Münzen weist auf einen konkreten, umsetzbaren Neuanfang hin, einen machbaren, brauchbaren Vorschlag. Es ist die Chance, etwas zu tun, zu handeln und den Wirklichkeitssinn zu erproben.*

Beschluss. Ich beginne ab heute, alles aufzuschreiben. Mein Ziel: *den Wirklichkeitssinn erproben.*

Gestern ist etwas Seltsames passiert und obwohl ... nein, nicht obwohl.

Befinde mich in einem Zustand, den ich abwechselnd mit *Hoffnung* und *Angst* in Verbindung bringe, und wenn ich länger darüber nachdenke eigentlich auch mit *Ratlosigkeit* und einem gesunden? Maß an *Widerwillen*. Bis jetzt habe ich keine Ahnung, in welche Richtung es geht. Der Tag begann unspektakulär. Ich stand viel zu spät auf, um wie gewohnt der Arbeit auszuweichen. Es war also weit nach elf Uhr, als ich das Haus verließ. Auf dem Küchentisch lag ein Zettel von Fritz: »Liebe Shiva, stell dir vor, ich nehme heute meinen Termin bei der Agentur für Arbeitsvermittlung wahr. Im Kühlschrank gibt es alles, was dein Herz begehrt.« Als ich in der Bibliothek ankam, war es schon Mittag. Alexander schrieb: Mensa um halb 1? Eh!, schrieb ich sofort zurück. Es ist mit den Händen zu greifen, dass so nichts aus mir werden kann. Etwas muss sich ändern. Ich muss lernen, den Arbeitsmarkt, Altersarmut und ECTS-Punkte *ernst* zu nehmen. Die Mensa war überfüllt und es roch nach Frittierfett, den Dünsten des asiatischen Woks usw., falls ich das hier überhaupt alles aufschreiben will. Hadere mit dem Tagebuchschreiben, darum habe ich ja immer wieder damit aufgehört. Wir tranken danach noch Kaffee mit Blick auf die blauen Dächer der Stadt. Die Verkäuferin am Uni-Kiosk begrüßt *alle* mit *mi corazon*, was Alex, der es erst heute bemerkte, verdross, da er meinte, sie rede nur *ihn* so an. Ich fühlte mich träge und streckte mein Gesicht der Sonne entgegen. Wenn ich jetzt daran zurückdenke, scheint es mir, dass ich damit von einem unguten Gefühl ablenken wollte. Gerade, als es mir fast undenkbar erschien, das Studium jemals wieder in Angriff zu nehmen, erhob sich Alex entschieden, als ob er sich von mir abnabeln müsste. So, er wolle jetzt aber noch etwas *tun*. Als auch ich endlich in der Bibliothek saß, geschah es. Mein Handy vibrierte und ich wurde von der *jüngsten Vergangenheit* eingeholt. Fast war ich erleichtert, denn sie hatte mich schon die ganze Zeit verfolgt und einen undeutlichen Schatten auf mich geworfen. Ich rief die unbekannte Nummer zurück. Seine Stimme klang nach etwas. War es Angst? Verzweiflung? Spott? Kann ich denn *nichts* unterscheiden? Oder hatte *ich* Angst?

Hier ist Lombardi.

Moment, nicht ganz. Ich meine, ich weiß nicht ganz, wer Sie sind.

In Wahrheit konnte ich mich sofort an ihn erinnern, aber etwas verleitete mich dazu, es einen Moment lang hinauszuzögern. Schließlich habe auch ich meinen Stolz.

Ich bin der Kommissar, der Sie vor einigen Wochen aufgesucht hat.

Einverstanden. Und wie geht es Ihnen?

Stille.

Ich bereute, ihn danach gefragt zu haben, doch es war zu spät. Ich habe alles verfolgt, was über Sie berichtet wurde, sagte ich einfühlsam und fragte dann: Aber wie kann denn das sein?

Er machte ein schnaubendes Geräusch, das ich schon wieder nicht deuten konnte.

Jedenfalls klang er gefasst, als er weitersprach.

Ich muss Sie unbedingt treffen. Es ist wichtig. Als Privatperson. Ich bin ja nicht mehr im Dienst.

Wir verabredeten uns um 17 Uhr in der Cafeteria am Limmatplatz. Die Stunden bis zum Treffen verbrachte ich damit, mich auf den sozialen Netzwerken herumzutreiben und darüber nachzudenken, was er wohl von mir wollte. Ich war ja, wenn überhaupt, nur *mit einem Bein* darin verwickelt. Aber ich spürte, wie das alles einen Sog auf mich ausübte. Als hätte mich ein fremdes Schicksal erspäht und in seinen unaufhaltsamen Gang gezogen.

Ich war zu früh dran und stieg beim Museum für Gestaltung aus, um die letzte Strecke zu Fuß zu gehen. Und dann geschah etwas Eigenartiges. Als ich schon ziemlich nah war, aber vielleicht habe ich mir auch die Augen gerieben, denn in diesem Moment sah ich, wie dort hinter einem der Terrassentische – ein seltsames Flimmern. Kurz schien er *nicht da,* und im nächsten Augenblick sah ich, wie er einen Blick in meine Richtung warf, es war, als ob er mir zunickte, und dann war er *weg*. Ich beschleunigte meine Schritte. Auf dem Tisch lag eine Plastiktüte. In der Plastiktüte lag ein Mappe. In der Mappe befand sich *eine Akte*. In der Akte *die Einvernahmen zwischen Felix Lombardi und Vera Savakis*. Lombardi tauchte nicht mehr auf und war auch nicht zu erreichen. Ich fuhr nach Hause und las mir im Bett alles durch.

Jetzt ist es 11 Uhr. Noch einmal einschlafen?

Wer weiß.

15. Oktober 2025

Bin unruhig und zu nichts zu gebrauchen. Tageskarte: der Eremit. *Ich liebe meine Einsamkeit, halte Innenschau (Selbsterkenntnis), meditiere. Gedanken und Meinungen aus meinem Umfeld halte ich fern.* Warum also nicht einfach im Bett bleiben. Es ist sowieso schon 3 Uhr nachmittags. Ich werde den Abgabetermin in einer Woche wieder verpassen. Wenigstens herrscht dann Klarheit. Habe mir fünf Tassen Filterkaffee gemacht und ein paar belegte Brote (Butter, ein bisschen Senf, Käse und Essiggurken).

Noch einmal die Akte mit den Einvernahmen durchgelesen. Schreibe in mein Notizheft. Im Bett, gegen die Wand gelehnt. Rückenschmerzen.

16. Oktober 2025

Es liegt auf der Hand, dass mir Lombardi mit der Übergabe dieser Akte einen Auftrag erteilen wollte. Hätte er nicht einfach sagen können, welchen?

17. Oktober 2025

Geträumt. Beobachte die Lage. Niemand weiß, was wirklich passiert ist. Oder niemand sagt es. Vera Savakis auf jeden Fall ist weg. Und auch Peli Rouge. Auch der Renault Twingo. Lombardi trat noch im September zurück.

18. Oktober 2025

Wieder geträumt: Frühmorgens war der Schwamendingerplatz voller Schwäne. Sie standen auf den Bänken und schauten vor sich hin, nur ab und zu putzten sie sich. Da schwamm von irgendwoher eine Baumulde über den Platz und ich bemerkte erst dann, dass mit dem Boden etwas nicht stimmte, man konnte Strömungen darin sehen. Schachspieler in orangefarbenen Schwimmwesten stiegen auf das Schachbrett, in das sich der Boden plötzlich verwandelte, das Spiel war bereits in vollem Gange. Sie bemühten sich, die Figuren zu verschieben, die größer waren als sie selbst, doch diese bewegten sich nicht, was Ärger und Enttäuschung hervorrief, man sah ihnen an, dass sie Lust gehabt hatten zu spielen, gerade deswegen ja von weit her gekommen waren und nun einerseits mit den Füßen gegen die Figuren kickten, andererseits dem Schiff nachriefen, zu dem die Baumulde geworden war. Doch das hatte nur eine trübe Furche in der glatten Oberfläche des wie Wasser schimmernden Platzes hinterlassen. Die Schwäne plusterten sich auf, glitten in die Flüssigkeit, und auf ihren Rücken saßen jetzt die Schachspieler, Gischt lag in der Luft, und die Markise des Café Cécile wirbelte im Wind.

Ging nicht zur Uni. Hab außerdem mit Fritz gestritten. Irgendwann müssen wir auch aus dieser Bruchbude raus. Am besten ich allein.

19. Oktober 2025

22 Uhr 35. Stunden damit verbracht, im Internet Tarotlegungen zu verfolgen. Am späteren Nachmittag legte ich mich in den Liegestuhl, ließ mich von der Sonne braten und versuchte, klar und vernünftig zu denken. Statt Gedanken aber tauchten in meinem Kopf nur *Bilder* auf.

Das verschwitzte, seltsam verschwommene Gesicht von Vera, wie sie vor unserem Haus stand.

Die moosbewachsenen Gartenfiguren in grünem Licht auf schlammigem Grund. Fische, die an ihren Oberflächen knabbern. Brennende Holzscheite auf einem Feld in der Nacht, Gartenstühle neben der Autobahn, klirrende Fenster, Fahrräder, eine rennende Polizistin, das Pferd im Garten einer Villa, wie es zieht und zieht und sich die Statue hinter ihm langsam von ihrem Sockel löst, dann die Anfänge des dritten Zeichens, wie sich die Kräne durch den Wind bewegen, das Sausen und Pfeifen, Geräusche des Aufpralls, wie die Meerjungfrau – in meinen Träumen *in Zeitlupe und mit Musik unterlegt* – durch die Luft fliegt.

Dann kamen mir wieder die Schlagzeilen in den Sinn: *Diente Renault Twingo Dealermädchen zur Flucht? Was passierte wirklich im Raum A-1–17b? Ist Psycho-Kommissar noch tragbar?*

Das Gesicht Lombardis, wie er mit fester Stimme immer wieder in die Bildschirme und Mikrofone spricht, dass die wegen Drogenhandels angeklagte Vera Savakis aus dem Vernehmungszimmer *spurlos verschwunden* sei. Das heißt, sie sei durch eine Tür, die Tür P11 … Und gleich danach läuft sein Gesicht rot an, als ob er sich selber nicht glauben könne, ein Schweißfilm auf der Stirn.

Glaubt Lombardi etwa, dass ich ihm glaube? Spurlos verschwinden aus einem Raum im Polizeikommissariat … Ich bin doch nicht blöd.

Warum hat er mir die Akte nicht einfach selbst übergeben?

Noch einmal den Freitag vor Augen … Ich hatte ihn doch die ganze Zeit angeschaut, als ich aufs Café zusteuerte … Das Beunruhigende ist: Ich habe nicht gesehen, wie er *aufgestanden* ist. Plötzlich war er einige Meter vom Tisch entfernt. Aber ich *habe* ihn doch die ganze Zeit angeschaut!

20. Oktober 2025

Ich bin der heutigen Tageskarte *die Sonne (Vitalität, Lebensfreude, Tatkraft, Licht, Lebensbejahung, kindliche Einfalt, Schönheitssinn, Versöhnung, Optimismus)* vorausgegangen und glücklich aufgewacht.

Schlug die Akte nach dem Zufallsprinzip auf und las:

Und uns gab es neuen Mut zu unserem dritten Zeichen auf der Offenen Rennbahn Oerlikon. Das allerdings andersherum angelegt war. Es sollte nicht früher erscheinen, sondern hauptsächlich später, in der Zukunft.

Der Himmel ist blau und verspricht einen weiteren warmen, fast sommerlichen Tag. Nach 21 Uhr bin ich gestern noch an den See gefahren und in einer versteckten Bucht schwimmen gegangen. Schwäne schliefen auf den flachen Ufersteinen. Ich zog mich um und schlich an ihnen vorbei über die spitzen Steine, dann war ich ganz im Wasser und ließ mich von der kühlen Schwärze tragen. Kleine Wellen spritzten mir ins Gesicht, ich hörte die Geräusche des fernen Verkehrs, die Stimmen und Musik vom Ufer. Ein beleuchtetes Tanzschiff fuhr vorbei. Hinten in der Dunkelheit sah ich die schlafenden Schwäne als dunkle Bündel in der Nacht liegen. Es mussten die gleichen sein, denen Peli und Vera begegnet sind, als sie ihre Füße badeten. Es könnte wirklich *etwas dran* sein, dachte ich, während ich sie lange musterte. Sind sie wirklich süchtig? Ich bemühte mich, ehrlich zu sein. Dann bejahte ich die Frage.

Vera Savakis und Peli Rouge sind verschwunden, aber sonst hat sich nichts getan. Die Offene Rennbahn ist weiterhin in Betrieb. Die Banken und Krankenkassen stehen, wo sie immer standen. Sonst geht alles seinen gewohnten Gang.

Ich wünschte mir, das dritte Zeichen würde endlich erscheinen.

25. Oktober 2025

Warum bist du denn jetzt plötzlich so komisch drauf?, fragte mich Alex gestern. Irgendwie fand er es lustig, mit mir zur Offenen Rennbahn Oerlikon zu gehen. Und als es schon dunkel geworden war, meinte ich auf der anderen Seite der Zuschauertribüne *wie aus dem Nichts* eine Nase und eine Stirn zu sehen, also losgelöst von einem Körper, aber Alex fiel nichts Besonderes auf. Er sagte, so sehen doch alle aus, die gerade eine Nachricht schreiben, wenn es drumherum dunkel ist. Wahrscheinlich hatte er recht. Es wurde Zeit, dass ich ihm von meiner ersten Begegnung mit Lombardi erzählte.

Es war an einem Dienstag oder Mittwoch im August. In jener Zeit konnte ich die Wochentage schlecht auseinanderhalten. Alex erinnerte sich. Es war immer heiß, und ich machte nicht viel anderes, als mich in der Strömung der Limmat treiben zu lassen, aus einer PET-Flasche Zitronenwasser zu trinken, das durch ein darin schwimmendes Zweiglein Thymian eine herbe Note angenommen hatte. Im Schatten der Bäume auf der überfüllten Werdinsel legte ich mir und anderen Leuten Tarotkarten. Damals dachte ich darüber nach, eine Ausbildung in diesem Bereich zu machen und mein Geld damit zu verdienen, obwohl es

Stimmen gibt, die davor warnen, dass das berufliche Tarotlegen das Tarot *prostituiere*.

Es gehe um Vera Savakis, kündigte Lombardi schon am Telefon an. Er wolle mit mir und meinem Vater sprechen. Er hatte eine angenehme Stimme, die in mir sofort das Bedürfnis weckte, mich *adäquat* zu verhalten. Gegen vier Uhr nachmittags tauchte er zusammen mit einem Kollegen auf. Eigentlich ein großer, souveräner Mann mit hoher Stirn und angegrauten Schläfen, braunen, stillen Augen, perfekten Zähnen, einer mitteltiefen Stimme, die in einem sachlichen Ton sprach. Ein Mann, den die Aura eines Büros mit Klimaanlage und guter Kaffeemaschine umwehte. Es war seine Art, lange zuzuhören, bevor er etwas sagte. Damit, das spürte ich sofort, trieb er einen forschend vor sich her – falls man log, wohl direkt *ins Netz der Widersprüche* hinein. In seinen Mundwinkeln sammelte sich mit der Zeit weiße Spucke, die er nicht rechtzeitig wieder einsog, und ich erkannte, dass sein Ehrgeiz nicht im Element der *Münze* aufging, sondern im *Kelch* und im *Schwert*. Etwas Fanatisches zeigte sich in dieser Ansammlung an weißem Schaum, offensichtlich konnte er sich in die Wahrheit geradezu *verbeißen*, auch wenn sie ihn mitriss in den Schlund des rechtsfreien Raumes. Seine Begleitung war wohl auch ein Kommissar oder Polizist, ich kann das nicht unterscheiden, ein Schweizer, Lombardi sprach übrigens Hochdeutsch, der andere, er hieß Frei, glaube ich, sprach Schweizerdeutsch, war untersetzt und ein *sonnengebräuntes Muskelpaket*, ganz im Zeichen der *Stäbe*. Frei trat auf, als ob er alles, was er sah, mit einem Ruck über seine breiten Schultern werfen wollte, auch mich, eine Lust, die ich schon oft beobachtet habe bei Männern seines Berufes und die mich zum Lachen brachte. Was ist so lustig?, fragte er und musterte mich neugierig von Kopf bis Fuß. *Alles*, sagte ich und musste wirklich lachen, obwohl mir nicht wohl dabei war. Dann fragte Lombardi zuerst mich, wie ich Vera Savakis kennengelernt und wann ich sie das letzte Mal gesehen habe, wie unser Treffen abgelaufen sei. Mein Vater sollte in der Küche warten mit Frei, denn Lombardi wollte uns je allein befragen, damit wir uns nicht gegenseitig beeinflussten.

Während wir sprachen, roch es plötzlich nach Spiegelei aus der Küche. Wie ich später erfuhr, ließ sich Frei von meinem Vater ein Spiegelei braten. Lombardi reagierte empfindlich darauf, aber er unterdrückte seinen Ärger. Ich glaube, er hatte Angst vor Frei oder er wollte Konflikte zwischen Kollegen nicht öffentlich austragen. Als mein Vater auch ihm ein Spiegelei anbot, lehnte er entschieden ab und fixierte dabei einen Moment zu lange die leicht vorstehenden Augen Freis, in denen etwas Höhnisches aufleuchtete. Nur ein Glas Mineralwasser mit einem Zitronenschnitz nahm er zu sich.

Was wollte er denn überhaupt von dir wissen?, fragte Alex.

Er wollte wissen, warum ich Vera *Kleidungsstücke* und *Essen* mitgegeben hatte. Natürlich vermutete er, ich sei eine *Komplizin.* Doch ich antwortete immer ganz der Wahrheit entsprechend und erklärte, dass sie einfach so ausgesehen hätte, wie wenn sie Ersatzkleidung hätte *gebrauchen* können. Schon oft wurde mir gesagt, ich sei ein hilfsbereiter Mensch, und ich glaube, dass da etwas dran ist. Lombardi meinte, Savakis und ihre Gefährtin würden wegen *Rauschgiftschmuggels* verdächtigt. Als ich lachte, schlug er in plötzlicher Wut mit der flachen Hand auf den Tisch, und ich verstand, dass sie in *ernsten Schwierigkeiten* waren.

Dann befragte er meinen Vater und ich musste mit Frei in der Küche warten, der dort eine Fliege jagte, ging dann aber in den Garten und kämmte Pepita das Fell. Als ich wieder reinkam, war Lombardi gerade dabei, meine Zeichnungen an den Wänden abzufotografieren. Es waren die missratenen Motive der großen *Arkana*, die ich zum Üben an die Wand gemalt hatte. Viele waren kaum zu erkennen, allein *der Narr* war mir einigermaßen gelungen. Aber es waren da noch ältere Zeichnungen, Herzen, Kreise, Dreiecke, das Unendlichkeitszeichen und andere Symbole, die nicht von mir waren, sondern wahrscheinlich von den Leuten um Irina, der das Haus gehörte und die hier oft Konzerte und Partys veranstaltet hatte.

Ich beobachtete Lombardi und ich beobachtete Frei, der Lombardi beobachtete. Wie er diese Fotos machte. Es war abzusehen, dass er bald auf eine stille Weise durchdrehen würde. Oder dass man das zumindest über ihn sagen würde. Lombardi hatte wirklich etwas Angreifbares, wie er all diese Kritzeleien fotografierte, die ebenso gut auf die Wände einer öffentlichen Toilette hätten gemalt sein können.

Sie sind *Drogenschmugglerinnen* und fertig! Frei war gereizt, während Lombardi wiederholt den Winkel wechselte, sogar noch das Licht meiner roten Stehlampe auf die Wand richtete und weiterfotografierte.

Als er sich verabschiedete, war Lombardis Hand feucht vor kaltem Schweiß. Die von Frei kräftig und trocken.

Alex zuckte mit den Schultern. Etwas an der Art, wie ich ihm von Lombardi und allem erzählt hatte, schien bei ihm Mitleid erregt zu haben. Besorgt betrachtete er mich. Ob ich Lombardi das glaube?, fragte er.

Was?

Das mit dem Verschwinden von Vera Savakis aus dem Vernehmungszimmer.

Nein!

1. November 2025

Der Boden vibriert. Die Geräusche der Baustelle werden immer unerträglicher. Fühle mich dauernd wie beim Zahnarzt. Ein neuer Kran, fast direkt vor der Haustür. Auch Fritz versteht nicht, was schon wieder gebaut wird.

2. November 2025

Es war der Tag nach meinem Geburtstag, als ich Vera kennenlernte. Ein schwüler Tag. Es klingelte gegen vier Uhr. Zuerst sah ich sie leicht verschwommen, wie hinter einem zerkratzten Plastikglas, und dann, und das hat mich wirklich geflasht, sah ich sie fast überdeutlich vor mir, gestochen scharf, jeden Punkt, jedes blonde Härchen auf ihrem verschwitzten, unverwechselbaren Gesicht.

Wo sind sie?

3. November 2025

Wieder einmal ausgiebig die Zeitung gelesen und Nachrichten gehört. Heute denke ich, dass es keine *Lösung* gibt. Es gibt nur *Veränderungen.* Für diese sprechen sich ja auch die Tarotkarten aus. Aber ich glaube nicht, dass Veränderungen eine Lösung sind. Trotzdem muss es nicht falsch sein, wenn es welche gibt. Oder?

Ich hasse eigentlich Veränderungen.

10. November 2025

Sorgen um die Nase von Fritz: Vergrößerung! Ich habe Angst, dass der Alkohol seine Leber bald ernsthaft angreifen wird.

13. November 2025

Vielleicht war es ein Fehler. Gestern haben wir sie wieder durchgelesen. Für einen Durchgang brauchten wir drei Stunden, wenn wir schnell waren. Wir lasen in Rollen. Manchmal war Fritz Vera Savakis und ich Lombardi, manchmal umgekehrt. An den wenigen Stellen, wo Peli Rouge spricht, wechselten wir uns ab. Wenn wir wieder zum dritten Zeichen kamen, auf das wir insgeheim immer hinfieberten, lasen wir schnell darüber hinweg. Je nach Tagesstimmung gleichgültig, verärgert oder ratlos. Denn *nichts* hat sich bisher ja geregt. Das dritte Zeichen hat sich nicht ereignet. Alles ist wie immer. Es ist, als wären sie nie da gewesen.

14. November 2025

Aber es *ist* doch ein Wunder. *Im 21. Jahrhundert ist das ein Wunder!*

Fritz meint die Sache mit der Tür P11. Wir sprechen niemals schlecht über sie. Wir fühlen es deutlich, dass sie gegen alle Widerstände unsere *Freundinnen* sind. Wir verbieten uns jede Kritik. Und doch liegt es in der Luft, dass wir uns, je mehr Zeit vergeht, immer mehr fragen, was wir von diesem Wunder nun eigentlich haben.

15. November 2025

Was meinen sie mit *durch*?

17. November 2025

Letzten Donnerstag mit meinem ersten Tarotkurs angefangen. Es meldete sich ein buntes Grüppchen an Interessierten. Die meisten kannten mich von der Uni und sind sowieso mit mir befreundet. Darunter waren Alexander, Talisa und Loredana. Dann war da noch ein Andrej, der aussieht wie ein *waschechter Esoteriker*. Er glaubt, er kenne von allen die inneren Beweggründe für ihr äußeres Tun, was ihn tolerant, aber auch arrogant macht. Wir trafen uns nach dem Mittag im nervenaufreibenden Begegnungsraum des deutschen Seminars. Ich kopierte die Vernehmungsprotokolle und verteilte sie kommentarlos im Kurs. Wir lasen zuerst alles einmal durch. Dann griffen wir uns einzelne Stellen heraus und überlegten, welche Karten entweder zu den *Personen* oder zu den *Situationen* passen könnten.

Daran merkte ich, ob meine Schüler*innen schon flexibel waren, ob sie die vier Farben Stäbe, Kelche, Schwerter und Münzen bereits beherrschten. Das heißt natürlich nicht, dass nicht öfter *verschiedene* Karten möglich waren, ganz im Gegenteil, es waren ja fast immer *alle* möglich. Es ging allein um die Begründung.

Nach mehreren situationsbedingten Übungen waren wir

alle erschöpft und schafften es gerade noch, das Deutsche Seminar zu verlassen, ohne eingeschlossen zu werden. Dann gingen wir noch etwas trinken in der Mittleren Freiheit.

21. November 2025

Die zweite Sitzung fand gestern im Café Sprüngli statt. Es war ein nasser Tag, an dem es nie richtig hell wurde. Nachdem wir ein paar Anfangsübungen gemacht hatten, bat ich darum, alle Vernehmungen *in der Form des Keltischen Kreuzes* nachzuerzählen. Viele begannen mit *der Narr* auf Position 1, »um das geht es«. Das leuchtete mir ein. Auch *der Magier* hätte gepasst. Wenn man bei der großen Arkana blieb, so spielten auch *die Liebenden*, *der Wagen* und *die Kraft* eine Rolle. Auch das *Rad des Schicksals*, obwohl das eine harte Nuss ist. Ich habe immer Probleme damit. Naheliegend wäre auch *der Tod* gewesen, auch der wurde ab und zu gewählt: *Eine alte Ordnung geht zu Ende und eine neue zieht auf*.

Ich war mir eigentlich sicher, dass sie nicht *tot* waren. Wo aber war der *Neuanfang?* –, dachte ich im Stillen und schaute aus dem Fenster. Es war noch dunkler geworden und ich sah mein doppeltes Spiegelbild und dahinter im Regen die Umrisse der UBS und der Julius Bär Bank. Die Schweiz, hatte mir meine Lehrerin des Tarot-Einführungskurses gesagt, sei im *Zeichen der Münzen* geboren. Auf der Position 2, »das kommt dazu«, legte Talisa *den Hiero-*

phanten und begründete es mit dem Bestreben von Peli und Vera, das, was ihnen begegnete, *moralisch* zu beurteilen, zumindest bemüht zu sein um eine *sinnvolle* Ethik. Die anderen widersprachen sofort. Dann eher *die Gerechtigkeit,* sagte Loredana. *Die Gerechtigkeit* fordere auf, eine Situation gründlich zu analysieren, es gehe da um Wahrheit, nicht um Gewinn. Das treffe zu. Alexander aber widersprach, im Grunde sei es ihnen doch immer nur um *Gewinn* gegangen, alles andere sei reine *Tarnung* gewesen. Wer welche Karte wählt, sagt immer viel über eine Person aus. Ich mag Alex, er ist ein guter Freund von mir. Wir kennen uns seit unserer Kindheit, und bevor Fritz und ich nach Schwamendingen gezogen sind, besuchten wir die gleiche Klasse in Altstetten. Aber als Lebenskarte hat er eben *der Herrscher* (*denkt starr, versteht nicht zu sterben, ist gut gerüstet, manchmal unnötig hart*).

Sein Argument waren natürlich die Drogen, er glaubte einfach nicht, dass sie *nichts damit zu tun* gehabt hatten. Er glaubt auch Lombardi nicht. Alexander gehört zu denen, die *niemandem* glauben. Darum wohl sein Hang zu Verschwörungstheorien. Da brachte Andrej *den Teufel* in die Diskussion ein. Er sagte mit seiner belegten Stimme, es ginge zwischen Peli und Vera um *innere Abhängigkeiten*, aus denen sie sich nicht hätten lösen können, obwohl es sich im Grunde nur um *imaginäre* Abhängigkeiten gehandelt hätte. Das nackte Liebespaar auf der Karte im Vordergrund des Teufels sei nur durch eine lockere Kette verbunden. Die Abhängigkeit sei also nur *gefühlt.* Aber anstatt dass sie sich irgendwann endgültig voneinander gelöst hätten, seien sie in noch stärkere Abhängigkeit geraten. Er sagte, er würde ihnen zutrauen, *die ganze Welt zu opfern*, nur um sich nicht aus ihrer Abhängigkeit lösen zu müssen. Niemand widersprach ihm, was aber nicht heißt, dass alle seine Meinung teilten. Ich regte mich ziemlich auf. Man kann doch nicht alles auf eine *psychologische Ebene* abschieben! Es gibt ja auch noch die *Außenwelt*, *reale Abhängigkeiten*, Ereignisse wie der Einbruch der Wirtschaft infolge einer Epidemie, Schulden, Arbeitslosigkeit, Naturkatastrophen, Kriege oder dass man ohne guten Grund *von der Polizei verfolgt* wird. Auf Position 3, »bewusste Ebene«, wurde oft *die Sonne* gewählt. *Wärme, Wachstum, Neuwerdung, Erhellung.* Einige begründeten das mit *dem Gericht: Erlösung, Vergangenheitsbewältigung, Erweckung.* Für die Position 4, die für das Unbewusste steht, wählten viele für Vera die *Zehn der Kelche.* Interessant war die Position 5, wo es um die jüngste Vergangenheit ging. Alle waren der Ansicht, dass sowohl Peli als auch Vera in ihrer Vergangenheit *Verletzungen* erfahren hatten, à la *Schwert* 2 oder *Kelch* 5 oder auch *Stäbe* 9. Dennoch sei auch die Energie des Schwertes da, sagte Loredana, indem sie auch rational darüber nachgedacht hätten, wie sie ihre Anliegen konstruktiv umsetzen könnten. Das fanden nicht alle. *Stäbe* 7 wurde ihnen vorgeworfen, die für Neid und übertriebene Angriffe auf eingebildete Gefahren steht. Als Beleg dafür wurde von Alex der Angriff auf den Privatdetektiv und das Ehepaar Stadler herangezogen.

Für mich war besonders wichtig zu erfahren, wie meine Schülerinnen und Schüler die weitere Zukunft für Peli und Vera sahen.

Mehrere zückten *den Eremiten*, der Weg nach innen, des Nachdenkens, der Selbstfindung jenseits des Handelns. Auch *der Gehängte* kam vor als Symbol des Stillstandes, Zeit des Nachdenkens. Ebenso viele wählten aber Karten wie *die Sonne* und *der Wagen*, auch *die Herrscherin*. Ich selbst wählte *das Rad des Schicksals: das freie Spiel der Kräfte.*

Andrej argumentierte für *Stäbe 10*: *Wir haben uns zu viel aufgebürdet und tragen eine schwere Last.* Jemand erwähnte die Gefahr von *Kelch 7*: *Vision, wahrscheinlich aber Illusion.*

Talisa gab *Stäbe 8* zu bedenken, was mir als ein sehr wertvoller Beitrag erschien. Diese Karte ist abgesehen von den Assen die einzige Karte, auf der keine Figur zu sehen ist. Acht Stäbe sind darauf abgebildet, die durch die Luft flirren. *Es geht um reine Energie, um ein Ereignis, das bald passieren kann. Es liegt etwas in der Luft. Etwas ist am Tun. Die Energie geschieht im Augenblick, aus der Stille heraus.*

5. Dezember 2025

Es ist natürlich ein Problem, dass niemand außer mir (abgesehen von Fritz) Vera Savakis oder Peli Rouge *persönlich* kennengelernt hat. Alle haben nur von ihnen *gehört* oder *gelesen.* Von dem Velokreis, der mit ihnen in Verbindung gebracht wurde, gab es zwar viele Bilder im Netz. Doch sahen diese Bilder fast zu künstlich aus, um echt zu wirken, was ihnen schadete. Vor allem aber beobachtete ich, dass sie ungeachtet der Gerichtsurteile, die über Müller, Pohl und Barragán gesprochen worden waren, als das *Dealerinnen-Duo von Zürich Nord* ins kollektive Gedächtnis eingegangen waren. Meine Freund*innen mochten ihnen die Flucht irgendwie gönnen, hatten aber, weil sie kritische Naturen waren und zum Beispiel Serien, die allzu viel Mitgefühl mit Täter*innen erzeugten, kritisch zu durchleuchten wussten, nicht *nur* Sympathien für sie. Stellenweise empfanden sie Savakis und Rouge als *gewaltverherrlichend* und *rücksichtslos.* Im Grunde aber, sagten sie, würden sie die beiden einfach nicht *verstehen.* Sie verstanden auch nicht, warum wir diese Vernehmungsprotokolle zusammen lasen. Ich glaube, sie denken, ich sei auf irgendeinem komischen Trip.

Ich reagierte empfindlich auf diese Vorwürfe. Aber sie sind mir lieber als *Gleichgültigkeit.* Ich befürchte, dass Peli Rouge und Vera Savakis schon bald in Vergessenheit geraten werden.

28. Dezember 2025

Das Jahr 2025 geht schnell und ereignislos seinem Ende zu. Seit November regnet es viel, doch richtig kalt wird es nicht.

18. Februar 2026

Die Vernehmungsprotokolle zufällig aufgeschlagen.

Peli meinte, dass große Veränderungen immer unbemerkt geschähen, währenddessen drehe sich alles um Nebensächliches. Darum werde es sich auch erst dann um uns drehen, wenn wir unwichtig geworden seien.

Es ist, als habe sich die ganze Welt verschworen, nur um abzulenken. Es ist nichts Neues, nur immer schlimmer, größer und öfter: Brände, Überschwemmungen, Hitzekrisen, Verschmutzungen, Korruptionsskandale, Anschläge, Kriege usw.

Und niemand, *niemand* fragt sich, was eigentlich aus diesem Renault Twingo der Farbe Sturmgrün geworden ist, der sich in der untersten Etage des Parkhauses des Zentrums Glatt anscheinend *in Luft* aufgelöst hat.

Ganz zu schweigen von Vera Savakis. Zwar glaubt niemand daran, eigentlich ja auch ich nicht, dass es möglich ist, dass sie vor den Augen Lombardis einfach so aus dem Verhörzimmer verschwindet. Gleichzeitig wurde bisher auch keine andere Spur von ihr gefunden. Hauptsache, Lombardi hat gekündigt.

Hingegen wimmelt es von Verschwörungstheorien aller Art. Ihre Anhänger*innen werden immer verrückter.

Fühle mich allein. Schon wieder *den Eremiten* gezogen.

20. Februar 2026

Tageskarte: *der Herrscher*. Beschluss: Dieses Semester werde ich alle Seminararbeiten abgeben!

Wieder mehr unter Leuten.

23. Februar 2026

Ich bin noch nicht gut genug im Tarotkarten Deuten. Heute lange die Karten angestarrt. Nichts kam mir in den Sinn.

12. März 2026

Schreibe jetzt ab und zu als freie Mitarbeiterin für die Regionalzeitung: Einweihungen von Schulhäusern, Jubiläen von Sport- und Fastnachtsvereinen, Theateraufführungen und kleine Konzerte. Fritz trinkt noch mehr als früher, süße, prickelnde Mischungen aus Dosen und gewöhnliches Bier. Er vernachlässigt den Haushalt und sogar Pepita, die ein Parallelleben vor dem Fernseher führt. Fritz zieht auch dauernd solche Karten, die sein Festklammern darstellen, wie *Münze 4* oder *Münze 5*. Wie sehr würde ich ihm *den Wagen* gönnen, aber er zieht ihn einfach nie.

15. April 2026

Es ist wieder Bewegung in die Sache gekommen. Heute war ein sonniger Frühlingstag. Alles leuchtete und ein frischer Wind wehte uns entgegen, als wir zum Ambulatorium Oerlikon fuhren. Fritz will dort eine Suchtberatung machen. Ich blätterte gerade in einer Zeitschrift, als jemand den Warteraum betrat und ich einen Blick auf mir spürte. Lombardi stand in der Tür.

Er war in Begleitung seiner Frau. Sie erschien mir auf den ersten Blick wie eine *Königin der Schwerter*: *Wortgewandt, mit klarer Betrachtungsweise, ausgerüstet mit einem spitzigen, scharfen Intellekt.* Lombardi strahlte eine sture Distanziertheit aus, Gerissenheit, zynischer Spott à la *Ritter der Schwerter*, der nur ganz selten auch eine *radikale, verstandesmäßige Klarheit* anzeigen kann.

Da kam mein Vater zurück und stieß ein großes *Lombardi!* aus. Er lud ihn sogar zu uns nach Hause ein. Dankend lehnte Lombardi ab, der mich übrigens, so schien es mir, gerne ignoriert hätte. Das beeindruckte meinen Vater aber nicht, der sich bei all seinen schwierigen Eigenschaften eine *kelchige Offenheit* bewahrt hat, die er großzügig Leuten gegenüber zu verströmen weiß, die ihn nur im Entferntesten an Peli und Vera erinnern.

Fritz strahlte eine so unerklärliche Wiedersehensfreude aus, dass irgendwann auch Lombardi davon mitgerissen wurde. Seine Frau musterte stumm die Nase meines Vaters, die nichts Gutes verriet. Ansonsten sah er eigentlich ganz passabel für seine fünfzig Jahre aus. Seine blauen Augen leuchteten aus dem geröteten Gesicht heraus, während ich mich Frau Lombardi vorstellte und sagte, ich sei die Tochter von Fritz Hirz, Shiva, und ich würde Lombardi von diesem Fall kennen, der sich letzten Sommer ereignet habe, nun schon bald vor einem Jahr. Sie erstarrte.

Ich gebe ihnen noch wenige Monate.

16. April 2026

Noch zu gestern. Lombardi und ich schienen uns mit einem Blick alles mitgeteilt zu haben. Was dieses *alles* ist, verberge ich vor mir selbst … Solange es noch geht.

Hat er mich *angesteckt*?

2. Mai 2026

Das 1.-Mai-Fest besucht.

10. Mai 2026

Große Erschöpfung. Habe gefühlt zehn Dates hinter mir, alles nichts. Nur mit Andrej kam es zu einer Affäre. Sie ist düster verlaufen und hat nach einigen Höhenflügen mit *drei der Schwerter* geendet. Darauf zog ich eine Woche lang täglich *den Eremiten*. Insgesamt habe ich das Gefühl, dass noch einiges auf mich wartet in Sachen Männer. Ich fühle, wie ich von der *Päpstin* langsam zur *Herrscherin* herangewachsen bin.

15. Mai 2026

Er hat leichte Vampirzähne, ein schmales Gesicht, dunkle Augen, ist mittelgroß und schlaksig, ganz und gar ein *Bube der Stäbe! (warmherzig, lebensbejahend, aus guter Familie, geschickt mit den Händen, mutig und nett)*. Er heißt Javier und kommt aus Madrid.

18. Mai 2026

Nein!

Aber wen wundert es?

Die Offene Rennbahn soll *abgerissen* werden.

20. Juni 2026

Übernachte nun oft in der WG von Javier bei der Kalkbreite. Wir unterhalten uns auf Spanisch. Er macht ein einjähriges teures Studium hier, irgendwas mit Performancekunst. Für mich ist es gut, mich in einer Fremdsprache auszudrücken zu müssen, das zwingt mich, viel *direkter* zu sein und nimmt es mir gleichzeitig ab, ihn in alles einweihen zu müssen. Mit Tarotkarten kann er nichts anfangen. Zum Glück! Zum ersten Mal führe ich das Leben einer unabhängigen Erwachsenen. Während man früher sagte, ich hätte mich irgendwie verändert (*Wie denn? Weiß auch nicht!*), sagt man jetzt, ich *strahle* vor Glück.

3. August 2026

Bin die ganze Zeit mit Javier und Leuten unterwegs. Es ist so heiß, dass ich immer schlechter denken und fühlen kann.

19. September 2026

Es kommt mir länger vor als ein Jahr, seit Vera angeblich aus dem Verhörzimmer verschwunden ist. Dennoch ist noch alles präsent. Fritz und ich fuhren heute zeremoniell mit dem Velo zum Glattzentrum und löffelten je zwei Kugeln Mövenpick-Eis an der Globus Fashion Bar. Nachdem wir fertig gegessen hatten, liefen wir planlos im Zentrum herum, nahmen die Rolltreppen hoch und wieder runter und ließen uns berieseln von der Musik, die aus den Boutiquen strömte. Dann gingen wir in den untersten Stock. Wir hatten es hinausgezögert, obwohl wir von Anfang an an nichts anderes gedacht hatten. Zu unserer Überraschung ist die Tür P11 eine *Schiebetür*. Chromstahl an den Seiten, dicke Scheiben in der Mitte. Sicher zweieinhalb Meter hoch. Mehrmals gingen wir ein und aus. Dann liefen wir durch das Parkhaus in der Hoffnung auf, was weiß ich, auf irgendetwas. Wir suchten jede Etage ab, suchten den Boden ab, ob dort etwas liegen würde, ein *Muster* oder etwas anderes, eine Botschaft, die uns etwas zuflüsterte. Das Glattzentrum war gut besucht, dauernd mussten wir Autos ausweichen, und da die Luft getränkt war von den Abgasen und unser Herumsuchen Blicke auf sich zog, gaben wir es bald auf und fuhren mit unseren Velos zur Offenen Rennbahn Oerlikon.

Es ist also wirklich wahr. Sie wollen sie abreißen. So geht man um mit der wichtigsten Stätte der jüngsten Vergangenheit!, sagte Fritz. Hochgezogene Bretterwände versperrten die Sicht. Ein paar Kräne ragten über die Gebäude der nahen Umgebung hinaus, Mulden standen auf den Baustellen herum. Nichts bewegte sich außer dem Verkehr.

Es drängte mich, eine Frage zu stellen, die sich bei mir schon öfter geregt hatte.

Und was, wenn das dritte Zeichen wirklich noch stattfindet?, fragte ich meinen Vater zum ersten Mal. Er zuckte nur mit den Schultern, ein Lachen saß in seinem Gesicht, ohne dass es laut wurde.

Ich glaube, er will einfach, dass es *geschieht.* Im Grunde ist er ein Optimist. Oder ist ihm einfach langweilig?

Dann fuhren wir nach Hause und kochten grüne Bohnen mit Kartoffeln.

An jenem Abend schauten wir wieder einmal die Tagesschau. Hundert Aktivist*innen trieben neben toten Fischen durch die Limmat.

25. September 2026

Alles verblasst immer mehr.

Die Vernehmungen aufgeschlagen: *Wir müssen um unseren Zusammenhang kämpfen.*

Nur noch selten, wenn ich abends in einer Gruppe draußen stehe in der lauen Luft nach einem Konzert und ein Bier trinke, den Blick schweifen lasse und mir die Kräne auffallen, wie sie schweigend und starr über der Stadt schweben, wird es mir schwer ums Herz. Und ich verfalle wieder in ein Warten.

27. September 2026

Wie letztes Jahr ist es immer noch warm, aber der Herbst ist nach einem langen, heißen Sommer endlich angebrochen und das Licht fällt nun schräger in den See. Plötzlich habe ich keine Lust mehr zu schwimmen.

29. September 2026

Lief mit Javier abends am See entlang. Plötzlich stiegen neben uns Drohnen in den nachtblauen Himmel. Alle paar Sekunden wechselten sie ihre Farben. Es war offenbar die Probe für eine große Show, die am folgenden Tag stattfinden sollte. Die Formationen orientierten sich an *strengen*

Symmetrien. Javier war begeistert. Vierecke und Dreiecke wurden geflogen, Kreise und Spiralen, und ab und zu verlor eine Drohne ihre Farbe und stürzte in den See. Javier wusste überhaupt nicht, was mit mir *los* war.

11. Oktober 2026

Die Blätter haben sich verfärbt und eine klare Sonne schien seitlich auf uns herab. Alle sehen besser und gefasster aus als im Sommer. Es ist ein Licht, in dem uns mehr zuzumuten ist. Irina ist von ihrer langen Reise in ihr Haus zurückgekehrt. Vor einer Woche sind wir umgezogen. Jetzt wohnen wir in einer Dreieinhalb-Zimmer-Wohnung in einem Haus, das erst in einem Jahr abgerissen wird.

23. Oktober 2026

War mit Javier zum ersten Mal in der Transformatorenstation. Es war gut, mit ihm da hinzugehen, der von nichts eine Ahnung hat. Die Tür war erstaunlicherweise nicht verschlossen. Wir setzten uns auf die Kissen. Ich kochte Wasser für einen Schwarztee. Wir tranken ihn mit Zucker zwischen den Zähnen. Kennst du diesen Raum schon lange?, fragte mich Javier. Es wunderte ihn, dass wir nicht schon viel früher da waren. Ich glaube, er denkt manchmal, dass ich ihm Dinge vorenthalte. Für mich war es ein seltsames Gefühl, dort zu sein. Wie in einem intimen Zimmer von Verstorbenen. Ich hatte erwartet, ihre Anwesenheit dort zu spüren. Das Gegenteil war der Fall. Es sah aus wie ein ganz normaler Bandraum.

Eigentlich hatten wir von den Kakteen dort welche mitnehmen wollen für die Abschlussperformance von Javier. Zum Glück waren sie sowieso zu klein.

27. November 2026

Am Dienstag wäre Tina Turner siebenundachtzig Jahre alt geworden. Die Gemeinde Küsnacht, wo sie wohnte, erinnert sich an die von ihr geschenkte Weihnachtsbeleuchtung. Ein bisschen in alten Interviews mit ihr gelesen. Anscheinend hat sie auch Tarotkarten gelegt. Die Antwort auf die immer wiederkehrende Frage, wie es ihr in der Schweiz gefalle, lautete: Sehr gut – *für diesen Lebensabschnitt*. Manchmal bedauere sie die Jugendlichen. In einer Wohlstandsgesellschaft sei es wahrscheinlich nicht einfach, *zu hoffen!*

Ein Freund von Tina Turner über sie: »Tina war mit allem zufrieden, was schon da war.«

29. November 2026

Heute Abend fand Javiers Abschlussperformance im kleinen Saal statt, die er *akribisch (meticuloso)* vorbereitet hat. Sie bestand darin, dass er einer Auswahl von *Riesenkakteen*, zehn an der Zahl, die er mit großem bürokratischen Aufwand der Sukkulentensammlung abgeluchst hatte, *Fragen* stellte. *Ihr Lieblingsname? Ihr Motto? Was verabscheuen Sie am meisten? Wer oder was hätten Sie sein mögen? Ihr Lieblingsvogel? Was ist Ihr größtes Glück?* Je nach Frage ergaben sich ganz andere Klänge. Blubbernde oder sphärische, sägende, rauschende, es ist schwer, sie zu beschreiben. Sie bewegten sich von verschiedenen Seiten her durch den Raum und verschwanden wieder an anderen Orten, sanken nieder oder verflüchtigten sich in der Höhe. Erst mit der Zeit entdeckte ich die Lautsprecher. Wenn er *die gleiche Frage* an *zwei verschiedene Kakteen* stellte, ergaben sich wieder ganz andere Klänge. Besonders interessant wurde es, wenn mehrere Fragen gleichzeitig an verschiedene Kakteen gestellt wurden.

Danach gab es noch eine Fragerunde, und er erklärte, wie er das technisch gelöst hatte. Anschließend gingen wir mit einigen seiner Freund*innen Pizza essen. Es war ein schöner Abend.

23. Dezember 2026

Heute Morgen um acht Uhr flog Javier nach Madrid. Ich brachte ihn zum Flughafen, alles war noch dunkel. Bei der Bye Bye Bar tranken wir einen Kaffee. Ich schaute ihm nach, wie er durch die Absperrung ging. Wir winkten, bis wir uns nicht mehr sahen. Danach hatte ich noch einen ganzen langen Tag vor mir. Ich ging zum Labyrinth, das es dort auf dem Außengelände des Flughafens gibt. Ich war das letzte Mal als Kind dort gewesen. Zwei Meter hohe Büsche bilden die Wände für die Wege und Sackgassen. Ich verlief mich wirklich und kam in ein eigenartiges Schwitzen. Nah über mir starteten Flugzeuge in die Luft. Nieselregen fiel, und dann fand ich den Ausweg doch viel zu schnell. Ich fühlte mich leer und zu wach für den Tag. Ich schrieb Javier schon die ersten Nachrichten, obwohl er noch nicht einmal in der Luft war. Auch er vermisste mich. Dann schrieb ich: *Schau aus dem Fenster, wenn du losfliegst!* Und dann: *Findest du Zürich »gelegt«?* Er antwortete mit mehreren Fragezeichen, auf die ich nicht einging. Mit dem viel zu langsamen 10er-Tram fuhr ich über Oerlikon nach Hause. Erst jetzt merke ich so richtig, dass ich wieder ganz bei meinem Vater wohnen werde. Ich war so selten da in der letzten Zeit.

27. Dezember 2026

Ruhige, stille Tage. Am 24. Dezember war meine Tante Irma (*der Wagen*) auf Besuch und meine zwei noch so jungen Cousins Fréderic (*Gerechtigkeit*) und Jan (*der Turm*!). Es war ein gemütlicher Abend, über den ich nichts anderes zu sagen weiß, als dass wir dies und das in aller Ruhe besprachen (Reisen, Essen, Masken, Gender) und viele ayurvedische Gerichte aßen, die mein Vater und ich den ganzen Nachmittag lang zubereitet hatten. Heute liegen wir herum wie gestrandete Seelöwen, fläzen uns auf den Matratzen am Boden des Wohnzimmers, die Fritz mit bestickten indischen Tüchern überzogen hatte. Die Wohnung ist noch ein bisschen kahl. Heute Nachmittag machten wir ein paar Wandmalereien und Ritzzeichnungen. Wir googelten die Zeichnungen der Chauvet-Höhle und versuchten uns an ihrem Vorbild.

1. Januar 2027

Mit dem neuen Jahr ändern sich unsere Jahreskarten. Heute Morgen rechneten wir sie aus. Meine letztjährige war *die Kraft* gewesen, meine diesjährige ist *der Mond. Die Begegnung mit den Ängsten,* im besten Falle *tiefste Selbsterkenntnis,* vielleicht aber auch *Illusion, Hysterie, ja sogar Verfolgungswahn, Angst, Drogenmissbrauch und Wirklichkeitsflucht.* Alles, was ich im Moment überhaupt nicht gebrauchen kann. Ich wollte ja in der äußeren Welt vorankommen, mein Studium anpacken und nach Madrid reisen. Viel lieber hätte ich *den Wagen* gehabt. Den aber hatte erstaunlicherweise mein Vater: *Aufbruch der Kräfte, Selbstüberwindung, der Weg nach vorn, das Suchen und Finden des eigenen Platzes in der Welt.* Ich freue mich für ihn.

2. Januar 2027

Gestern mit Anais telefoniert, die sich geärgert hat über irgendein Bahnhofsbistro in Marseille. Immer noch seien *die Stühle weg.* Obwohl die Bar doch *draußen* sei. Natürlich aus Schutz vor den Viren. Aber es komme ihr so vor, als ob man zum Überleben gar nicht *da* sein dürfe.

Wie läuft das neue Jahr?

Ich bringe kein Auge vor das andere, sagte Fipsen auf dem Bullingerplatz. Er räkelte sich in Müdigkeit und lachte wie ein Wolf.

3. Januar 2027

Meine Behauptung gegenüber Alex war, dass ich endlich damit abgeschlossen hätte. Aber beim Auspacken einer Umzugskiste fiel Fritz heute Mittag die Akte mit den *Vernehmungen* wieder in die Hände. Ich sehne das neue Semester herbei. Die Tage vergehen zäh, der Alltag kommt nur langsam wieder ins Rollen, und je mehr Zeit ich habe, desto stärker wirkt *der Mond.* Ich habe wieder zu rauchen begonnen.

4. Januar 2027

Fritz klopfte eben an mein Zimmer. In einer anderen Umzugskiste hat er den uralten rostigen Kirchenschlüssel wiedergefunden, den er einst aus einer Kirche gestohlen hat. Er schien glücklich über den Fund, obwohl er Peli versprochen hatte, ihn zurückzubringen.

Wir machten ab, ihn feierlich zurückzugeben, wenn sich

das Verschwinden von Vera am 19. September zum zweiten Mal jährte.

20. Januar 2027

Und jetzt das. Als ich heute Abend von einem Treffen mit Loredana, Alex usw. nach Hause gekommen bin, fand ich meinen Vater mit Besuch im Wohnzimmer. Die langen Beine übereinandergeschlagen, saß *Lombardi* auf der Matratze, den Rücken an die Wand gelehnt, und aß ein Spiegelei und ein Brot mit Schinken und Essiggurken. Dazu trank er aus einem niedrigen Wasserglas Rotwein. Er trug einen Gesichtsausdruck à la *König der Kelche (er erliegt nicht mehr den Wirren emotionaler Regungen, Wünschen und Sehnsüchten, sondern spürt den Bereich unbewusster Kräfte unter sich)*. Seit kurzem wohne er hier in der Siedlung. Kurz huschte etwas Trauriges über sein Gesicht. Ein bisschen *gezeichnet* von der jüngeren Vergangenheit ist er schon. Lombardi passt überhaupt nicht in diese Siedlung und schon gar nicht auf unsere mit Tüchern belegten Matratzen. Aber alles davor schien für ihn noch schwerer gewesen zu sein. Das Unausweichliche lag hinter ihm und mit frischem Lebensmut und einem Funken List in den hinteren Augensphären saß er da. Er glaubte nicht ernstlich daran, in der Arbeitswelt noch einmal Fuß zu fassen. Er habe die Frühpensionierung beantragt und in einer Kompromissfindung schließlich auch erhalten.

Interessiert und fast mit einer Art *Appetit* betrachtete er unsere Wandzeichnungen.

4. Februar 2027

Komm doch nach Madrid!, hat Javier gestern schon zum dritten Mal gesagt. Ich hätte eigentlich sehr Lust dazu. Aber ich kann doch das Semester nicht schon wieder abbrechen. Sagt die andere Stimme. Mal schauen, wie ich mich hier konzentrieren kann. Und wie es sich lebt mit *dem Mond*, wenn das Studium wieder beginnt.

Man soll sich von Tarotkarten nicht abhängig machen.

7. Februar 2027

Nachtaufnahmen, Aufnahmen bei Sonnenaufgang, am frühen Morgen, Aufnahmen von den Aufräumarbeiten. Die bei Sonnenaufgang waren die schönsten. Das erste Licht fiel auf die Speichen, und im Hintergrund waren kleiner werdende Strommasten zu sehen, die sich verzweigten, immer schmaler wurden und in einem Punkt am Horizont verschmolzen. Javier war hin und weg und auch etwas traurig, dass ich ihm diese Bilder nicht schon früher gezeigt hatte. Ich hätte doch wissen müssen, dass ihn so etwas interessiere. Er verstand auch nicht, warum niemand vom Studium ihm davon erzählt hat. Es erstaunte ihn, dass eine solche *Installation* in einer Stadt wie Zürich möglich war. In Madrid wäre General Franco höchstpersönlich aus dem Grab gestiegen. Ich sagte, in Zürich falle so etwas eben gar nicht so auf. Oder sagte ich, in Zürich sei so etwas eben schnell vergessen? Ich weiß es grad nicht mehr. Beides stimmt. Dann fragte er, wer das denn gemacht habe. Ich antwortete, dass man es nicht wisse. Da schaute er mich an, ich weiß nicht genau, wie. Wie eine Autobahn in der Nacht?

12. Februar 2027

Es beginnt die Zeit des zunehmenden Mondes. Meine Haare wachsen schneller, schwere Gefühle wälzen sich durch mich hindurch, und ich habe keine Lust, mich zu pflegen. Ich druckte die Bilder vom Velokreis aus und tapezierte damit mein Zimmer. Seit drei Tagen habe ich schwere, volle Träume, die so tief zu mir herabsinken, dass ich scheinbar nur die Hand danach aussstrecken muss, um sie zu berühren. In der Nacht glitt ich als Rochen über die Stadt und spürte jedes Gebäude, jede Lücke unter mir. Ich fühlte das Pendeln der Kräne, es ging durch meinen Körper, während ich schlief, und als ich aufwachte, drehte sich die Decke im Kreis.

21. Februar 2027

Immer wieder ein Aquariumsgefühl.

28. Februar 2027

Am Donnerstag fühlte ich ein Ziehen, ich war unruhig, den ganzen Tag ungeduldig, gegen Abend brach ich auf. Ich zog meine Regenjacke an, montierte die Lichter ans Rad und fuhr durch die nasse, kalte Stadt. Ich fuhr schnell drauflos, ewig an der Glatt entlang, und kam irgendwann zum Flughafengefängnis, pedalte an den Baracken der Nothilfeunterkunft vorbei, rauschte durch Felder, wieder auf Hauptstraßen, durch Industrieviertel, leere Rampen hoch und runter, und immer sah ich die Kräne, überall die Kräne, die alle irgendwohin zeigten und mir keine Richtung wiesen. Ich hatte keine Lust mehr weiterzufahren, hatte eigentlich auch gar keine Lust gehabt, überhaupt je loszufahren, aber nun war ich weit weg und wusste nicht mehr, wohin. Da fand ich einen Streifen Wald und fuhr hinein. Eine Weile war ich auf einem Waldweg, kam zu einem Weiher, machte eine Pause, hörte den Geräuschen zu und dem Schnattern einer Ente. Aber auch das war es nicht. Ich stieg wieder auf, getrieben von irgendetwas, angezogen von irgendetwas, einem fernen, undeutlichen Schlund. Der Mond war unsichtbar. Alles war mir verschlossen, die Baustellen waren abgeschirmt, die Straßen sagten nichts, nur der Glanz eines Lichtes auf dem Asphalt gab mir einen Funken. Plötzlich lag ich auf der nassen Straße. Hupen und Bremsgeräusche, ein Schmerz im Knie, am Kopf. Jemand half und fragte, ob alles in Ordnung sei, ein Krankenwagen wurde gerufen. Und während ich dort auf dem Asphalt lag, rauschte ich weiter, nah über dem Boden, glitt durch weitere Straßen auf endlosen Gehwegen auf nassem Untergrund, und immer wieder die Kräne in der Ferne, die Kräne über mir, die eingerüsteten Häuser, die abgerissenen Häuser, die Neubauten, Asphalt, Zäune, Stahl, Beton, ein wenig Gras, das Rauschen des Verkehrs. Ich fand nicht, was an mir zog. Über mir winzige Sterne, die nichts bedeuteten, und ein Rauschen wie von einer Lüftung.

Es war nur eine Platzwunde und schnell genäht.

29. Februar 2027

Was für ein Schreck! Er war kurz weg. Jetzt ist er wieder da. Er ist doch da. Mein rechter großer Zeh.

30. Februar 2027

Das Licht war vom Föhnwind bestimmt, alles wirkte seltsam nah und eindimensional, als ob die Häuser der Stadt und die sanften Hügel, als ob alles aufgeklappt worden wäre und auf eine Wand geklebt, als Lea plötzlich rief: Seht ihr das, seht ihr diesen Platz? Da ist doch ein *Platz*, hinter dem Kunsthaus, da, der so schräg hinübergeht, dort! Wo? Was? Dann sahen wir alle *den Platz*, ein schmales Rechteck, er hob sich nicht besonders ab von den anderen Plätzen, wie alles andere war er von den grauen Farben des

Tages erfüllt, gesättigt von diesem bleiernen Ton, dunkel und fast silbern, ein ganz normaler Platz, fast zierlich sah er aus, mit gepflastertem Boden, Bänken an der Seite, sogar Bäumen. Doch niemand von uns konnte sagen, *welcher* Platz das war. Obwohl wir doch alle immer in dieser Gegend unterwegs waren und sie doch *wie unsere Westentasche* kannten. Aber er muss schon immer da gewesen sein. Warum haben wir ihn nie gesehen? Wohl irgendwas mit der Perspektive. Die Lichtverhältnisse? Alle waren begeistert. Auch ich.

2. März 2027

Ob er glaube, dass es technisch möglich wäre oder irgendwann einmal möglich sein könnte, eine *Tür* in einem bestimmten Raum *mit einem anderen Raum* zu verbinden, *einem kilometerweit entfernt liegenden Raum.* Ob es möglich wäre, von einem Raum aus durch diese Tür zu gehen und dann eben in jenem zweiten Raum *herauszukommen*!?

Er nagte an einem Stück Tortilla de Patatas, denn er war ja in Madrid vor seinem Laptop, schluckte und sagte relativ gleichgültig: Nein. Dann aß er in aller Ruhe weiter, und ich konnte nicht entscheiden, ob ich ihn genau dafür *verachtete* oder *brauchte*.

6. März 2027

Den Platz nicht mehr gesehen. Auch die anderen nicht.

10. März 2027

Schon wieder ein Skandal. Diesmal muss die Museumsgesellschaft 47 Gemälde an verschiedene Institutionen auf der ganzen Welt zurückgeben.

18. März 2027

Das Ausmaß ist mir lange entgangen. Die Beziehung zwischen meinem Vater und Lombardi ist offenbar von Woche zu Woche enger geworden. Lernte am Mittwoch die Kinder der Lombardis kennen, Jasmina und Sandro, dreizehn und fünfzehn Jahre alt. Sie besuchen ihn jedes zweite Wochenende. Ein bisschen halbherzig, wie mir scheint. Offensichtlich ist er ihnen seit der ganzen Sache etwas fremd geworden. Werden sie in der Schule gemobbt? Auch ihnen legte ich Karten, was sie aber kaltließ. Jasmina hat die Lebenskarte *Kraft*, eine sehr schöne Karte, und Sandro *den Eremiten*, etwas schwieriger, aber auch schön, halt etwas allein.

Gestern sah ich Lombardi und Fritz lange über die Akte gebeugt, sie machten sich Notizen.

19. März 2027

Aber wäre es denn möglich, dass man an einem *19. September* durch *eine Tür* gehen und am *3. August* desselben Jahres wieder daraus *hervorkäme?* Also genau *47 Tage früher?* Javier legte überlegend sein Kinn in die Hand, fuhr sich dann wie ein Philosoph durchs Haar, bevor er sagte, als habe er die von Vornherein klare Antwort pointiert hinausgezögert: Ja!

Wir lachten. Und warum nicht?, fragte ich. *Weil man es sonst längst getan hätte.*

26. März 2027

Die Alfred-Escher-Statue vor dem Hauptbahnhof wurde umgestürzt und durch die Bahnhofstrasse gezogen. Sehnsucht nach Peli Rouge.

5. April 2027

Lombardi und Fritz drehen langsam durch.

Sie konzentrieren sich neuerdings auf die Kräne bei der Hardbrücke. Am Abend, erzählte mir heute Fritz, übertrage Lombardi *Uhrzeit* und *Bewegungen* auf eine *digitale Karte* und vergleiche sie mit den Stellungen vom 1. August, 3. August und 19. September. Dauernd sind sie in Lombardis Wohnung.

Lombardi: Meine langjährige *Intuition* sagt mir, dass die *Wahrheit* in einem *Muster* liegt!

Was sie glauben: Je länger sie die Stellungen der Kräne beobachten, die Verschiebungen zu den Stellungen vom 1. August, vom 3. August und vom 19. September unter Einbezug der *Fahrradwinkel innerhalb des Fahrradkreises*, desto höher die Wahrscheinlichkeit, eine Datengrundlage zu schaffen, auf der das Eintreffen des dritten Zeichens auf der Offenen Rennbahn Oerlikon vorausberechnet werden könne.

Sie wollten doch aber *gar keine Muster legen*, sagte ich. Da lächelte Lombardi sein Kommissarenlächeln und sagte: Das kann keinem gelingen!

Beide scheinen ausgesprochen gut gelaunt.

16. Mai 2027

Als es dunkel wurde, fuhr ich sie zur Quaibrücke. Sie sahen aus wie zwei aufrechte Frösche, wie sie mit ihren Schwimmanzügen, Taucherbrillen und den Flossen aus dem Lieferwagen stiegen und sich dann über das Geländer ins Wasser stürzten. Jede Figur, die sie mir entgegenstreckten, musste ich die Stäbe des Geländers entlang nach oben ziehen, bis ich sie mit beiden Händen darüber hinwegheben konnte. Mehr als einmal entglitt mir eine, dann ging das Ganze von vorne los. Sie waren vollständig mit Moos bewachsen. Zum Glück halfen mir ein paar asiatische Touristinnen. Noch in den Taucheranzügen stellten Fritz und Lombardi die tropfenden Gartenfiguren in unserem Wohnzimmer auf. Es waren *siebenundvierzig*.

Siebenundvierzig Tage waren es rückwärts vom *19. September* zum *3. August* gerechnet. Also *eine Gartenfigur pro Tag*, sagte Lombardi und nickte zufrieden.

17. Mai 2027

Natürlich habe ich damit nur noch *Öl ins Feuer gegossen*, aber ich konnte es nicht lassen, Fritz heute Morgen beim Frühstück von dem Museumsskandal zu erzählen, von dem ich kürzlich gelesen hatte. Er schien zuerst nicht zu verstehen. Dann sagte ich sehr langsam: Es waren *47 Gemälde*. Ich betonte die Zahl 47. 47? Bist du sicher?, wiederholte er ungläubig. Ja, 47. Er warf einen begeisterten Blick auf die 47 Gartenstatuen in unserer Wohnung. Dann rannte er rüber zu Lombardi.

11. Juli 2027

Die Stadt leert sich während der Sommerferien, die Straßen flimmern unter dem weißen Himmel.

Auf dem Flur ein saugendes Geräusch.

Tropfen aus dem Bad.

Wie klingt das Fächeln der Bananenblätter?

Vom Geräusch her ein Klatschen wie von Elefantenohren.

Um anderes nicht zu schreiben.

19. Juli 2027

Sie wollten keine Spuren verwischen, falls irgendwann einmal nach ihnen geforscht würde. Gestern Nacht haben sie die Gartenfiguren wieder bei der Quaibrücke versenkt. Das ging schnell und zügig vonstatten.

Ich googelte die Zahl 47 und kam auf das Radikal 47 der chinesischen Schrift. In einigen Zeichen hat es mit Wasser zu tun. In einem anderen stellt es einen Baum dar, auf dem ein Nest sitzt, aus dem *drei Schnäbel* hervorschauen. Aus diesen Schnäbeln wurde später das Zeichen 巛.

20. Juli 2027

Und jetzt auch bei Fritz. Noch stärker als damals bei Lombardi, als er mir im Café die Akte hinterließ ... Nur dass bei ihm, als ich ihn gestern von der Küche aus im Garten beobachtete, helle Schatten – und dann sah ich plötzlich den Baum *durch ihn hindurch*, und dann war er wieder da, der Baum stand wieder ganz normal *hinter* ihm, als ob das, was ich von ihm sehen konnte, nur kurz ausgesetzt und dann wieder eingesetzt hätte.

4. August 2027

Unerwartet bekam ich Geld von meiner Mutter zugeschickt.

Letzte Woche drei Arbeiten abgegeben!

Im Moment ist fast jeden Abend etwas los und ich komme, wie jetzt, erst weit nach Mitternacht nach Hause. Schon wieder brennt Licht in der Wohnung im gegenüberliegenden Block. Fritz ist also noch bei Lombardi.

Durch ein Programm, das er ausgetüftelt hat, ist es ihm anscheinend gelungen, die Daten *in Klänge* umzuwandeln. Neuerdings lassen sie diese einmal pro Woche durch Lautsprecherboxen unter der Hardbrücke ablaufen. Meistens gesellen sich ein paar Leute dazu. Sie nehmen Bier mit und verteilen es in der Runde. Dazu gibt es gesalzene Nüsschen. Auch ich ging ein-, zweimal hin. Erkannte einige der Schachspieler. Eigentlich sind es Konzerte. Alle lauschen versonnen.

7. August 2027

Bestand mein Auftrag eigentlich darin, die Akte meinem Vater zu überreichen? Das fragte ich Lombardi gestern, der mit Fritz gemütlich auf unserem Sofa saß. Er zuckte mit den Schultern. Ob nun ich oder mein Vater, Hauptsache, du bist nicht mehr so allein damit, oder?, fragte ich genervt. Wir sind nur drei, in deren Leben *das dritte Zeichen* diese komische Rolle spielt. Drei gegen den Rest der Welt, wie in diesen Verschwörungstheorien, warf ich ihnen an den Kopf, denn etwas an ihrer geheimnisvollen guten Laune reizte mich. Warum *gegen?*, fragte Fritz. Wir sind nun einmal *berührt* davon.

Ich habe ihnen ganz das Feld überlassen. Sie stürzen sich hinein, blühen auf, man kann sagen, dass es ihnen guttut. Ich selbst bin misstrauisch, unentschieden. Ich habe es mir nicht ausgesucht, davon *berührt* zu sein.

Und warum soll *das Eintreten des dritten Zeichens,* falls das überhaupt irgendwann noch geschieht, eigentlich besser sein als das, was schon da ist?

Ich hänge doch sehr an dem, was ich kenne.

9. August 2027

Was soll man denn glauben?

Die eine Hälfte redet so, die andere so.

Die Worte einer Clubbetreiberin in der Tagesschau.

11. August 2027

Handelt es sich um eine Art Wackelkontakt?

Seit gestern: drei Kräne vor unserem Haus.

15. August 2027

Auch die andere Augenärztin sagt, es sei alles *normal*. Sie sagte es einfühlsam.

Ich habe aber kein Geld für eine Psychologin, falls Sie das meinen.

Aber die Krankenkasse bezahlt doch bis zu achtzig Prozent.

Sie sagte es beschwichtigend, tröstend. Sie war eigentlich nett. Sie ging davon aus, dass alles für alle *erreichbar* war, wenn man sich nur ein bisschen informierte und es *wirklich wollte*. Für sie war es eine Frage der *Eigenverantwortung*.

Aber das alles geht an der Sache vorbei …

Ich bin ja nicht die Einzige!

17. August 2027

Schon wieder … Dieses Mal vor dem Spiegel.

18. September 2027

Tageskarte: Rad des Schicksals. *Situationen, auf die wir keinen Einfluss haben, die eben schicksalhaft sind und die angenommen werden müssen, auf die man mit dem Willen keinen Zugriff hat. Situationen, die in einem größeren Zusammenhang eben einfach geschehen »müssen«. Das freie Spiel der Kräfte. Ziel: Annahme des Schicksals, wir haben die Kraft der Änderung in uns. Öffnung fürs Glück.*

Entweder alles nicht ernst nehmen – oder so schnell wie möglich hier weg.

20. September 2027

Gestern jährte es sich zum zweiten Mal. Lombardi versprach sich viel von diesem Datum – eine Art *neuen Schub*? Auch mein Vater hoffte darauf. Am Morgen brachten wir endlich den alten Kirchenschlüssel zurück. Da die Dorfkirche verschlossen war, legten wir ihn mit einem Zettel, auf den Fritz schrieb: *Hier ist er endlich wieder. Bitte entschuldigen Sie,* in den Briefkasten.

Der Nachmittag begann ruhig. Eine unerträgliche Hitze wirtschaftete am Himmel. Wir hingen im Schatten unter einem Baum im Gemeinschaftsgarten herum, tranken Eistee mit Eiswürfeln, frischer Minze und Zitronenscheiben und *warteten*. Die Füße hatten wir in Plastikeimer mit kühlem Wasser gestellt, und ich rauchte eine Zigarette nach der anderen. Meine Kehle war trocken. Ich fühlte mich auf eine ironische Weise distanziert, schon länger ist das wohl meine *Rüstung*.

Gegen Abend fuhren wir mit dem Fahrrad hoch zum Bucheggplatz und von da aus Richtung Wald. Dort musste die Siedlung der Kinder sein. Wir fanden sie bald. Überall waren Kinder. Kinder, die sich wie leicht *vorgespult* bewegten. Wir konnten kein richtiges Gespräch mit ihnen führen. Es gelang uns nicht herauszufinden, ob sie unsere Sprache verstanden. Dauernd turnten sie weiter, sprangen von Ast zu Ast der Trauerweiden, von denen es in der Siedlung tausende zu geben schien. Sie wirkten alle sehr leicht, als hätten sie fast kein Körpergewicht, ohne dass sie hungrig aussahen. Im Inneren eines riesigen Möbelturmes hatten sie eine große Ansammlung an Drohnen, die sie anscheinend reparierten, nachdem sie sie mit Luftgewehren und Steinschleudern vom Himmel geschossen hatten. Dieser Tätigkeit gingen sie auch nach, als wir vor ihnen standen und versuchten ihnen zu erklären, was wir wollten. Sie hörten nicht auf, an den Drohnen herumzuschrauben. Lange konnte ich nicht erkennen, ob sie überhaupt von unserer Anwesenheit Kenntnis genommen hatten, manchmal schienen sie durch uns hindurchzublicken, und dann wieder machten sie einen Schritt rückwärts, als wären wir in sie hineingelaufen. Doch schließlich hörten sie auf zu schrauben, standen auf und klemmten sich je eine Drohne unter den Arm. Sie winkten uns, mit ihnen mitzugehen, wie man einer Herde Schafe winkt. Durch die laue Dämmerung gingen wir dem Schwarm nach zur Offenen Rennbahn hinunter. Sie war immer noch mit hohen Stellwänden verbarrikadiert. Lombardi gab den Kindern die Kamera. Was dann passierte, war schwer erkennbar. Sie schienen immer alles mehrfach und zusammen zu machen oder bewegten sich so schnell oder so langsam?, dass ich nicht sehen konnte, wie viele eigentlich am Werk waren. Plötzlich war die Drohne in der Luft. Wir sahen ihr hinterher, wie sie wie ein riesiges Insekt am Himmel über der Rennbahn herumdröhnte. Dann flog die Drohne zurück, und die Kinder reichten uns die Kamera, ohne sich dafür zu interessieren. Zu dritt beugten wir uns über die Aufnahmen. Mein Vater und Lombardi schauten sich an, mir wurde flau im Magen.

Auf der Rasenfläche in der Mitte der Rennbahn stand *ein Gartenstuhl.*

3. Oktober 2027

Den Flug gebucht. Javier hat mir ein Zimmer in einer WG besorgt. Ich brauche sowohl seinen *sonnigen* Verstand als auch seinen *sturen Realitätssinn.*

12. Oktober 2027

Wirklichkeitsflucht, dieses Wort, das ich im Zusammenhang mit *der Schattenseite des Mondes* gelesen hatte, kam mir wieder in den Sinn, als ich am Terminal 2 stand. Das Problem war, dass ich nicht wusste, ob ich ihr verfiel, wenn ich *blieb* oder wenn ich *nach Madrid reiste*.

Vermied es, aus dem Fenster nach unten zu schauen. Vielleicht werde ich am Ende ganz nach Madrid ziehen. Oder sonst wohin.

Javier, der mich am Flughafen abholte, wirkte wie ein alter Teil von Madrid, eine alte Chocolateria oder eine alte Straßenlaterne auf der Plaza del Sol. Direkt am Flughafen tranken wir dickflüssige heiße Schokolade und aßen Churros. Es tat gut, ihn wiederzusehen.

Den ersten Monat lebe ich im Viertel Malasaña mit José und Ana. Wie Javier studieren sie *Performing Arts and Audiovisual Communication* an der Nebrija Universität. Sie boten mir an, sie zu Veranstaltungen zu begleiten, was ich gerne machen werde.

Die Gedanken an meinen Vater und Lombardi usw. verfolgen mich wie eine Wolke Mücken. Gleich am ersten Tag habe ich eine Mail geschrieben, dass ich gut angekommen bin. Stundenweise fühle ich mich wohl, lasse mich durch die überfüllte Stadt treiben und kümmere mich nicht um die Zukunft.

17. Oktober 2027

Angelita Delgado (*der Kaiser*), Pablo Delgado (*die Päpstin*) stellen sich als die Eltern von Javier heraus. Sie sind nett und haben sich gestern sofort über die Katalanen aufgeregt, die sich immer noch abspalten wollen. Wie an ihrem Haus unschwer abzulesen ist, sind sie regelrechte *Immobilienhaie.* Ich staune immer noch, dass sie seine Eltern sind. Es erschreckt mich, aber ich finde es auch interessant. Und es ist mindestens genauso seltsam, dass Fritz mein Vater ist. Auch die Schwestern lernte ich kennen. Rosario (*der Magier*) und Angela (*die Welt!*), beide um die zwanzig und fest entschlossen, das Leben *bei den Hörnern* zu packen.

25. Oktober 2027

Der Versuch, als Kellnerin in dem japanischen Lokal zu arbeiten, ist gescheitert und wird nicht wieder aufgenommen. Die nicht böse gemeinte, fordernde Direktheit der Madrider macht mir Angst. Sie scheinen aus einem härteren Holz geschnitzt als ich.

26. Oktober 2027

Es holt mich doch wieder ein. Auf der Plaza del Sol tobte der Verkehr um mich herum. Es war später Nachmittag. Glühende Streifen Abendsonne fielen auf den Platz, und ich schloss kurz meine Augen. Als ich sie wieder öffnete, war der Platz, auf dem ich stand … *ein anderer*. Möwen nisteten in der mächtigen Fassade eines riesigen Gebäudes, das aussah wie eine Oper, und *warfen ihr Gelächter hinab*, und dennoch war ich ganz sicher da, auf der Plaza del Sol … wo es weit und breit *keine Oper* gab und *nur Tauben* herumflogen.

Die Worte der Tarotlegerin: Ich solle *loslassen*, mich den *Wendungen* hingeben, die mir das Leben *bald bereiten* werde. Ich solle dem, was sich zeigen wolle, *nicht den Weg* versperren, der nächste Schritt sei dann *die Kraft*.

5. November 2027

Fritz rief an. Seine Stimme klang aufgeregt, irgendwie *skandalfreudig*. Auf der Offenen Rennbahn stünden *fünf Gartenstühle*. Er schickte mir die Fotos auf mein iPhone.

22. November 2027

Javiers Eltern setzen ihm zu. Mittlerweile hat er schon dreimal gesagt, dass er sich für seine Performance in Zürich mit den Kakteen *schäme*. Gestern, als er nach einer Veranstaltung nach Hause kam, sagte er, die *Performancekunst* stecke in einer *tiefen Krise*. Alles sei festgefahren, oberflächlich, leer, die *reinste Simulation*. Ich schlug ihm eine Tarotlegung vor, aber er machte eine übertrieben abwehrende Bewegung. Er beschloss, sein Leben zu überdenken und etwas anderes zu studieren, seine Eltern würden ihn in allem, was *eine Aussicht bot*, unterstützen.

23. November 2027

Hast du das gesehen? Javier zeigte mir die Aufnahme. Ein Kran, an dem ein Container pendelt, der zuerst gegen einen Strommast prallt und dann ein Gebäude rammt. Wo? In Uruguay.

24. November 2027

Heute Vormittag die Fotos vom *Grill*. Wieder eine Luftansicht. Ich lief vom Mercado de San Fernando bis zur Plaza de Toros de las Ventas und sog die Abgase tief in mich ein. Dort setzte ich mich in ein Café und trank heiße Schokolade. Später kaufte ich mir eine neue Jogginghose. Sport machen!

1. Dezember 2027

Kaum geschlafen.

Mich wieder mehr in den großen Einkaufszentren herumtreiben, wo viele *normale* Leute ein und aus gehen. Wenn ihnen nichts auffällt, kann ja gar nichts sein.

4. Dezember 2027

Gestern zugeschickt bekommen: Aufnahmen von der *Hollywoodschaukel.*

Absender: mein Vater.

10. Dezember 2027

Plötzlich ging das Licht aus. Ich stand in der Umkleidekabine. Auf einen Schlag komplette Dunkelheit. Stromausfall. Ich öffnete die Tür. Ärgerliche Stimmen, Fluchen, Gelächter. Sofort irrlichterten alle mit ihren Handys herum. Dann setzte der Strom wieder ein. Alle fühlten sich ertappt.

15. Dezember 2027

Ich war auf dem Flohmarkt, suchte ein gutes Weihnachtsgeschenk für Javier. Kakteen drängten sich auf, aber ich dachte, vielleicht würde sich ja noch etwas anderes finden lassen, etwas Antikes, eine Vase oder so. Oder mehrere Vasen. Etwas, das ihn zu einer weiteren Performance ermuntern könnte. Mir schwebten die Geräusche von Scherben vor. Da empfing ich das Foto. Ein *Vogelbad.*

Immer noch alle Psychologinnen belegt.

17. Dezember 2027

Ein vollständiger Wintergarten.

18. Dezember 2027

21 verpasste Anrufe von meinem Vater. Schaffte mir ein neues Handy an, legte das alte in die Schublade. Werde an Weihnachten in Madrid bleiben.

19. Dezember 2027

Habe mit den Tarotkarten endgültig abgeschlossen.

21. Dezember 2027

Vor zwei Stunden: Wo warst du, was ist denn los mit dir?, fragte Javier verärgert. Aber ich war doch die ganze Zeit *da*. Da stand ich doch, an dem Treffpunkt, links vor dem McDonald's, wo wir abgemacht hatten. Ich habe es genau gesehen, wie er in meine Richtung geschaut hat. Ich bin sogar auf ihn zugegangen. Und dann ... dann ging er *durch mich hindurch*! Und als ich ihn dann von hinten wieder überholen wollte, blieb er plötzlich stehen, drehte sich um und *sah* mich. Aber ich, die ich doch direkt hinter ihm gegangen war, konnte nicht mehr stoppen und stolperte in ihn hinein. Meine Stirn knallte gegen seine. Ein seltsamer Streit brach aus.

1. Januar 2028

Javier saß melancholisch im Schneidersitz auf einem Kissen und sinnierte, während ich mich über mögliche Studiengänge an der Universidad Autónoma informierte. Vielleicht würde sich alles bessern, wenn ich mich für *Ciencias Económicos y Empresariales* einschreibe.

Um Mitternacht stießen wir mit Rebujito an und hörten vom Balkon aus das Krachen und Donnern in den Straßen. Auch Teile des Feuerwerks sahen wir über den Dächern. Dann gossen wir Blei. Mein Blei zerfiel in viele kleine Stückchen. Das von Javier war ein Klumpen, der aussah wie ein Embryo. *Ich werde schwanger!*, rief er fröhlich aus. Der Gedanke schien ihn zu freuen.

7. Januar 2028

Lese keine Nachrichten mehr. Zum Glück spricht mich niemand auf Zürich an. Mein Spanisch ist mittlerweile sehr gut geworden, habe jeden Akzent abgelegt. Javiers Eltern versicherten mir, ich könne in ihr Immobiliengeschäft einsteigen. Das sind absurde, aber auch beruhigende Aussichten.

2. Mai 2028

Seit mehreren Wochen alles normal.

5. Mai 2028

Was bekümmert dich? Du wirkst bedrückt. Oder ist es nur die Müdigkeit?

25. Juni 2028

Wieder einmal in der alten Sammlung gewesen. Ab und zu fehlen jetzt Gemälde wegen der Rückführungen. Weiße Rechtecke aus Wand in den Bilderreihen. Es sieht nicht schlecht aus, wie Zahnlücken, das Museum ein riesiges Gebiss.

Dann zu den antiken Statuen. Allen fehlt ein Arm oder ein Bein, eine Nase oder ein Auge. Aber da ist es eben *normal,* sagte eine Stimme in mir, während ich durch die Gänge ging. Oder meinte sie: *bekannt*? Eine andere innere Stimme fragt belehrend: Aber was ist denn normal?

Mit solchen Dialogen vertreibe ich mir die Zeit, um nicht zu schreiben, die *Angst*.

1. Juli 2028

Heute war ein guter Tag. Mit Javier und Freunden im Schwimmbad gewesen.

Als Javier neben mir schwamm, fragte er zum Spaß: Was machst du denn da?

Ich arbeite als Fisch.

Er verschluckte sich vor Lachen. Das Leben ist schön.

5. Juli 2028

Morgens mein *Standbein* im Spiegel nicht gesehen. Ist es jetzt im Museum?, flirrte es mir durch den Kopf. Dann, zum Glück, war es gleich wieder da. Früh genug, um als Täuschung durchzugehen.

9. Juli 2028

Bei der Infoveranstaltung zu *Ciencias Económicos y Empresariales* war der Raum zum Bersten voll. Täuschte ich mich, oder war da wirklich ein Klappern zu hören, ein Klappern wie von *Hufen*, ein Geklapper, vom Gang her. Klack Klack Klack. Einige andere schienen es auch zu hören. Zumindest wendeten sie das Gesicht in jene Richtung.

12. Juli 2028

Wieder häufiger.

15. Juli 2028

Javier verschließt immer noch die Augen davor. Er sagt, ich sei eben eine *schillernde Persönlichkeit*.

Immer noch denkt er, es liege an ihm.

Das Gefühl, wenn er durch mich hindurchläuft. Es ist nicht schmerzhaft. Bleibt aber seltsam, und danach fühlt es sich so an, als hätte er *meine Grenzen* nicht respektiert, was natürlich ungerecht ist usw. Trotzdem bin ich dann genervt. Immer ist er sehr zärtlich zu mir. Aber er merkt einfach *nichts*.

19. Juni 2028

Aber ich müsse vielleicht etwas *gegen meine Aussetzer* tun …

2. August 2028

Vor drei Tagen die Führung mit Angela durch eines dieser Häuser. Sie zeigte mir, wie man ein ohnehin schönes Haus noch schmackhafter präsentieren konnte. Auch ich müsse schließlich langsam Fuß fassen (*llegar als destino!*), ich sei ja nun schon Mitte zwanzig. Vorgestern war es so weit. Ich machte eine Führung durch die stilsicher gebaute 2,775 Quadratmeter große Villa im Viertel la Moraleja, ausgestattet mit acht Schlafzimmern, elf Badezimmern und einem riesigen Naturpool. Sie war für 15,5 Millionen Euro zu haben. Sie gefiel dem Paar gut. Nachdem sie gegangen waren, blieb ich noch eine Weile auf dem Gelände. Heiße Luft fuhr durch die gut bewässerte Gartenanlage. Palmen und großblättrige Pflanzen standen herum, der Rasen war weich und verschluckte meine Schritte. Da vorne lag er, der Naturpool, auf den meine Füße wie von selbst zugegangen waren, so unergründlich und lockend, als warte er nur auf mich. Ich zog mich aus und glitt ins Wasser. Nachdem ich mehrere Bahnen geschwommen war, bekam ich Lust zu tauchen. Als Kind war ich im Meer bis zu zehn Meter tief getaucht und hatte Sand mit nach oben geholt. Und dann war es geschehen. Am Grund des Pools stieß ich mit der Hand gegen etwas Hartes. Zuerst dachte ich mir nicht viel dabei. Oder doch. Vielleicht hatte ich es sofort *gewusst.*

Ich tauchte wieder nach unten. Und dann wieder. Aber erst nachdem ich zehn oder mehr Mal wie verrückt immer wieder hinabgetaucht war und jedes Mal mehr abgetastet hatte von dem, was dort unten lag, konnte ich wirklich *sicher* sein …

Es war die *marmorne Meerjungfrau.*

3. August 2028

Alles ist jetzt *extrem* offen.

7. August 2028

Der Zürcher Hauptbahnhof ist weg! Wie, weg? Ja, einfach weg! Kriegst du eigentlich nichts mehr mit? Fast böse zeigte Javier mir die Aufnahmen im Internet.

8. August 2028

Sie gehen um die Welt: die Unterwasseraufnahmen vom Hauptbahnhof im Indischen Ozean (14°39'57.7"S 60°42'01.5"E).

9. August 2028

Oder stimmt bei Javier etwas nicht ... Heute saßen wir in einer Bar, um ein paar Tapas zu essen. Nicht zu übersehen: ein schlanker gelber Kran über der Häuserzeile. Wir bestellten etwas zu trinken. Und als ich wieder aufschaute, war der Kran nicht mehr da. Ich fragte Javier, ob da nicht vorher gerade noch ein Kran gestanden habe. Ja?, fragte er. Und dann, als ob er Angst hätte, ich würde einen Streit beginnen: Gut, wenn du *meinst*.

Und das *nach* der Sache mit dem Hauptbahnhof!

10. August 2028

Mein altes Handy doch wieder hervorgekramt: 136 Nachrichten von Fritz.

Es wird immer schwerer, Javier nicht einzuweihen. Auf keinen Fall darf ich ihn anstecken. Beschluss: Ich muss hier weg.

Alle verstehen, dass ich meinen Vater wiedersehen will.

18. August 2028

Trotz Schwierigkeiten in den letzten Wochen hat mir der Abschied das Herz zerrissen. Wohne im Moment in der WG von Alex. Habe niemandem vom Pool in Madrid erzählt. Das Wetter ist schön, und ich war schwimmen. Habe Fritz und Lombardi noch nicht kontaktiert.

7. September 2028

Schönes Wetter, blassblauer Himmel.

Der Kaiserschnurrbart-Tamarind mit Markierung aus dem Zürcher Zoo wurde im Amazonas gefunden! Parque Nacional do Jaú …

8. September 2028

Bank Julius Bär & Co AG (Filiale Hohlstrasse 604) auf dem Gelände der Offenen Rennbahn Oerlikon. Es geht viral.

9. September 2028

Die Vermehrung der Kräne macht den Menschen in der Stadt zu schaffen. Es wird eng. Die umliegenden Gemeinden haben ihre Hilfe angeboten. Seit gestern leben wir in einem Camp.

Alle paar Minuten treffen neue Nachrichten ein.

Einer der vier Ameisenbären wurde am frühen Morgen im Wildpark Bandipur in Südindien entdeckt.

Fünf der Pinguine im südlichen Stadtteil La Trinidad von Caracas.

Die drei Flachlandtapire im Schilf des Wörthersees.

10. September 2028

Einundzwanzig europäische Löffler vor dem Kabuler Zoo.

11. September 2028

Es war leicht, sie zu finden. Beide haben mich herzlich umarmt. Manchmal sah ich sie fast nicht. Nimm nicht alles so schwer, meinte Fritz und gab mir von den belegten Broten. *Iss erst einmal in Ruhe.*

Wo ist das Hauptgebäude der Universität?

Die beiden Schneeleoparden in *Wales* entdeckt.

12. September 2028

Schweiz markiert Gelassenheit.

13. September 2028

Auf dem Gelände der Offenen Rennbahn Oerlikon seit gestern Nacht nun vollständig: die drei anderen Filialen (Bahnhofstrasse 35, Morgartenstrasse 1, Kasernenstrasse 1) der Bank Julius Bär & Co. AG.

Warum ist zum Beispiel das Hauptgebäude der Universität weg, aber der Fielmann in Oerlikon noch da?

Was ist mit dem *bedingungslosen Grundeinkommen,* über das nächsten Monat abgestimmt werden sollte?

Was wird aus meiner *Beziehung*?

14. September 2028

Die Anleger*innen sind erschrocken. Die Aktienkurse spielen verrückt. Jeden Tag kommen weitere Kräne hinzu.

Inflation?

Seit heute Mittag eine offene Kupfermine am Seeufer. Die chilenische Regierung hat Beweise vorgelegt, dass es sich um diejenige aus *Chuquicamata* handelt.

Wie geht es den Menschen?

Für die meisten ist alles noch recht neu.

19. September 2028

Heute noch vor Sonnenaufgang mit Fritz und Lombardi zum Glattzentrum spaziert. Überall das Geräusch von Lüftungen, ein seltsam heulendes Rauschen, immer wieder flimmernde Schwärze und starke Windstöße. Langsam wurde es hell. Pfeifend zog die Luft durch die Lücken, *Durchzug* überall. Der Bucheggplatz noch da, rötlich und golden beleuchtet die Blätter der Bäume und die Bänke aus Holz, rechts davon viel helles Licht. Von da, wo einmal die Filiale der UBS stand, wehte uns frische Morgenluft entgegen. Vom östlichen Hügelzug her goss sich das Licht die braungrünen Abhänge hinab. Wolken glitten wie schmale Fische über uns hinweg. Die Bahnhofstrasse war dünn besiedelt. Das Spielzeugmuseum weg, Sonnenstrahlen spielten auf der Fassade des Apple Elektrofachmarktes. Ein paar Schwäne liefen fauchend zwischen den Kränen herum oder sonnten sich auf den Brachen. Hinter der Kupfermine und dem See die lückenhaften Umrisse der Alpen. Auch aus dem See ragten die Kräne. Kräne auch an Land, in Rudeln, so weit das Auge reichte. Sie drehten sich um sich selbst oder pendelten. Alles in ruhiger, friedlicher Bewegung. Funken, wenn sie gegeneinanderschlugen. Möwen schraubten sich in die Höhe, wenn sie durch die Lücken flogen, beschleunigte sich ihr Flug. Wir liefen bergauf. Schaffhauserplatz, Milchbuk, früher war da der Irchelpark, soviel ich weiß, der Schwamendingerplatz war noch da.

Wir liefen weiter, Station Luchswiesen. Wir kamen zur breiten Brücke und nahmen den Fußgängerweg. Kein Verkehr, Vögel flogen aus dem Waldstreifen neben der Autobahn, überall wirbelndes Licht. Wir erreichten das leere Parkplatzplateau, nahmen die Treppen nach unten ins offene Parkhaus. Es war leer bis auf wenige Autos. Wir nahmen die Einfahrt hinunter zur untersten Etage. Im hinteren Teil des Raumes bewegte sich etwas. Eine Schiebetür ging auf und zu. Wenn sie aufging, strömte heiße Luft ins Parkhaus. Das Einkaufszentrum war menschenleer, die Läden geschlossen. Die Personaltür neben Marionnard Paris ließ sich öffnen. Büroräume, Treppen und weitere Türen, wir flossen aufwärts und kamen auf dem Flachdach an. Die warme Luft umspülte uns angenehm. Ein strahlender Morgen, die Sicht war gut. Die Kräne funkelten. Die Flügel der Schwäne machten ein klappendes Geräusch.

Die Existenz von Shiva Hirz, Fritz Hirz und Felix Lombardi ist mit den bislang verfügbaren Methoden ab dem 19. September 2028 nicht mehr nachzuweisen. Im Anhang findet ihr Auszüge aus dem Archiv, die wir im Zusammenhang mit der Akte besprechen wollen.

PS: Es gibt auch etwas zu feiern! Durch den Fund des Dokumentes 8301.2025 dürfte die weitere Finanzierung unseres Forschungsprojektes für die nächsten hundert Jahre gesichert sein.

Wir sorgen für Getränke. Bringt doch alle noch etwas zu knabbern mit.

Noch ein schönes Wochenende!
Samira Ohala und Joaquin Piña

Bewegungen auf der Offenen Rennbahn Oerlikon (August 2027–Februar 2091):

die Julius Bär Bank (alle Filialen)

die UBS (alle Filialen)

die Pro Helvetia (nur das Hauptgebäude)

die SwissRe (alle Filialen)

das Bundeshaus

der Fielmann (alle Filialen außer einer in Oerlikon)

die Krankenkasse Avenir (alle Filialen)

die Krankenkasse Innova (alle Filialen)

die Krankenkasse Helsana (alle Filialen)

die Krankenkasse Visana (alle Filialen)

die Krankenkasse Sympany (alle Filialen)

eine Hollywoodschaukel (vorher Rosenweg 21, 5210 Windisch)

ein Wintergarten (vorher Haselweg 54, 5210 Windisch)

ein Vogelbad (vorher Anemonenstrasse 5, 5210 Windisch)

ein Grill (vorher Herbstrasse 77, 5210 Windisch)

das Amphitheater Vindonissa (Windisch)

39 mit Moos bewachsene Gartenfiguren aus Stein oder Plastik (verschiedene Adressen rund um Brugg)

Gartenstühle unbekannter Anzahl (aus der ganzen Schweiz und China)

Wasserspiel Schwamendingerplatz

Pferderennstrecke von Aintree

Als aus Zürich verschwunden gemeldete Gebäude und Gegenstände, die an anderen Orten wiedergefunden wurden (2027–2092):

Pavillon le Corbusier – Devon Island, Nunavut, Kanada (75°12'10.1"N 84°05'49.2"W)

fünf geschwungene Kieswege, Botanischer Garten der Universität Zürich – Indonesien, Pulaunjibung

Opernhaus Zürich – Plaza Major, Spanien, Madrid

39 zwischen 2025 und 2027 als gestohlen gemeldete Velos (als Kreis angeordnet) – Wiltshire, Südengland

das FIFA World Footballmuseum – Pench Nationalpark, Indien

die charakteristischen Doppeltürme mit neugotischem Turmabschluss des Großmünsters – Kiffa, Mauretanien

die Sukkulentensammlung (Auswahl) – Pergamonmuseum, Berlin

der Hauptbahnhof – Indischer Ozean (14°39'57.7"S 60°42'01.5"E)

Abteilung Möbel und Interieurs + Eingang des Schweizerischen Nationalmuseums – Cali, Kolumbien

Giacomettihalle der Stadtpolizei Zürich – Murzuk, Libyen (25°20'07.4"N 14°13'08.8"E)

Pingpongtisch Bäckeranlage – Kathmandu, Nepal

10-Meter-Sprungbrett Hallenbad Oerlikon – Totonicapun, Guatemala (14°55'19.6"N 91°16'31.9"W)

Sportanlage Sihlhölzli – Xilin Gol, Innere Mongolei der Volksrepublik China

das Richti-Areal – Fremont County School District 25, Wyoming, USA (42°47'35.8"N 107°38'41.6"W)

der getäfelte Boden des Rathaussaals (mehr als die Hälfte) – Hokkaido, Japan

das ETH-Hauptgebäude – Ochotski Rajon, Russland

die Zwingli-Statue – Alaska, USA (66°40'43.4"N 155°19'44.0"W) die Hälfte des City Parkings – Bulunski, Russland (75°22'59.6"N 139°30'58.0"E)

das Schauspielhaus – Museum des New National Theater Tokyo, Japan

die Weihnachtsbeleuchtung von Küsnacht (CH) – Kommuneqarfik Sermersooq, Grönland (74°41'12.7"N 30°17'57.7"W)

Six Swiss Exchange Börse – Forte, São João d'Aliança – Goiás, 73760-000, Brasilien

Villa Egli – Isalo Nationalpark, Ihosy, Madagaskar

RAV (Arbeitsvermittlungszentrum Zürich) Lagerstrasse 107 – Parc national des la Salonga-Sud, Demokratische Republik Kongo

Bibliothek Rechtswissenschaftliches Institut – archäologisches Museum Athen, Griechenland

Sihlpost Hauptgebäude – rund ein Kilometer südlich des Hähnchenrestaurants زياد للدجاج المشوي, Tarim, Jemen

Coop City Bahnhofstrasse – Zayanderud Bus Terminal, Isfahan, Iran

Zentrum für ausländerrechtliche Administrativhaft – Nordatlantischer Ozean (57°21'50.1"N 49°52'52.4"W)

Menükarten des Restaurants Kronenhalle – Kotajk, Armenien (40°30'14.3"N 44°52'13.1"E)

Plaza Club – Bruck-Mürzzuschlag, Österreich

alle vier Fußgängerstreifen, Quaibrücke – Tinghir, Marokko

Plastikschachfiguren Schwamendinger Platz – Shenzhen, Volksrepublik China

Strandbad Wollishofen – Porco, Bolivien

SBZ Schlachtbetrieb Zürich AG – Tuguegarao City, Philippinen

Autowaschanlage Stützliwösch, Zürich Letzipark – Ulaanbaatar, Mongolei

die Tür P11 im Glattzentrum (Spezialfall, vervielfachte sich) – taucht einmal jährlich an zwei anderen Orten auf. Zuletzt in Kalkutta, Indien, und Port au Prince, Haiti

Als aus Zürich verschwunden gemeldete Gebäude und Gegenstände, die bisher nicht wiedergefunden wurden (2027–2092, unvollständig):

21 Kiefern an der Autobahn A1 auf Höhe Einkaufszentrum Glatt, Neue Winterthurerstrasse 99, 8304 Wallisellen

4 Sitzbänke vor dem Kebabstand Alibaba, Badenerstrasse 248, 8004 Zürich

drei Kilometer des General-Guisan-Quai

die Börse, BX Swiss AG, Talstrasse 70, 8001 Zürich

Bucheggplatz 8057 Zürich

Sportanlage Juchhof 1, Vulkanstrasse 200, 8048 Zürich

5200 Kilometer Stromkabel

53 % des gesamten Zürichseeufers

32 Notenständer des Kirchgemeindeorchesters Schwamendingen-Nord

61 % der Velohelme

2 rote Massagestühle, Neue Winterthurerstrasse 99, 8304 Wallisellen

das Elektrizitätswerk des Stadt Zürich EWZ, Tramstrasse 35, 8050 Zürich

die Tramlinien 6 und 2

78 Luftschächte

rund ein Drittel der Fahrzeuge mit Sitzheizung

der zweite Stock des Parkhauses Urania

die Flughafenbäckerei am Berninaplatz

92 % der Straßenlaternen

das Gartencenter Guggenbühl

die Klus-Apotheke

80 % der Gebäude mit Flachdach

53 Wendeltreppen

ein BMW X 5 M mit dem Kennzeichen ZH 758295

der Zürichbergwald

Gebäude und Gegenstände, die ab 2030 außerhalb Zürichs verschwunden sind und an anderen Orten wiedergefunden wurden:

die Pyramide des Kukulcán Chichén Itzá, Mexiko – 2 Kilometer weiter östlich

Kräne. Herkunft: alle Kontinente (unzählbar, sich vermehrend?) – Zürich und Agglomeration, ab 2036 auch in der gesamten Alpenregion der Schweiz, Frankreich, Italien und Kroatien. Ab 2051 auf Gebirgen weltweit

das Brandenburger Tor – Salzburg, Mirabell-Contress-Garage, Österreich

20 000 Kilo Computermäuse – Stadion Letzigrund, Zürich

Versailles, Schloss und Parkanlage – Große Sandwüste von Bilma, Niger (19°55'23.0"N 11°03'18.2"E)

die Zuckerhutseilbahn Rio de Janereio – Gsteig bei Gstaad, Schweiz

Silicon Valley – Museo Arqueológico, Lima

geschätzt 11,5 Millionen PET-Flaschen (verschiedener Herkunft, mehrheitlich aus Tschechien, Äthiopien und China) – Käferbergwald, Oerlikon, Zürich

das überdachte Erlebnisbad Alpamare, Pfäffikon SZ. Zwölf Wasserrutschbahnen mit einer Länge von 2,1 km sowie ein Wellen-, Sprudel-, Jod-Sole- und Freiflussbad – Kasa-Vubu, Kinshasa, Demokratische Republik Kongo (4°20'48.3"S 15°18'15.7"E)

65 000 Kilometer des Wanderwegnetzes Schweiz – vor allem Mutumbo, Angola und ca. ein Drittel im Südpazifik (47°09'00.0"S 126°43'00.0"W)

Flugplatz Speck, 8320 Fehraltorf – China, Shaanxi, Xi'An, Yanta, 小寨 邮政编码: 710075 (34°13'44.3"N 108°53'40.2"E)

Legionärspfad und Ausgrabungsstätte Vinonissa, Museum Aargau, Königsfelderstrasse 265, 5210 Windisch – Minute 29 der 7. Folge der Serie *Römer wie wir*, Netflix

Schießanlage Ohrbühl, Seenerstrasse 139, 8404 Winterthur – Härjedalen, Schweden (61°57'03.0"N 14°27'46.3"E)

gesamte Tintaya-Antapaccay-Mine – 30 Meter vom Standort Gleencore International AG, Baarermattstrasse 3, 6340 Baar

80 % der Selbstbedienungssträuße, Obermoos, 8332 Russikon – Uyun AlJiwa, Saudi-Arabien (26°32'50.7"N 43°37'11.1"E)

vier Fünftel des Horns Berg Matterhorn – Hakkōda-Gebirge, Japan

93 % der Wandmalereien der Chauvet-Höhle, Nähe Vallon-Pont-d'Arc, Frankreich – Musée National du Tchad, Tschad

die Nazcalinien – verteilt auf 73 Frachtschiffe vor dem Hafen Los Angeles sowie Region Zürich

Goldbestand der Schweiz, der Bank of England und der Bank von Kanada – Internet

Gebäude und Gegenstände, die ab 2092 von der Erdoberfläche verschwunden sind und bisher nicht wieder aufgefunden wurden, unvollständig:

78 % der Grenzen

1 Warmluft-Händetrockner des MET, New York

52 mobile Fluggasttreppen von Air France, Kinshasa

4 Kaffeemaschinen, Bundeshaus Bern

das Utah Data Center bei Camp Williams in Bluffdale, südlich von Salt Lake City, USA das Pferd des Reiterstandbildes Philipps III. auf der Plaza Mayor, Madrid

die Nevada-Goldmine

100 % der Wagen der Marke Renault Twingo

der Sand des Garra-Flusses, Uttar Pradesh, Indien

Raum A-1–17b, Kantonspolizei Hauptsitz, Güterstrasse 33, 8004 Zürich

MIX
Papier | Fördert gute Waldnutzung
FSC® C014496

Penguin Random House Verlagsgruppe FSC N001967

1. Auflage

Neumarkter Straße 28, 81673 München
Satz: Buch-Werkstatt GmbH, Bad Aibling
Druck und Einband: GGP Media GmbH, Pößneck
Covergestaltung: Sabine Kwauka;
Covermotiv: © Arcangel/Kevin Deery; shutterstock/Alex Linch, Sarunas Atkocaitis
Printed in Germany
ISBN 978-3-630-87743-3

www.luchterhand-literaturverlag.de
www.facebook.com/luchterhandverlag